El test del amor

El test del amor

HELEN HOANG

TITANIA

Argentina • Chile • Colombia • España

Estados Unidos • México • Perú • Uruguay

Título original: *The Bride Test*
Editor original: A Jove Book Published by Berkley, Nueva York
Traducción: María Celina Rojas

1.ª edición Marzo 2021
1.ª edición con este formato Febrero 2023

ISBN: 978-84-17421-99-1
E-ISBN: 978-84-17981-54-9
Depósito legal: B-21.942-2022

Fotocomposición: Ediciones Urano, S.A.U.
Impreso por Romanyà Valls, S.A. – Verdaguer, 1 – 08786 Capellades (Barcelona)

Impreso en España – *Printed in Spain*

Dedicado a

Mę
Gracias por tu amor y por enseñarme cómo perseguir mis
sueños.
Estoy orgullosa de ser tuya.

Y a

Johnny
Todavía te echo de menos, en especial en las bodas.
Siempre te querré.

Prólogo

Diez años atrás
San José, California

Se suponía que Khai tendría que estar llorando. Él sabía que debía llorar. Todos los demás lo estaban haciendo.

Pero tenía los ojos secos.

Le escocían, pero eso se debía al denso incienso que nublaba la sala de recepción de la funeraria. ¿Estaba triste? Él creía que sí. Pero debería estar *más* triste. Que tu mejor amigo se muriera de esa manera era para estar destrozado. Si aquello fuera una ópera vietnamita, sus lágrimas estarían formando ríos y ahogando a todos los presentes.

¿Por qué pensaba con claridad? ¿Por qué su mente estaba enfocada en los deberes que tenía que entregar al día siguiente? ¿Por qué seguía como si no hubiera pasado nada?

Su prima Sara había sollozado con tanta fuerza que había tenido que correr al baño a vomitar. Todavía se encontraba allí —o eso creía él—, regurgitando una y otra vez. La madre de ella, Dì Mai, estaba sentada de manera rígida en la primera fila de asientos, con las palmas unidas y la cabeza inclinada. La madre de Khai le daba unas palmaditas en la espalda de vez en cuando, pero ella permanecía inmóvil. Tal como Khai, no derramaba lágrimas, pero eso se debía a que las había derramado todas, días atrás. La familia estaba preocupada por ella, pues se había marchitado hasta los huesos desde que habían recibido la llamada.

Unas hileras de monjes budistas, vestidos con túnicas amarillas, le ocultaban la vista del féretro abierto, y mejor así. Aunque los empleados de la funeraria habían hecho todo lo que habían podido, el cuerpo se veía deforme e irreconocible. Ese no era el chico de dieciséis años que solía ser el amigo y el primo favorito de Khai. Ese no era Andy.

Andy se había ido.

Lo único que quedaba de él eran sus recuerdos, en la cabeza de Khai. Luchas con palos y espadas, peleas que Khai nunca ganaba, pero que se negaba con terquedad a perder. Khai prefería romperse ambos brazos que admitir que Andy lo superaba. Andy decía que Khai era terco de manera patológica, y este insistía en que simplemente tenía principios. Todavía recordaba sus largas caminatas de regreso a casa, cuando los rayos del sol eran más pesados que sus mochilas repletas de libros, y las conversaciones que tenían durante el trayecto.

Incluso ahora, podía oír a su primo burlándose de él. No recordaba las circunstancias específicas, pero sí las palabras.

«Nada te afecta. Es como si tu corazón estuviera hecho de piedra».

En aquel momento no había comprendido lo que Andy quería decir; ahora estaba comenzando a hacerlo.

El sonido monótono de los cantos budistas invadió el recinto, sílabas graves y desentonadas pronunciadas en un idioma que nadie entendía. Fluía y se arremolinaba a su alrededor y vibraba en su cabeza, y él no podía dejar de mover la pierna, aunque la gente había comenzado a lanzarle algunas miradas. Un vistazo furtivo a su reloj confirmó que, sí, eso llevaba horas sucediendo. Quería que el sonido se detuviera. Casi podía imaginarse metiéndose dentro del féretro y cerrando la tapa para acallarlo. Pero entonces se vería atrapado en un espacio pequeño con un cadáver, y no estaba seguro de que eso mejorara la situación.

Si Andy estuviera en ese lugar —vivo y allí—, escaparían juntos y encontrarían algo que hacer, aunque solo fuera salir a patear piedras en el aparcamiento. Andy era bueno en eso. Siempre estaba cuando se le necesitaba. Excepto en aquel momento.

El hermano mayor de Khai estaba sentado junto a él, pero sabía que Quan no querría retirarse antes de tiempo. Los funerales existían para personas como Quan. Él necesitaba un cierre o lo que fuera que la gente obtenía de los funerales. Su complexión intimidante y los tatuajes nuevos que tenía en el cuello y en los brazos hacían que Quan pareciera un matón, pero sus ojos estaban enrojecidos y, de vez en cuando, se enjugaba con disimulo las lágrimas de las mejillas. Como siempre, Khai deseó parecerse más a su hermano.

Un cuenco de metal retumbó, y los cánticos se detuvieron. El alivio fue instantáneo y embriagador, como si una enorme presión se hubiera evaporado de pronto. Los monjes ayudaron a los portadores del féretro a cerrarlo, y enseguida una procesión desfiló serenamente por el centro del pasillo. A Khai no le gustaba esperar en fila, ni sentir la presión claustrofóbica de otras personas junto a él, así que permaneció sentado. Quan, en cambio, se puso de pie, le dio un apretón en el hombro y se unió al éxodo.

Khai observó cómo sus parientes avanzaban arrastrando los pies. Algunos lloraban de manera abierta. Otros se mostraban más estoicos, pero su tristeza resultaba evidente incluso para él. Tías, tíos, primos, parientes lejanos y amigos de la familia se daban consuelo, unidos por ese sentimiento llamado dolor. Como de costumbre, Khai era ajeno a todo eso.

Un grupo de mujeres mayores, formado por su madre, Dì Mai y dos de sus otras tías, se había quedado al final de la procesión debido a que alguien casi se había desmayado. Se mantenían tan unidas en la edad adulta, como todos decían que lo habían estado en su juventud. Si no fuera por el hecho de que estaban ataviadas de negro, podrían haber estado en una boda. Unos diamantes y piedras de jade pendían de sus orejas, cuellos y dedos, y Khai podía sentir el aroma de sus maquillajes y perfumes a través de la neblina del incienso.

Cuando pasaron junto a él, Khai se puso en pie y se alisó la chaqueta del traje que había heredado de Quan. Tendría que crecer mucho para que alguna vez le quedara bien. Y hacer flexiones de brazos. Miles de flexiones. Comenzaría esa misma noche.

Al levantar la mirada, descubrió que las mujeres se habían detenido junto a él. Dì Mai extendió la mano hacia su mejilla, pero la detuvo antes de tocarlo.

Lo observó con ojos solemnes.

—Creía que vosotros dos estabais muy unidos. ¿Acaso no te importa que se haya ido?

Su corazón dio un vuelco y comenzó a latir tan rápido que le causó dolor. Cuando intentó hablar, no encontró las palabras. Tenía la garganta cerrada.

—Por supuesto que estaban unidos. —La madre de Khai reprendió a su hermana antes de tirarle del brazo—. Vamos, Mai, salgamos. Nos están esperando.

Con los pies clavados en el suelo, Khai observó cómo desaparecían por la puerta. Lógicamente, sabía que estaba de pie, sin moverse, pero de alguna manera sintió que se caía al fondo de un abismo, muy al fondo.

«Creía que vosotros dos estabais muy unidos».

Desde que su maestra de la escuela primaria había insistido a sus padres en que lo llevaran a un psicólogo, él supo que era diferente. Sin embargo, la mayoría de su familia había desestimado el diagnóstico y simplemente lo consideraban «un poco raro». En la zona rural de Vietnam no existía algo como el autismo o el síndrome de Asperger. Además, él nunca se metía en problemas y le iba bien en la escuela. ¿Qué importaba lo demás?

«Creía que vosotros dos estabais muy unidos».

Las palabras no dejaron de resonar en su cabeza e hicieron que llegara a una conclusión no deseada: él era diferente, sí, y de una manera *mala*.

«Creía que vosotros dos estabais muy unidos».

Andy no había sido solo su mejor amigo. Había sido su *único* amigo. Andy había llegado a estar todo lo unido que se podía estar con Khai. Si no podía sentir dolor por él, eso significaba que no podía sentir ninguna clase de dolor. Y si no podía sentir dolor, tampoco podía sentir lo contrario.

No podía amar.

Andy tenía razón. El corazón de Khai estaba hecho de roca metafórica.

Esa idea lo invadió como el petróleo que se expande en un derrame. No le gustaba, pero tenía que aceptarla. No era algo que pudiera cambiar. Él era quien era.

«Creía que vosotros dos estabais muy unidos».

Él era... malo.

Relajó las manos y movió los dedos. Sus piernas se movieron cuando él les dio la orden. Sus pulmones se llenaron de aire. Vio, oyó y percibió. Y le pareció algo increíblemente injusto. Aquello no era lo que él hubiera escogido, si hubiera podido escoger quién ocuparía ese féretro.

Los cánticos comenzaron nuevamente, indicando que el funeral estaba llegando a su fin. Era hora de sumarse a los demás mientras pronunciaban sus frases de despedida. Nadie parecía comprender que aquello no podía ser una *despedida*, no a menos que Andy también se despidiera. Por su parte, Khai no diría nada.

Capítulo uno

Dos meses atrás
T.P. Hô` Chí Minh, Viêt Nam

En general, limpiar retretes no era muy interesante. Mỹ lo había hecho tantas veces, que ya tenía una rutina optimizada: rociar desinfectante por todos lados; verter desinfectante adentro; fregar, fregar, fregar; secar, secar, secar; hacer correr el agua. Todo en menos de dos minutos. Si existiera una competición de limpiar retretes, Mỹ la ganaría sin duda. Sin embargo, no aquel día, pues los ruidos del cubículo de al lado no dejaban de distraerla.

Estaba bastante segura de que la chica que se encontraba allí estaba llorando. Eso o estaba haciendo ejercicio. Se oían respiraciones agitadas. Pero ¿qué clase de ejercicio se podía hacer en un cubículo de baño? Quizás elevar las rodillas...

Se oyó un sonido ahogado, seguido por un gemido agudo, y Mỹ soltó la escobilla del inodoro. Sin duda, eso era un sollozo. Apoyó la sien contra el lateral del cubículo, se aclaró la garganta y preguntó:

—Señorita, ¿le sucede algo?

—No, no es nada —respondió la joven, pero su llanto se volvió más intenso antes de detenerse de manera abrupta y convertirse en una respiración más sofocada.

—Trabajo en este hotel. —Como limpiadora—. Si alguien la ha maltratado, puedo ayudarla. —Lo habría intentado en cualquier caso, pues nada la enfurecía más que un acosador. Sin embargo, no podía permitirse el lujo de perder el trabajo.

—No, estoy bien. —El pestillo de la puerta hizo un ruido, y unas pisadas resonaron contra el suelo de mármol.

Mỹ asomó la cabeza de su cubículo a tiempo para ver cómo una hermosa joven caminaba hacia los lavamanos. Llevaba puestos los tacones más altos y aterradores que Mỹ había visto jamás y un vestido rojo ajustado que terminaba justo debajo de su trasero. Si las miradas pudieran procrear, como decía la abuela de Mỹ, aquella chica se habría quedado embarazada solo con poner un pie en la calle.

Por su parte, Mỹ se había quedado embarazada en el instituto, sin necesidad de un vestido minúsculo ni tacones de vértigo. Al principio, se había resistido. Su madre y su abuela le habían dejado claro que los estudios eran lo primero, pero aquel chico la había perseguido hasta conseguir que cediera, creyendo que era amor. Sin embargo, cuando le había dicho que estaba embarazada, en lugar de casarse con ella, le había ofrecido a regañadientes mantenerla como amante. Ella no era la clase de chica que él deseaba presentar a su familia de clase alta, y, ¡sorpresa!, estaba comprometido y planeaba seguir adelante con la boda. Por supuesto, Mỹ lo había rechazado, y aquello fue un alivio y una sorpresa para él. El muy cretino. Aquello había destrozado a la familia de Mỹ, que había depositado muchas esperanzas en ella; pero, tal y como había intuido, la apoyaron en todo, tanto a ella como a su bebé.

La joven del vestido rojo se lavó las manos y se limpió las mejillas manchadas de rímel antes de arrojar la toalla sobre la encimera y retirarse. Los guantes de goma amarillos de Mỹ chirriaron cuando formó puños con las manos. El cesto de las toallas se encontraba *justo allí*. Refunfuñando para sus adentros, se dirigió hacia el lavabo, limpió la encimera con la toalla que había utilizado la joven y la arrojó al cesto. Una inspección rápida al lavamanos, la encimera, el espejo y la pila de toallas pulcramente dobladas confirmó que todo se encontraba en perfecto estado, así que volvió a dirigirse hacia el último cubículo.

La puerta del baño se abrió de pronto y otra joven entró corriendo. Con el cabello negro hasta la cintura, el cuerpo delgado, piernas largas y tacones peligrosos, era muy parecida a la chica anterior; excepto que su vestido era blanco. ¿Habría alguna clase de desfile en el hotel? ¿Y por qué esta chica también estaba llorando?

—Señorita, ¿se encuentra bien? —preguntó Mỹ mientras daba un paso dubitativo hacia ella.

La chica se echó agua en el rostro.

—Estoy bien. —Apoyó las manos mojadas sobre la encimera de granito, lo que creó un charco que luego Mỹ tendría que limpiar, y observó su reflejo en el espejo mientras hacía varias respiraciones profundas—. Creía que ella me escogería. Estaba tan confiada. ¿Por qué hacer esa pregunta si no quería escuchar la respuesta? Es una tramposa.

Mỹ desvió la mirada de las gotas de agua fresca sobre la encimera y la fijó en el rostro de la chica.

—¿Qué mujer? ¿Escogerla para qué?

La chica inspeccionó con la mirada el uniforme de hotel de Mỹ y puso los ojos en blanco.

—Tú no lo entenderías.

La espalda de Mỹ se puso tensa, y su piel se ruborizó por la vergüenza. Ya había recibido esa mirada y oído ese tono de voz con anterioridad; sabía lo que significaban. Antes de que se le ocurriera una respuesta adecuada, la chica había desaparecido. Y, ¡por el abuelo de la chica y todos sus otros ancestros!, otra toalla había quedado arrugada sobre la encimera.

Mỹ se dirigió hacia el lavabo, limpió el desorden que había dejado la joven y arrojó la toalla al cesto. Bueno, en realidad lo intentó, porque apuntó mal y la toalla aterrizó en el suelo. Resoplando de frustración, fue a recogerla.

Justo cuando sus dedos enguantados se cerraron sobre la tela, la puerta se volvió a abrir una vez más. Mỹ levantó la mirada. Si era otra chica llorona y malcriada, se iría a otro baño a la otra punta del hotel.

Pero no lo era. Una mujer algo mayor, de aspecto fatigado, se dirigió silenciosamente hasta la sala de estar ubicada en un extremo del baño y se sentó en uno de los pequeños sofás de terciopelo. Con solo un vistazo, Mỹ supo que era una *Việt kiều*. Una combinación de elementos la delataba: su auténtico y enorme bolso Louis Vuitton, su vestimenta costosa y sus pies. Con las uñas cuidadas con manicura y los dedos perfectamente libres de callos, esos pies en sandalias tenían que pertenecer a una vietnamita de ultramar. Esa gente dejaba propinas *muy* generosas por cualquier motivo. El dinero prácticamente emanaba de ellos. Quizás sería el día de suerte de Mỹ.

Arrojó la toalla en el cesto y se acercó a la mujer.

—¿La puedo ayudar en algo?

La mujer le hizo un gesto para desestimar la pregunta.

—Solo hágamelo saber. Disfrute de su tiempo aquí. Es un cuarto de aseo muy agradable. —Hizo una mueca, deseando no haber dicho esas últimas palabras y se giró de nuevo hacia los retretes. No lograba comprender por qué tenían una sala de estar en el baño. Evidentemente, era un lugar muy agradable, pero ¿por qué relajarse en un lugar donde se podía oír a la gente haciendo «sus cosas»?

Terminó su trabajo, apoyó el cubo de productos de limpieza en el suelo junto a los lavabos y realizó una última inspección del baño. Una de las toallas de mano se había desenrollado un poco, así que la sacudió, la volvió a enrollar y la apoyó en la pila junto a las demás. Luego recolocó la caja de pañuelos de papel. Listo. Todo estaba presentable.

Se inclinó para tomar su cubo, pero antes de que sus dedos se cerraran sobre el asa, la mujer dijo:

—¿Por qué has puesto la caja de Kleenex de esa manera?

Mỹ se enderezó, miró la caja de pañuelos de papel y luego inclinó la cabeza hacia la mujer.

—Porque así lo desea el hotel, señora.

Una expresión reflexiva atravesó el rostro de la mujer y, después de un segundo, le hizo un gesto a Mỹ para que se acercara y le dio una palmadita al espacio junto a ella en el sofá.

—Ven a hablar conmigo un rato. Llámame Cô Nga.

Mỹ esbozó una sonrisa de confusión, pero hizo lo que la mujer le había pedido y se sentó junto a ella, con la espalda recta, las manos entrelazadas y las rodillas juntas como si fuera la virgen más virgen de todas. Su abuela hubiera estado orgullosa.

Unos ojos de mirada perspicaz, en un pálido rostro empolvado, la evaluaron con el mismo detenimiento con el que Mỹ acababa de inspeccionar la encimera del baño; Mỹ mantuvo los pies juntos de manera forzada y le dedicó a la mujer su mejor sonrisa.

Después de leer el nombre de su chapa, la mujer dijo:

—De modo que tu nombre es Trần Ngọc Mỹ.

—Sí, señora.

—¿Limpias baños aquí? ¿Qué más haces?

La sonrisa de Mỹ amenazó con desvanecerse, así que hizo un esfuerzo para mantenerla en el rostro.

—También limpio las habitaciones de los huéspedes, así que eso significa asear más baños, cambiar las sábanas, hacer las camas, pasar la aspiradora. Esa clase de cosas. —No era lo que ella había soñado hacer cuando era más joven, pero le daba sustento y ella se aseguraba de hacer un buen trabajo.

—Ah, eso es... Eres mestiza. —La mujer se inclinó hacia delante, tomó el mentón de Mỹ y le levantó el rostro—. Tienes los ojos *verdes*.

Mỹ contuvo la respiración e intentó descifrar qué opinión tendría la mujer al respecto. Algunas veces era algo bueno, pero normalmente no lo era. Era mucho mejor ser mestiza cuando tenías dinero.

La mujer frunció el ceño.

—¿Cómo puede ser? Aquí no ha habido soldados estadounidenses desde la guerra.

Mỹ se encogió de hombros.

—Mi madre dice que era un hombre de negocios. Nunca lo conocí. —Según esa historia, su madre había sido su ama de llaves y algo más al mismo tiempo. Su romance había terminado cuando el proyecto laboral de él concluyó y abandonó el país. No fue hasta más tarde que su madre descubrió que estaba embarazada, y para entonces ya era demasiado tarde. No había sabido cómo encontrarlo y no había tenido más opción que regresar a su casa a vivir con su familia. Mỹ siempre había pensado que ella conseguiría hacer las cosas mejor que su madre, pero de alguna manera había logrado seguir exactamente sus mismos pasos.

La mujer asintió y le apretó el brazo una vez.

—¿Acabas de mudarte a la ciudad? No pareces de por aquí.

Mỹ desvió la mirada y su sonrisa se desvaneció. Había crecido con muy poco dinero, pero no fue hasta que llegó a la gran ciudad que se dio cuenta de lo pobre que era en realidad.

—Nos mudamos hace un par de meses, porque conseguí un trabajo aquí. ¿Tan evidente es?

La mujer le dio una palmadita a Mỹ en la mejilla de una manera extrañamente afectuosa.

—Todavía sigues siendo una ingenua chica de campo. ¿De dónde eres?

—De un pueblo cercano a Mỹ Tho, junto al río.

La mujer esbozó una sonrisa amplia.

—¡Sabía que me gustabas! Los lugares hacen a las personas. Yo crecí allí. Hasta llamé a mi restaurante Mỹ Tho Noodles. Es un restaurante muy bueno, situado en California. Hablan de él en la televisión y en las revistas; aunque supongo que no habrás oído hablar de él aquí. —Suspiró para sus adentros antes de que sus ojos se entrecerraran y preguntara—: ¿Cuántos años tienes?

—Veintitrés.

—Pareces más joven —comentó Cô Nga riendo—. Pero es una buena edad.

«¡¿Una buena edad para qué?!». Pero Mỹ no hizo la pregunta. Con o sin propina, ella estaba lista para dar la conversación por terminada. Quizás una auténtica chica de ciudad ya se hubiera retirado. Los retretes no se limpiaban solos.

—¿Alguna vez has pensado en ir a Estados Unidos? —preguntó Cô Nga. Mỹ negó con la cabeza, pero era mentira. De niña, había fantaseado con vivir en un lugar en el que ella no sobresaliera y en el que pudiera conocer a su padre de ojos verdes. Pero había más que un océano entre

Việt Nam y Estados Unidos, y, cuanto más había crecido ella, mayor se había vuelto esa distancia.

—¿Estás casada? —preguntó la mujer—. ¿Tienes novio?

—No, no tengo marido ni novio. —Se pasó las manos por los muslos y se agarró las rodillas. ¿Qué quería esa mujer? Había leído historias horripilantes sobre los extraños. ¿Estaba esa mujer intentando engañarla y venderla para ejercer la prostitución en Camboya?

—No te preocupes. Tengo buenas intenciones. Mira, déjame enseñarte algo. —La mujer revolvió en su enorme bolso Louis Vuitton hasta que encontró una carpeta. Luego tomó una fotografía y se la entregó a Mỹ—. Este es mi hijo menor, Diệp Khải. Es guapo, ¿verdad?

Mỹ no quería mirar, en realidad no le importaba ese hombre desconocido que vivía en el paraíso de California, pero decidió complacer a la mujer. Miraría la fotografía y haría los cumplidos necesarios. Le diría a Cô Nga que su hijo parecía una estrella de cine y luego encontraría alguna excusa para retirarse.

Sin embargo, cuando miró la fotografía, su cuerpo se quedó paralizado, como el cielo justo antes de una tormenta.

Parecía *realmente* una estrella de cine; era un hombre muy atractivo, de cabello sexi despeinado por el viento y rasgos fuertes y bien delineados. Pero lo más cautivador de todo era la intensidad tranquila que emanaba de él. Sus labios esbozaban el atisbo de una sonrisa, mientras su mirada se centraba en algo a un lado. Y, de pronto, ella se encontró inclinándose hacia la foto. Si él fuera un actor, todos los papeles de héroe intrépido serían suyos, como el de guardaespaldas o el de maestro de kung-fu. Él hacía que te preguntaras en qué estaría pensando de manera tan intensa, cuál era su historia o por qué no sonreía abiertamente.

—Ah, así que Mỹ lo aprueba —sonrió Cô Nga, satisfecha—. Te dije que era guapo.

Mỹ parpadeó como si estuviera saliendo de un trance y le devolvió la fotografía a la mujer.

—Así es. —Algún día haría muy feliz a una chica con suerte, y compartirían juntos una vida afortunada y duradera. Deseó que sufrieran una intoxicación por comida en mal estado, aunque fuera solo una vez. Nada que pusiera en riesgo sus vidas, por supuesto. Solo algo incómodo o, mejor dicho, *muy* incómodo. Un poco doloroso. Y también vergonzoso.

—Además es listo e inteligente. Asistió a la universidad.

Mỹ logró sonreír.

—Es... impresionante. Yo estaría muy orgullosa si tuviera un hijo como él. —Su madre, en cambio, tenía una hija que limpiaba retretes. Echó a un lado su amargura y recordó mantener la cabeza baja y seguir con sus tareas. La envidia no le otorgaría más que miseria. Pero, fuera como fuera, le deseó a él más problemas de intoxicación. Tenía que haber algo de justicia en el mundo.

—Estoy muy orgullosa de él —afirmó Cô Nga—. En realidad, estoy aquí por él. Para encontrarle una esposa.

—Ah. —Mỹ frunció el ceño—. No sabía que los estadounidenses hacían eso. —Le parecía algo terriblemente anticuado.

—No lo hacen, y Khải se enfadaría si se enterara. Pero debo hacer algo. Su hermano mayor tiene mucho éxito con las mujeres y no tengo que preocuparme por él, pero Khải tiene veintiséis y aún no ha tenido novia. Cuando le organizo citas, él no aparece. Cuando las chicas lo llaman, él cuelga las llamadas. Durante el próximo verano tendremos tres bodas en nuestra familia, *tres*, pero... ¿alguna es la suya? No. Y, ya que no sabe cómo encontrar esposa, decidí hacerlo yo en su lugar. He estado entrevistando a candidatas todo el día, y ninguna de ellas cumple con mis expectativas.

Mỹ se quedó boquiabierta.

—Todas esas chicas que estaban llorando...

Cô Nga desestimó su comentario.

—Están llorando porque se sienten avergonzadas de sí mismas. Se recuperarán. Tenía que saber si sus intenciones de casarse con mi hijo eran reales. Y no lo eran.

—Parecían desearlo de verdad. —En todo caso, no habían fingido llorar en el baño.

—¿Y qué hay de ti? —Cô Nga volvió a evaluarla con la mirada.

—¿A qué se refiere?

—¿Estás interesada en casarte con mi Khải?

Mỹ miró detrás de ella antes de señalar su propio pecho.

—¿*Yo?*

Cô Nga asintió.

—Sí, tú. Me has llamado la atención.

Los ojos de Mỹ se agrandaron.

—¿*Por qué?*

Como si pudiera leerle la mente, Cô Nga dijo:

—Eres una chica buena y trabajadora, y hermosa de una manera poco usual. Creo que podría confiarte a mi Khải.

Lo único que Mỹ pudo hacer fue quedarse mirándola. ¿Acaso los vapores químicos de los productos de limpieza le habían dañado el cerebro?

—¿Usted quiere que yo me case con su hijo? ¡Si no nos conocemos! Quizás yo le agrade a *usted*... —Sacudió la cabeza, todavía incapaz de comprender lo que estaba sucediendo. Ella *limpiaba retretes* para ganarse la vida—. Pero probablemente no le agrade a su hijo. Parece alguien exigente, y yo no...

—Ah, no, no —interrumpió Cô Nga—. No es exigente. Es *tímido*. Y terco. Piensa que no desea tener una familia. Sin embargo, lo único que necesita es una joven que sea más terca que él. Tú tendrías que hacer que cambie de parecer.

—¿Cómo podría yo...?

—Ya lo sabes. Vístete bien, cuida de él, cocínale lo que le guste, haz lo que él desee...

Mỹ no pudo evitar hacer una mueca, y Cô Nga la sorprendió con su risa.

—Por *eso* me gustas. No puedes evitar ser tú misma. ¿Qué piensas? Podría ofrecerte pasar un verano en Estados Unidos para ver si sois compatibles. De no serlo, no hay problema, regresas a casa. Y, al menos, habrás asistido a todas las bodas de nuestra familia y habrás disfrutado de la comida y de la diversión. ¿Qué te parece?

—Yo... yo... yo... —Mỹ no supo qué decir. Todo eso era demasiado para ella.

—Una cosa más. —La mirada de Cô Nga se volvió cautelosa, e hizo una larga pausa antes de añadir—: Él no quiere hijos. Pero yo estoy decidida a tener nietos. Si logras quedarte embarazada, sé que él hará lo correcto y se casará contigo, sin importar lo que suceda entre vosotros. Yo incluso te daría dinero; veinte mil dólares. ¿Harías eso por mí?

El aire escapó de los pulmones de Mỹ, y su piel se tornó gélida. Cô Nga quería que ella se quedara embarazada de su hijo por la fuerza y que lo obligara a casarse. La desilusión la devastó. Durante un instante, había creído que aquella mujer había visto algo especial en ella, pero Cô Nga la había juzgado por motivos que ella no podía controlar, como habían hecho las chicas de los vestidos ceñidos.

—Las otras chicas dijeron que no, ¿no es así? Usted pensó que yo aceptaría porque... —Señaló su uniforme con la palma de la mano abierta.

Cô Nga no dijo nada y su mirada se mantuvo firme.

Mỹ se puso de pie y se dirigió a por su cubo de productos de limpieza, abrió la puerta y se detuvo en el umbral. Con la mirada fija hacia delante, dijo:

—Mi respuesta es no.

Ella no tenía dinero, contactos o educación, pero podía ser tan terca y necia como quisiera. Deseó que su rechazo calara hondo y, sin mirar atrás, se retiró.

Aquella noche, después de su caminata de una hora de regreso a casa —la misma que hacía dos veces al día—, Mỹ entró de puntillas en su apartamento de un solo ambiente y se desplomó en la parte de la alfombra donde dormía por las noches. Tenía que prepararse para acostarse, pero antes quería tener un momento para no hacer nada. Simplemente, nada. *Nada* era un lujo magnífico.

Su bolsillo vibró y arruinó su momento de *nada*.

Con un suspiro de frustración, tomó el teléfono. Número desconocido.

Pensó en no responder, pero algo hizo que tocara el botón para descolgar y que apoyara el teléfono contra la oreja.

—¿Hola?

—Mỹ, ¿eres tú?

Mỹ se mostró confundida por la voz. Aunque le resultaba un tanto familiar, no acababa de descifrar quién era.

—Sí. ¿Quién es?

—Soy yo, Cô Nga. No, no cuelgues —agregó la mujer con rapidez—. Le he pedido tu número al gerente del hotel. Quería hablar contigo.

Los dedos de Mỹ sujetaron con más fuerza el teléfono, y se sentó más derecha.

—No tengo nada más que decir.

—¿No has cambiado de opinión?

Mỹ resistió el impulso de arrojar el teléfono contra la pared.

—No.

—Bien —respondió Cô Nga.

Frunciendo el ceño, Mỹ bajó el teléfono y se quedó mirándolo. ¿A qué se refería con «bien»?

Volvió a apoyar el teléfono contra la oreja justo a tiempo para oír a Cô Nga decir:

—Era una prueba. No quiero que engañes a mi hijo para tener un bebé, solo necesitaba saber qué clase de persona eres.

—Y eso significa que...

—Significa que tú eres la que yo busco, Mỹ. Ven a Estados Unidos a ver a mi hijo. Tendrás todo el verano para conquistarlo y asistir a las bodas de sus primos. Vas a necesitar ese tiempo. Será difícil llegar a conocerlo, pero valdrá la pena; es un buen chico. Si alguien puede hacerlo, creo que eres tú. Si lo deseas, claro. ¿Qué opinas?

La cabeza de Mỹ comenzó a dar vueltas.

—No lo sé. Necesito tiempo para pensar.

—Entonces piénsalo bien y llámame. Pero no tardes mucho. Necesito hacer los trámites del visado y conseguirte un billete de avión —dijo Cô

Nga—. Estaré esperando tu llamada. —Después de eso, se cortó la comunicación.

Al otro lado de la habitación, una lámpara parpadeó e iluminó, con un brillo suave y dorado, el espacio reducido y desordenado. La ropa y los utensilios de cocina colgaban de las paredes y cubrían cada centímetro cuadrado del ladrillo resquebrajado que no estaba ocupado por el antiguo horno eléctrico, la nevera y la televisión diminuta con la que solían ver series de kung-fu y copias ilegales de películas estadounidenses. El espacio central del suelo estaba ocupado por los cuerpos dormidos de su hija, Ngọc Anh, y su abuela. Su madre se encontraba entre su abuela y el horno, con la mano sobre el interruptor de la lámpara. Un ventilador lanzaba aire húmedo hacia ellas a máxima velocidad.

—¿Quién era? —susurró su madre.

—Una *Việt kiều* —respondió Mỹ, casi sin creer sus propias palabras—. Quiere que vaya a Estados Unidos y me case con su hijo.

Su madre se incorporó sobre un codo, y su cabello cayó como una cortina de seda sobre su hombro. Solo se dejaba el cabello suelto al acostarse, y eso la hacía parecer diez años más joven.

—¿Es mayor que tu abuelo? ¿Es desagradable? ¿Qué defecto tiene?

En ese momento, el teléfono de Mỹ vibró con un mensaje de Cô Nga:

Para ayudarte a pensar.

Otra vibración, y la fotografía de Khải apareció en la pantalla, la misma imagen de antes. Mỹ le entregó el teléfono a su madre sin pronunciar palabra.

—¿Es *este*? —preguntó su madre con los ojos muy abiertos.

—Se llama Diệp Khải.

Su madre observó la imagen durante un rato largo, inmóvil excepto por los suspiros suaves de su respiración. Al final, le devolvió el teléfono a Mỹ.

—No tienes elección. Debes hacerlo.

—Pero él no quiere casarse. Se supone que debo convencerlo para que cambie de opinión. Y no sé cómo...

—Solo hazlo. Haz lo que tengas que hacer. Es *Estados Unidos*, Mỹ. Tienes que hacerlo por ella. —Su madre extendió la mano sobre la frágil silueta de la abuela y jaló la manta para cubrir a Ngọc Anh hasta el cuello—. Si yo hubiera tenido esa oportunidad, lo habría hecho por vosotras. Por su futuro. Ella no encaja aquí. Y necesita un padre.

Mỹ apretó los dientes mientras los recuerdos de su infancia intentaban escapar del rincón de su mente donde ella los había encerrado. Todavía podía oír a los niños cantarle: «Niña mestiza de los doce traseros» mientras volvía de la escuela. Su infancia había sido difícil, pero la había preparado para la vida. Ahora era más fuerte, más resistente.

—Yo no tuve padre.

Los ojos de su madre se volvieron más fríos.

—Y mira adonde te ha conducido eso.

Mỹ miró a la niña.

—También me hizo tenerla a ella. —Se arrepentía de haber estado con el desalmado del padre de su hija, pero jamás de haberla tenido a ella. Ni siquiera por un instante.

Apartó de la sien de la niña unos mechones húmedos de cabello suave, y una sensación inmensa de amor se expandió por su corazón. Contemplar el rostro de su hija era como mirarse en un espejo que la reflejaba a ella veinte años atrás. Su hija era exactamente como había sido ella. Tenían las mismas cejas, pómulos, nariz y tono de piel. Incluso la forma de sus labios era la misma. Pero Ngọc Anh era mucho, mucho más dulce de lo que había sido jamás Mỹ... Y haría cualquier cosa por esa pequeñita. Excepto rendirse.

Una vez que el padre de Ngọc Anh se hubo casado, su esposa descubrió que ella no podía concebir bebés, y se habían ofrecido a criar a Ngọc Anh como su propia hija. Una vez más, Mỹ había rechazado un ofrecimiento que todos esperaban que ella aceptara. La habían llamado egoísta. La familia de él podía darle a Ngọc Anh todas las *cosas* que ella necesitaba.

Pero ¿qué sucedía con el amor? El amor importaba, y nadie podía amar a su niña como ella. Nadie. Lo sentía en su corazón.

Aun así, de vez en cuando le preocupaba que hubiera hecho lo incorrecto.

—Si él no te gusta —dijo su madre—, puedes divorciarte una vez que hayas conseguido la residencia y casarte con otro.

—No puedo casarme con él solo por el visado. —Él era una persona, no unos papeles; y, si decidía casarse con ella, sería porque Mỹ había conseguido seducirlo, porque él la quería. No iba a usar a alguien de esa manera; eso solo la volvería tan despreciable como el padre de Ngọc Anh.

Su madre asintió como si pudiera oír los pensamientos que albergaba su cabeza.

—¿Qué sucede si decides ir y no logras cambiar su parecer?

—Regresaré al final del verano.

Un sonido de disgusto escapó del fondo de la garganta de su madre.

—No puedo creer que necesites pensarlo. ¡No tienes nada que perder!

Mientras Mỹ miraba la pantalla negra de su teléfono, un pensamiento la asaltó.

—Cô Nga dijo que él no quiere tener familia. Y yo tengo a Ngọc Anh.

Su madre puso los ojos en blanco.

—¿Qué hombre joven quiere una familia? Si te ama, amará a Ngọc Anh.

—No funciona de esa manera, y lo sabes. Si un hombre se entera de que tienes un hijo, en general pierde el interés. —Y si mantenía el interés, lo único que quería era sexo.

—Entonces no se lo cuentes de inmediato. Dale tiempo para que se enamore de ti y cuéntaselo más adelante —insistió su madre.

Mỹ sacudió la cabeza.

—No me parece bien...

—Si él te dice que te ama, pero no quiere casarse porque tienes una hija, entonces tú tampoco vas a quererlo. Pero esta mujer conoce a su hijo, y ella te *eligió* a ti. Tienes que intentarlo. Por lo menos habrás pasado un verano entero en Estados Unidos. ¿Sabes la suerte que tienes? ¿No quieres conocer Estados Unidos? ¿En qué parte vive?

—Me dijo que en California, pero no creo poder estar fuera durante tanto tiempo. —Mỹ pasó los dedos por la suave mejilla de su pequeña. Nunca había estado lejos de casa durante más de un día. ¿Y si Ngọc Anh pensaba que ella la había abandonado?

Su madre arrugó la frente mientras pensaba y se puso de pie para hurgar en una pila de cajas que guardaba en un rincón. Eran sus objetos personales, y nadie tenía permiso para tocarlos. Cuando era pequeña, Mỹ solía husmear entre esas cajas, en especial la de abajo de todo. Así que, cuando su madre abrió precisamente esa y buscó dentro, el corazón de Mỹ latió a toda velocidad.

—De ese lugar proviene tu padre. Ten, mira. —Su madre le entregó una fotografía amarillenta en la que aparecían ella misma y un hombre que la abrazaba por los hombros. Mỹ había pasado innumerables horas mirando esa imagen, sosteniéndola cerca de ella, contemplándola del revés o con los ojos entrecerrados, haciendo cualquier cosa para confirmar que los del hombre eran verdes y que él era, realmente, su padre, pero nada funcionaba. Habían tomado la fotografía desde demasiado lejos y sus ojos podían ser de cualquier color; si era honesta consigo misma, parecían de color café.

Sin embargo, la frase que tenía estampada en la camiseta era fácil de leer. Decía claramente «Cal Berkeley».

—¿Es eso lo que significa «Cal»? —preguntó Mỹ—. ¿California?

Su madre asintió.

—Lo busqué. Es una universidad famosa. Quizás cuando estés allí, puedas ir a verla. Quizás… puedas intentar encontrarlo.

El corazón de Mỹ dio un salto tan repentino que sintió un cosquilleo en los dedos.

—¿Por fin me dirás cómo se llama? —preguntó; su voz era un débil susurro. Lo único que sabía era que le llamaban «Phil». Ese era el nombre que su abuela susurraba con odio cuando ella y Mỹ se quedaban a solas. «Ese Phil». «El señor Phil». «El Phil de tu madre».

Una sonrisa de amargura se dibujó en los labios de su madre.

—Él decía que su nombre completo era feo. Todo el mundo lo llamaba Phil. Creo que su apellido empezaba por L.

Las esperanzas de Mỹ se hicieron añicos antes incluso de tomar forma.

—Entonces es imposible.

La expresión de su madre se tornó decidida.

—No lo sabrás hasta que no lo intentes. Si en la universidad utilizan ordenadores de esos tan caros, quizá puedan darte una lista. Si trabajas arduamente, hay una posibilidad.

Mỹ se quedó mirando la fotografía de su padre y sintió cómo la nostalgia en su pecho se volvía más y más grande con cada segundo que transcurría. ¿Estaría viviendo él en California? ¿Cómo reaccionaría si abriera la puerta... y la viera? ¿La acusaría de aparecer para pedirle dinero?

¿O se sentiría feliz de encontrar a una hija que no sabía que tenía?

Mỹ abrió la fotografía de Khải en el teléfono y sostuvo ambas imágenes, una al lado de la otra sobre su regazo. ¿Qué había visto Cô Nga en ella que la había hecho pensar que era una buena candidata para su hijo? ¿Pensaría él lo mismo? ¿Y aceptaría a Ngọc Anh? ¿La aceptaría a ella su propio padre?

Fuera como fuera, su madre tenía razón. No lo sabría hasta que no lo intentara. En ambos casos.

Mỹ escribió un mensaje de texto a Cô Nga y lo envió.

Sí, quiero intentarlo.

—Lo haré —le dijo a su madre. Procuró sonar confiada, pero temblaba por dentro. ¿Qué acababa de aceptar?

—Sabía que lo harías, y me alegra. Cuidaremos bien de Ngọc Anh mientras tú no estés. Ahora, duerme un poco. Aún tienes que trabajar mañana. —La luz se apagó. Pero, después de que todo quedara sumido en la oscuridad, su madre agregó—: Deberías saber que, teniendo solo un verano, no tienes tiempo de hacer las cosas a la manera tradicional. Tienes que jugar para ganar, incluso aunque no estés segura de querer estar con él. Siempre y cuando él no sea malvado, el amor puede prosperar. Y recuerda, las chicas buenas no consiguen al hombre. Tienes que ser mala, Mỹ.

Mỹ tragó saliva. Se hacía una idea de lo que significaba «mala», y le sorprendió que su madre se atreviera a sugerírselo cuando su abuela se encontraba en la habitación.

Capítulo dos

Presente

Cuando el calzado deportivo de Khai tocó el hormigón rajado de la entrada que conducía a su desvencijada casa de Sunnyvale, que nunca lograba arreglar, el cronómetro de su reloj comenzó a sonar. Quince minutos exactos.

«Bien».

No había nada tan satisfactorio como los incrementos redondos de tiempo. Excepto llegar a cifras enteras en dólares cuando cargaba combustible en la gasolinera. O cuando la cuenta del restaurante era un número primo o un segmento de la secuencia de Fibonacci o solo consistía en puros ochos. El ocho era un número tan elegante... Si agregaba un minuto al tiempo que había corrido, podría establecer un punto de control en el medio. ¿No sería divertido?

Estaba repasando mentalmente su viaje diario cuando se percató de que la Ducati negra estaba aparcada en la acera junto a su Porsche salpicado de heces de pájaros. Quan estaba ahí, y había conducido *eso*, incluso aunque su madre lo odiara y Khai le hubiera advertido en múltiples ocasiones sobre las estadísticas de muertes y daño cerebral. Khai se desvió para evitar la moto, corrió hasta la puerta delantera, esquivó el arbusto espinoso que crecía sin control a la sombra debajo del alero, y entró en casa.

Una vez dentro, se quitó el calzado y los calcetines de inmediato. Para él, el paraíso era sentir cómo los pies descalzos se hundían sobre la moqueta de los setenta de su casa. En un principio, la había odiado —el color verde guisante era ofensivo—, pero caminar sobre ella era como caminar sobre las nubes al estilo Mary Poppins. Solía oler extraño, pero el tiempo había solucionado ese aspecto; o quizás solo se había acostumbrado a ese olor de bolas de naftalina y señora mayor. Conservaría la moqueta hasta que el condado de Santa Clara declarara oficialmente la casa en ruinas.

Allí estaba Quan, sentado en el sillón de Khai con los pies apoyados sobre la mesilla de café, mirando un programa de finanzas en la CNBC mientras bebía la única lata de Coca-Cola fría que le quedaba a Khai. Podía ver las gotas de condensación caer sobre la letra cursiva como en la publicidad. El resto de sus latas estaban a temperatura ambiente, porque solo le cabía una en la nevera. El resto del espacio estaba ocupado por los táperes repletos de la comida de su madre, quien pensaba que, si no lo alimentaba ella misma, su hijo se moriría de hambre. Y fiel a su estilo, nunca hacía nada a medias.

—Ey, estás en casa. ¿Cómo estás? —preguntó Quan. Después dio un trago largo a su refresco y siseó mientras las burbujas bajaban por su garganta.

—Bien. —Khai miró a su hermano con los ojos entrecerrados. La sensación ardiente de la cola fría en su garganta era una de sus cosas favoritas, y ahora tendría que esperar cuatro horas hasta que una nueva lata estuviera lista—. ¿A qué has venido?

—Ni idea. Mamá me dijo que viniera. Al parecer, ella también está en camino.

Mierda, vio una catarata de recados sin sentido en su futuro próximo. ¿Qué sería esta vez? ¿Conducir hasta la tienda de alimentos de San José para comprar naranjas en oferta? ¿O importar cantidades comerciales de extracto de alga de Japón para curar el cáncer de su tía? No, tenía que ser algo peor, porque ella necesitaba que sus dos hijos estuvieran presentes. Ni siquiera podía imaginar qué podría ser.

—Tengo que ducharme. —Khai tenía la ropa mojada y pegajosa, y quería quitársela.

—Tendrás que darte prisa. Acabo de oír a alguien detenerse en la entrada. —Quan miró con detenimiento a Khai y enarcó las cejas—. ¿Acabas de venir corriendo a casa desde el trabajo vestido de traje?

—Sí, lo hago todos los días. Este modelo está confeccionado para el movimiento. —Señaló los puños elásticos de los tobillos—. Y la tela permite la entrada de aire. También se puede lavar en la lavadora.

Quan sonrió y bebió otro sorbo de su cola robada.

—Así que mi hermano ha estado corriendo por las calles de Silicon Valley como un condenado Terminator asiático. Me gusta.

Esa extraña referencia hizo que Khai dudara y, justo cuando estaba abriendo la boca para responder, una voz familiar fuera de la casa anunció en vietnamita:

—Venid, venid, venid. Tengo mucha comida. Ayudadme a entrarla. —Su madre nunca hablaba inglés a menos que se viera obligada a hacerlo. Básicamente, solo hablaba en inglés con el inspector de salud pública en su restaurante.

—¿Qué? —preguntó Khai en inglés. Él, en realidad, no sabía hablar vietnamita, aunque lo entendía lo suficiente—. ¡Todavía tengo mucha comida! Comenzaré a alimentar a los pobres si continúas...

Su madre apareció en el umbral de la puerta con una sonrisa orgullosa y tres cajas de mangos.

—Hola, *con*.

Como no quería que ella se dañara la espalda, guardó los calcetines en sus bolsillos y tomó las cajas.

—No como fruta, ¿recuerdas? Se echarán a perder.

Casi estaba saliendo por la puerta con las cajas cuando ella dijo:

—No, no, no son para ti. Son para Mỹ. Para que no extrañe demasiado su hogar.

Khai hizo una pausa. ¿Quién demonios era Mỹ?

Quan se puso de pie.

—¿Qué pasa?

—Primero ayúdame a entrar más fruta. —Luego le ordenó a Khai—: Coloca todo eso en la cocina.

Khai llevó las cajas a la cocina en un estado de absoluta confusión. ¿Por qué estaban esas cajas de fruta en *su* casa cuando se suponía que evitarían que Mỹ, quienquiera que fuera ella, se sintiera nostálgica? Las dejó sobre la encimera de formica y notó que había tres variedades diferentes de mango. Unos grandes de color rojo y verde, unos medianos de color amarillo y unos pequeños de color verde, en una caja que tenía unas inscripciones en tailandés. ¿Acaso su madre le había comprado alguna clase de mono que solo comía fruta? ¿Por qué haría eso? A ella ni siquiera le gustaban los perros ni los gatos.

¿Y por qué estaba tardando tanto Quan en entrar las cajas? Khai salió para investigar y encontró a su hermano y a su madre sumidos en una conversación seria junto al Camry desvencijado de ella. El año anterior, Khai y su hermano habían juntado dinero para comprarle un todoterreno Lexus para el Día de la Madre, pero ella insistía en conducir su Toyota, de dos décadas de antigüedad, a menos que se tratara de una ocasión especial. Khai no vio a nadie sentado adentro. Ninguna *Mỹ*.

—Mamá, esto no está bien. Estamos en Estados Unidos. La gente no hace... ¡este tipo de cosas! —señaló Quan, y sonó más exasperado que de costumbre con su madre.

—Pues las cosas no podían seguir como estaban. Tenía que hacer algo, y tú tienes que apoyarme. Él te escucha.

Quan levantó la mirada al cielo.

—Él me escucha porque soy razonable. ¡Y esto no lo es!

—Eres tan poco útil como tu padre. Ambos me decepcionáis cuando os necesito —protestó su madre—. Tu hermano es el único en quien puedo confiar siempre.

Quan resopló y se restregó el rostro y la cabeza rapada con las manos antes de sacar otras tres cajas de fruta del maletero. Cuando vio a Khai, se detuvo a mitad de camino.

—Prepárate. —Luego llevó la fruta adentro.

La cosa empezaba a resultar inquietante. En la mente de Khai, el hipotético mono de la selva se transformó en un gigante gorila macho. Era probable que esas frutas alimentaran a una criatura como esa solo por un día. Si miraba el lado positivo, no necesitaría pagar para que demolieran su casa, y quizás incluso podría reclamar al seguro del dueño. Causa del siniestro: «Gorila furioso en busca de mangos».

—Toma la yaca y entra. Tengo que hablar contigo —ordenó su madre.

Khai levantó la yaca espinosa (demonios, pesaba como trece kilos) y la siguió hasta su cocina, donde Quan ya había colocado otras cajas junto a los mangos y se había sentado en la mesa de la cocina con su refresco de cola. Preocupado por la firmeza de su encimera, Khai depositó cuidadosamente la yaca junto a las demás frutas. Al ver que la encimera no se desplomaba de inmediato, suspiró del alivio.

Su madre observó con el ceño fruncido la cocina de los setenta. Esa mirada de insatisfacción era de manual. Si comparaba sus antiguas tarjetas de expresiones faciales con el rostro de su madre en ese instante, encajaban a la perfección.

—Tienes que conseguir una casa nueva —comentó ella—. Esta es demasiado vieja. Y deberías quitar todas esas máquinas de ejercicio de la sala de estar. Solo los solteros viven así.

Khai *era* soltero, así que no veía cuál era el problema.

—Esta ubicación me resulta conveniente para ir a trabajar y me gusta hacer ejercicio mientras veo la televisión.

Su madre desestimó su comentario y murmuró:

—Este chico...

Sobrevino un silencio prolongado que solo se vio interrumpido por los sorbos de Coca-Cola, la Coca-Cola de Khai, maldición. Cuando no lo pudo soportar más, miró primero a su hermano y luego a su madre y preguntó:

—Así que... ¿quién es Mỹ? —Por lo que sabía, *mỹ* significaba *hermoso*, pero también era como se decía *Estados Unidos* en vietnamita. De cualquier forma, parecía un nombre extraño para un gorila, pero ¿quién sabía?

Su madre enderezó los hombros.

—Es la joven que debes recoger en el aeropuerto el sábado por la noche.

—Ah, está bien. —No había sido para tanto. No le gustaba la idea de llevar a alguien a quien no conocía y cambiar sus horarios, pero le alegraba no tener que vacunarse contra la rabia o tener que solicitar un permiso a la Administración de Alimentos y Medicamentos—. Envíame sus horarios de vuelo y ya está. ¿Dónde tengo que llevarla?

—Se quedará aquí contigo —respondió.

—¿Qué? ¿Por qué? —El cuerpo entero de Khai se tensó ante la idea. Aquello era una invasión en toda regla.

—No te disgustes tanto —replicó ella con tono persuasivo—. Es joven y muy bonita.

Khai miró a Quan.

—¿Por qué no puede quedarse contigo? A ti te gustan las mujeres.

Quan se atragantó con el refresco y se golpeó el pecho con el puño mientras tosía.

Su madre miró con desaprobación a Quan antes de centrarse en Khai y enderezarse por completo hasta alcanzar su estatura de un metro cincuenta.

—No puede quedarse con Quan porque ella es *tu* futura esposa.

—¿Qué? —Khai soltó una risita. Aquello tenía que ser una broma, pero él no comprendía dónde estaba la gracia.

—La elegí para ti cuando fui a Việt Nam. Te gustará. Es perfecta para ti —agregó.

—Yo no... tú no puedes... yo... —Khai sacudió la cabeza—. ¡¿En serio?!

—Sí —asintió Quan—. Yo también reaccioné así. Te consiguió una esposa por encargo en Vietnam, Khai.

Su madre fulminó a Quan con la mirada.

—¿Por qué haces que suene tan mal? No es una «esposa por encargo». La conocí en persona. Así es como solía hacerse antiguamente. Si hubiera seguido la tradición, ya te habría encontrado a ti una esposa de la misma forma, pero tú no necesitas ayuda. Tu hermano, sí.

Khai ni siquiera intentó hablar. Su cerebro había sufrido un cortocircuito y se negaba a responder.

—Le compré toda clase de frutas. —Movió las cajas sobre la encimera—. Lichis, rambutanes...

Mientras ella continuaba enumerando frutas tropicales, la mente de Khai por fin volvió a encenderse.

—Mamá, *no*. —Las palabras brotaron con una firmeza y volumen no intencionados pero justificados. Y Khai ignoró el instinto que le indicaba que estaba cometiendo un sacrilegio al decirle que no a su madre—. Ni me casaré ni se quedará aquí. ¡No puedes hacer esta clase de cosas! —La gente no compraba esposas para sus hijos, en pleno siglo veintiuno, por el amor de Dios.

Ella apretó los labios y apoyó las manos en las caderas. Parecía una entrenadora de aeróbic de los ochenta, con su chándal rosa brillante y su cabello corto peinado con una favorecedora permanente.

—Ya he reservado el salón para la boda. Pagué mil dólares como depósito.

—¡¡Mamá!!

—Elegí el ocho de agosto. Sé cuánto te gusta ese número.

Khai se pasó los dedos por el cabello y contuvo un gruñido.

—Te devolveré los mil dólares. Por favor, dame la información de contacto del salón de fiestas para que pueda cancelarlo todo.

—No seas así, Khải. Debes tener la mente abierta —dijo ella—. No quiero que te sientas solo.

Él soltó un suspiro de incredulidad.

—No me siento solo. Me *gusta* estar solo.

Sentirse solo era para personas que tenían sentimientos, a diferencia de él.

No era soledad si era posible hacerla desaparecer con trabajo o con un maratón de Netflix o un buen libro. La soledad real se llevaba adherida todo el tiempo. La soledad real podía herirte de manera constante.

Khai no se sentía herido. La mayor parte del tiempo no sentía nada.

Por esa razón se mantenía alejado de las relaciones románticas. Si alguien se sintiera interesado por él en este sentido, solo terminaría decepcionándolo por no poder corresponder sus sentimientos, y no estaría bien.

—Mamá, no lo haré, así que no me obligues.

Ella se cruzó de brazos.

—Sé que no puedo forzarte. No *quiero* forzarte. Si ella no te gusta, no tienes por qué casarte. Pero te estoy pidiendo que le des una oportunidad.

Deja que se quede aquí durante el verano. Si cuando pase ese tiempo sigue sin gustarte, se irá a su casa. Así de fácil. —Volvió su mirada a Quan—. Haz que tu hermano entre en razón.

Quan sostuvo las manos en alto mientras una sonrisa tensa se expandía en su boca.

—Yo no puedo hacer nada.

Ella lo fulminó con la mirada.

—Todo esto es inútil —declaró Khai—. No cambiaré de opinión. —Y de verdad no quería a una extraña viviendo en su casa. Su hogar era un refugio, el único lugar donde podía escapar de la gente y ser él mismo, sin más. Al menos cuando su familia no lo invadía.

—No puedes tomar una decisión antes de conocerla. No es justo. Además, la necesito en el restaurante. La nueva camarera renunció y necesito empleados para el turno de la tarde. Ayúdame con esto —pidió.

Khai miró a su madre con el ceño fruncido. Sabía perfectamente que ella lo estaba manipulando (no estaba tan ciego como para no verlo), pero no sabía cómo salir de esa situación. Además, cuando ella necesitaba personal, hacía que Khai y sus hermanos pidieran días libres en el trabajo para ayudarla; y entre servir mesas mientras lidiaba con su madre durante todo el día y alojar a una mujer extraña en su casa...

Como si hubiera sentido su debilidad, su madre se lanzó para asestar el golpe final.

—Solo serán algunos inconvenientes, aguántalos por mí. Me haría muy feliz.

Mierda, mierda, mierda. La frustración se convirtió en una bola gigantesca dentro de él, se agrandó y agrandó hasta que estuvo a punto de estallar. No había nada que pudiera responder ante eso, y ella lo sabía. Era su madre.

Aferrándose a su último ápice de control, dijo:

—Solo si prometes dejar de buscarme pareja después de esto. No intentarás hacerme salir con la hija del médico Son o con la hija del dentista, ni con las amigas de Vy, ni con nadie. No me tenderás emboscadas con invitadas sorpresa cuando voy a cenar contigo...

—Por supuesto —asintió su madre con entusiasmo—. Lo prometo. Solo este verano, solo por esta vez. Si no te gusta, pararé. De cualquier forma, no creo poder encontrar una chica mejor que Mỹ, y... —dudó a mitad de la oración, y una mirada reflexiva atravesó su rostro—. Pero tienes que *intentarlo* de verdad. Si no veo que intentas que funcione, tendré que organizarlo todo de nuevo. ¿Lo comprendes, Khải?

Él entrecerró los ojos.

—¿Qué significa «intentarlo»?

—Significa que harás lo que hace un prometido: saldrás con ella, le presentarás a tus amigos y familia, haréis actividades juntos..., esa clase de cosas. Ah, y la llevarás a todas las bodas de este verano.

Eso sonaba *horripilante*.

Khai no pudo evitar hacer una mueca, y Quan estalló en carcajadas.

—¿Sabes, mamá?, quizás esta haya sido una buena idea después de todo —comentó Quan.

—¿Veis? Creéis que estoy loca, pero una madre siempre sabe lo que es mejor para su hijo.

Eso era cuestionable, pero Khai no tuvo otra opción que responder:

—Muy bien. Haré todo lo que me pides este verano, si prometes abandonar los planes de boda después de esto.

—Lo prometo, lo prometo, lo prometo. ¡Me alegra tanto que hayas entrado en razón! Te gustará, ya verás como no me equivoco —respondió, sonriendo de oreja a oreja como si hubiera ganado la lotería Powerball.

Khai estaba seguro al cien por cien de que se equivocaba, pero se contuvo y no dijo nada.

—Voy a ducharme. —Se dirigió a su habitación.

Era tan típico de su madre idear una conspiración como aquella. Todo el plan era ridículo. No cambiaría de opinión. Mỹ podía ser la mujer más perfecta del mundo, y eso no cambiaría nada. Que a él le gustara ella era intrascendente. De hecho, si le gustaba, era una razón todavía más válida para no casarse con ella.

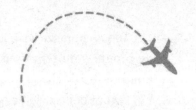

Capítulo tres

Mỹ se aferró a los brazos de su asiento mientras el avión aterrizaba con una sacudida que le provocó un vuelco en el estómago. Unos extraños ruidos mecánicos llegaron a sus oídos, y las luces volvieron a parpadear hasta encenderse. No quería volver a viajar en avión. Una vez en su vida era suficiente.

—Bienvenidos a San Francisco, California. Son las 4:20 p. m., hora local. Gracias por volar con Air China... —se oyó por los altavoces.

Gracias al cielo y a Buda por las clases de inglés del instituto, a todas las películas estadounidenses descargadas ilegalmente que había visto y a las clases de inglés grabadas que había estado escuchando sin parar durante los últimos meses mientras limpiaba, lo había comprendido casi todo.

«California». Por fin había llegado.

Eso significaba que lo conocería muy pronto.

Las náuseas la asaltaron tan fuerte que se le erizó la piel del rostro y se le nubló la visión. «No vomites. No vomites. No vomites». No era así como quería pasar sus primeros instantes en Estados Unidos.

¿Qué sucedería si se la llevaban a rastras hacia algún lugar por perturbar la paz con su vómito? ¿O —le echó un vistazo a la agradable señora mayor vestida con un suéter de punto que estaba junto a ella— por salpicar a la gente a su alrededor? ¿Podía ir a prisión por eso? ¿La podían *deportar*? Quizás la enviarían de regreso antes incluso de bajar del avión...

Todos comenzaron a formar una cola en el pasillo. Mỹ se puso de pie de pronto para retirar su equipaje del compartimento superior, y un hombre alto de chaqueta color café se le adelantó y lo bajó por ella.

—Aquí tiene, déjeme que la ayude.

Ella abrió la boca para responder, pero no salió nada. La vergüenza atrapó las palabras en inglés en su garganta. Había aprendido el idioma hacía mucho tiempo, en el instituto, y podía escribirlo y leerlo un poco (lo suficiente como para completar el formulario de desembarque y la declaración de aduana, al menos con la ayuda de la azafata), pero hablar siempre le había resultado un desafío. Formó unos puños inútiles con las manos. ¿Cómo podía hacer que él se detuviera? Lo único que tenía en su bolso era *đồng* vietnamita, y no valía casi nada aquí. No era suficiente para darle una propina.

El hombre apoyó la pequeña maleta color azul marino en el pasillo y sonrió, y ella la sostuvo cerca de sí antes de que él pudiera llevársela de rehén. Su sonrisa se atenuó, y se volvió hacia el frente del avión. Mientras recorrían la pasarela de desembarque, ella siguió esperando que él la «ayudara» otra vez y le pidiera algo a cambio, pero él no lo hizo.

Cuando llegaron al aeropuerto, el hombre desapareció entre la multitud, y ella quedó sumida en el pánico. Él sabía lo que estaba haciendo. Podría haberle dicho adónde debía dirigirse, pero ahora estaba sola. ¿Qué sucedería si entraba al lugar equivocado y hacía algo incorrecto? Seguro que terminaría sometida a una revisión corporal completa y a una prueba de polígrafo.

Mientras seguía a ciegas a la multitud, intentó leer los letreros que había sobre su cabeza, pero su mente, presa del miedo, no podía comprender las palabras en inglés.

—Pasaporte, por favor.

De alguna manera, se encontraba al frente de una cola. Con el corazón al galope, tomó la pequeña libreta verde de su bolso y la entregó junto con todos los formularios que la auxiliar de vuelo le había entregado en el avión. Ese era el momento; el momento que había estado temiendo: el *papeleo*. En este instante todo podía salir mal.

El empleado del aeropuerto revisó los formularios, hojeó su pasaporte y colocó un sello en una de las páginas antes de devolvérselo todo.

—Bienvenida a Estados Unidos, Esmeralda Tran. Disfrute de su estancia.

Ella se quedó mirándolo con incredulidad. Ah, sí, *ella* era Esmeralda Tran. Le llevaría tiempo acostumbrarse a su nuevo nombre, el que Ngọc Anh le había elegido porque Esmeralda, de la película *El jorobado de Notre Dame*, tenía el mismo color de piel que ellas. Ngọc Anh también había escogido aquel momento para anunciar que ella también quería un nombre nuevo y, después de investigar un poco, se habían decidido por Jade.

El empleado del aeropuerto le hizo un gesto para que siguiera su camino.

—Por favor, proceda al control de equipaje. Siguiente.

¿Eso era todo? Tardaba más en limpiar un retrete. Abrazó su pasaporte contra el pecho con una mano e hizo rodar su maleta hacia el área de inspección. Colocó todo lo que poseía sobre la cinta transportadora y atravesó todos los detectores de aspecto espacial.

Una vez que llegó al otro lado, tomó su maleta y se quedó inmóvil durante un instante, asimilando el caos de la terminal: idiomas extranjeros por todos lados; el aroma a perfume, comida y cuerpos; tiendas de aspecto caro; colores, vestimentas, manos que sujetaban maletas, manos que sujetaban otras manos... Todo el mundo estaba tranquilo, resuelto, sabiendo dónde iba. Ella también quería saber adónde ir.

Todo aquello era demasiado nuevo. Incluso *ella* se sentía nueva.

Nuevo lugar, nuevo nombre, nueva persona, nueva vida... quizás. Al menos, durante el verano.

Tendría que estar entusiasmada —¡Hollywood y Disneyland estaban ahí!—, pero lo único que sentía era... miedo. Sin embargo, regresar a casa no era una opción en ese momento. Tenía que hacer eso por su hija.

El consejo de su madre resonó en su cabeza: «Primero seduce. El amor ya llegará».

Era hora de conocer a un hombre.

Fue directo al baño más cercano, entró en un compartimento vacío y cambió su cómoda vestimenta de viaje por un ajustado vestido rosa.

Después de cambiar sus zapatos planos por un par de tacones altos que parecían armas, salió del cubículo para lavarse los dientes hasta que le dolieron las encías y se aplicó un poco de delineador en los ojos, máscara de pestañas, esa cosa brillante para ocultar las ojeras y pintalabios rojo. Eso era lo mejor que podía hacer.

Cuando se miró en el espejo de cuerpo entero que había junto a los lavabos, su reflejo le resultó completamente irreconocible, pero era algo bueno. Mỹ era una ingenua y pobre chica de campo que nunca encajaba; era el momento de dejar atrás a esa chica. Ahora era Esme.

Levantó el mentón, salió del baño y se unió a la multitud. Miró con determinación las palabras de los letreros que colgaban sobre su cabeza y siguió el tránsito peatonal por el aeropuerto. Después de pasar por seguridad, observó a las personas y sus rostros, buscando, buscando, buscando...

Y allí estaba él.

Resultaba surrealista estar esperando al otro lado del control de seguridad. Khai imaginó que debía sentirse igual a cuando alguien iba a buscar un perro de Schutzhund que llegaba de los Países Bajos, con la diferencia de que él no esperaba un perro guardián entrenado ni certificado oficialmente, sino a una *persona*.

A medida que transcurrían los minutos, se mantuvo inmóvil, con los hombros hacia atrás y la espalda derecha, como le habían enseñado los años de entrenamiento en artes marciales. No caminó de aquí para allá, ni golpeteó los pies o se balanceó. Ya no hacía esas cosas. Pero quería hacerlas.

Si de verdad aparecía esa chica, tendría que vivir con ella durante un verano entero. Peor aún, tendría que tratarla como a su prometida. ¿Qué demonios sabía él sobre eso?

Tomó su teléfono del bolsillo y abrió la imagen que su madre le había enviado. Si ella no le hubiera asegurado que ya había conocido a la chica, habría pensado que era el ejemplo más claro de fraude cibernético. La persona de la fotografía era casi demasiado hermosa para ser...

Alguien invadió su espacio personal.

—*Chào Anh.*

Levantó la mirada del teléfono. Y se encontró mirando los mismos ojos verde claro de la imagen. Solo que esta vez lo estaba haciendo en la vida real.

Era ella.

—Hola —saludó él de manera instintiva.

Ella sonrió, y los pensamientos de él se entrecortaron. Labios color rojo brillante, dientes blancos y perfectos, ojos deslumbrantes. La gente debía considerarla hermosa. No, era más que eso; era sexi, increíble, maravillosa. Pero a él no le importaba esa clase de...

Su mirada cayó accidentalmente sobre su pecho, y se le secó la boca. «Mierda». Ella era como una fantasía sexual viviente. Y, al parecer, él era un hombre al que le gustaban los pechos. Y las siluetas con forma de reloj de arena. Y las piernas. ¿Cómo podían parecer tan largas cuando ella era tan bajita? Quizás se debía a esos tacones de siete centímetros que llevaba puestos.

Al darse cuenta de lo que estaba haciendo, se obligó a mirarla al rostro. Cuando su familia todavía tenía esperanzas de que él tuviera citas, su hermana le había hecho memorizar un conjunto de reglas, ya que él era muy bueno cumpliéndolas.

REGLAS A SEGUIR CUANDO ESTÁS CON UNA CHICA:

1. Abre y cierra las puertas.
2. Retira la silla para ella y vuélvela a acomodar.
3. Págalo todo.
4. Carga siempre con las bolsas. (Eso incluía su bolso si ella así lo deseaba. No importaba que él prefiriera tener las manos libres).
5. Ofrécele tu abrigo si tiene frío. (No, no importaba si él también tenía frío).
6. Sin importar cómo esté vestida, no mires partes inapropiadas de su cuerpo. En especial, pechos, trasero y muslos. (Podía hacer una excepción si ella se encontraba gravemente herida).

Un rubor incómodo le cubrió el rostro y quemó la punta de sus orejas. Acababa de infringir la regla número seis. En su defensa podía decir que no se había entrenado para estar con una mujer así.

Ella puso la maleta delante de sus piernas y soltó un suspiro rápido antes de volver a sonreír.

—Tú eres Diệp Khải. Yo soy Esme —dijo en vietnamita.

Una sensación de irrealidad volvió a asaltarlo. Aquello estaba sucediendo de verdad. Su novia por encargo se le estaba presentando... Pero ¿acaso su nombre no era Mỹ?

«Por favor, que no sean dos». Ni siquiera sabía qué hacer con una. Si su madre le había conseguido un harén entero, necesitaría terapia. Después de un segundo de pánico, la lógica regresó a su cerebro y llegó a la conclusión de que ella debía de haber adoptado un nombre occidental para desenvolverse mejor en Estados Unidos. Él no tendría ningún harén. Gracias a Dios.

—Solo Khai —dijo en inglés, y se deshizo de su apellido y de la pronunciación. Su madre era la única que lo llamaba Diệp Khải, y no solía ser buena señal que lo hiciera.

A modo de respuesta, ella inclinó la cabeza con confusión, y él se preguntó si habría comprendido lo que él le había dicho. Mientras ella lo miraba, frunció el ceño.

—¿Por qué vas vestido todo de negro? En Estados Unidos se visten de negro para los funerales. Lo he visto en las películas. ¿Acaso se ha muerto alguien? —volvió a preguntar en vietnamita.

—No, no se ha muerto nadie. Solo me gusta el negro. —Escoger ropa era mucho más fácil cuando era toda de un mismo color. Además, el negro no se manchaba tanto, y era socialmente versátil, apropiado para toda ocasión, desde ir al trabajo hasta asistir a los *bar mitzvá*.

Mientras ella asimilaba esa información, él tomó su maleta por el asa y comenzó a dirigirse hacia el aparcamiento.

—Por aquí —dijo.

Con cada paso que daba por el aeropuerto, las palabras se agolpaban en la cabeza de Khai.

«¡¿En. Qué. Había. Estado. Pensando. Su. Madre?!».

Su novia por encargo no era en absoluto lo que él había esperado: una joven réplica de su madre, vestida con los mismos conjuntos deportivos y la salsa *sriracha* y *hoisin* que siempre llevaba en el bolso. Podría haber lidiado con eso, pero esa chica, *Esme*, parecía una conejita de Playboy. No tenía el característico cabello platino; sin embargo, el resto encajaba con esa imagen. ¿Qué podría hacer uno con una conejita de Playboy? Aparte de tener sexo, claro. Y no era que él estuviera pensando en ello.

Aunque, *evidentemente*, estaba pensando en sexo. «Mierda». No, no habría sexo. Una insidiosa parte de su cerebro le recordó que él se había comprometido a hacer todas las cosas que un prometido haría, y los prometidos tenían sexo...

Sacudió la cabeza para despejar los pensamientos pornográficos. Estaba mal reducir a una persona a su valor sexual. Él era un ser racional; tenía que entrar en razón. Además, ella podría ser la clase de persona que celebraba con regularidad ritos de sacrificio animal en su patio trasero. ¿Era seguro bajarse los pantalones frente a una mujer como esa? Eso aniquiló los pensamientos sexuales con rapidez, y el resto del viaje a través del aeropuerto transcurrió sin inconvenientes.

Una vez que atravesó un par de puertas correderas de vidrio, el golpeteo de los zapatos de Esme sobre el suelo de hormigón del aparcamiento lo siguió hasta su coche. Él guardó su maleta y se dispuso a rodear el vehículo para seguir la regla número uno, pero Esme abrió su puerta y se acomodó en el asiento. Y luego también la cerró.

Durante un instante, se quedó inmóvil, mirando fijamente el lateral del coche. ¿Sabía ella que acababa de romper la etiqueta social? ¿Debería decírselo? ¿Y no era irónico acaso que él conociera mejor las reglas? ¿O tal vez no eran internacionales?

Con un gesto imaginario de encoger los hombros, se sentó al volante, encendió el motor y puso marcha atrás.

—Espera un momento —pidió ella—. ¿Podemos hablar?

Él suspiró y volvió a parar el coche. Parecía que seguirían con eso de hablar cada uno en su propio idioma sin entenderse del todo, tal como le sucedía cuando mantenía una conversación con su madre.

—Gracias, Anh Khải. —*Anh* significaba *hermano*, pero cuando no había parentesco era más bien una expresión de cariño. A él no le pareció nada enternecedor; pero, cuando ella le dedicó otra de sus sonrisas desconcertantes, olvidó sentirse molesto. Y justo cuando su cerebro empezaba a entrar en cortocircuito, ella observó el interior de su coche—: Qué coche más bonito.

—Gracias. —A él en general no le gustaban las cosas llamativas, pero disfrutaba conduciendo. Su coche era la posesión más preciada que tenía; era una lástima que el parabrisas estuviera lleno de heces de pájaro.

Ella respiró hondo.

—Sé que no quieres casarte conmigo.

—Así es. —Él no veía razón para mentir.

El silencio quedó suspendido en el aire mientras ella se mordía el labio inferior y sus músculos se tensaban de manera incómoda.

—¿Llorarás? —preguntó él—. Hay pañuelos de papel en la guantera. —¿Debía alcanzárselos? No sabía qué más hacer; quizás darle una palmadita en el brazo.

Ella negó con la cabeza antes de levantar el mentón y mirarlo a los ojos.

—Tu madre quiere que te haga cambiar de idea.

—No puedes hacerme cambiar de idea.

—¿Tienes...? —Echó un vistazo a un lado mientras buscaba las palabras—. ¿Una mujer perfecta en mente? ¿Cómo es ella?

—Ella es alguien que me deja en paz, *solo*. —Él ya tenía una madre, una hermana y millones de tías y primas que lo enviaban a cumplir con recados absurdos, que criticaban sus elecciones de vestuario y le ordenaban que se cortara el pelo. No necesitaba más mujeres en su vida.

—¿Cómo vas a querer eso? —dijo ella sacudiendo la cabeza con decisión—. Te ayudaré a ser feliz, ya verás.

Él se puso tenso.

—No necesito esa clase de ayuda. —Su propuesta no podía ser más mortificante. Si ella tenía intención de pasar el verano forzándolo a bailar y a cantar, posiblemente tendría alguna clase de colapso mental épico. La felicidad, igual que el duelo, no se encontraba en su baraja de naipes emocional, pero las emociones menores como la irritación y la frustración sí lo estaban. Una cantidad importante de esas mismas emociones lo asaltaron en aquel instante.

Una mirada de escepticismo atravesó el rostro de ella.

—La gente feliz no viste de negro.

Otra vez el tema de su ropa. Aferró los dedos al volante.

—No estoy de acuerdo. —El color negro era perfectamente aceptable en las bodas, y eran eventos felices. Para el resto de la gente, al menos; él prefería que le hicieran un análisis de próstata. Los médicos solo te torturaban durante algunos segundos; las bodas, en cambio, duraban horas y horas.

Ella apretó los labios, y hubo un momento de tensión antes de que preguntara:

—¿De qué trabajas? ¿Te gusta lo que haces?

—Es complicado de explicar, pero sí, me gusta.

Ella movió apenas los labios, y él estuvo seguro de que ella estaba evaluando la palabra *complicado*. Pero luego observó el coche, volvió a mirar su traje y camisa color negro y le dedicó una mirada divertida. Sus labios se curvaron un poco.

—¿Eres un espía como James Bond?

Él parpadeó varias veces.

—No.

—¿Un asesino?

—No, no soy un asesino. —¿Qué le pasaba a esa chica?

—Es una lástima. —Pero ella no *parecía* decepcionada, no con esa sonrisa en el rostro. ¡¿Qué tipo de cosas estaban pasando por su mente?!

—Eres más rara que yo —añadió él, sacudiendo la cabeza.

Ella lo confundió aún más al abrazarse a sí misma y doblarse de risa. Era un sonido agradable, musical, en cierto modo. Cuando se cruzó de piernas, la mirada de él se desvió hacia sus muslos sin poder evitarlo; su falda se había deslizado hacia arriba y revelaba uno poco más de su piel inmaculada.

«Regla número seis, regla número seis, regla número seis».

Se obligó a apartar los ojos y se quedó mirando el tablero de forma ausente.

—Estudié para contable en la universidad, pero ahora soy más bien un especialista tributario. Un amigo y yo creamos una empresa de programas de contabilidad. Él está a cargo de la programación y yo de los números, lo que significa que debo mantenerme al día con los principios contables generalmente aceptados y las leyes tributarias establecidas en el Código Federal de los Impuestos. Últimamente, hemos agregado un análisis de precios de transferencias a nuestro paquete de *software*, así que he tenido que familiarizarme con el artículo 482 del Código Federal de los Impuestos. Es muy interesante descubrir cómo comprobar si las transacciones comerciales cumplen con el principio de plena competencia, también llamado «distancia de un brazo», cuando están involucradas empresas multinacionales de gran envergadura. Algunas veces, crean áreas de exención tributaria en jurisdicciones que tienen bajos impuestos como las Bahamas, así que debes...

Se obligó a detenerse a mitad de la frase. La gente se aburría cuando él hablaba de su trabajo. Algunas veces, incluso aburría a otras personas del área de contabilidad. Las complejidades y la elegancia de los principios contables y del derecho tributario no eran para cualquiera. Él no comprendía por qué.

—Contabilidad —dijo ella lentamente, esta vez en inglés.

—No exactamente, aunque tengo el título de contable, sí. Y tengo el aval para otorgar documentación tributaria a sociedades que cotizan en la bolsa de Estados Unidos.

—Yo también.

Sorprendido, él soltó una exclamación. ¿Ella era contable? Eso era inesperado y maravilloso.

De pronto, ella se concentró en el dobladillo de su vestido y jugueteó con un hilo suelto mientras decía en vietnamita:

—En Việt Nam. No aquí, claro. Probablemente aquí sea muy diferente.

—Apuesto a que lo es. No tengo experiencia con las leyes tributarias vietnamitas... es probable que sean fascinantes. ¿Consideran el soborno como un coste empresarial? ¿Es deducible de impuestos? —Sería divertido ver el soborno como un elemento incluido en un estado de cuentas. Por ese motivo le gustaba tanto la contabilidad. No se trataba solo de números en un papel. Si sabías cómo mirarlos, los números tenían un significado y reflejaban la cultura y los valores.

Ella se abrazó a sí misma como si tuviera frío y no dijo nada.

¿Acababa él de insultarla sin querer? Repasó sus palabras en la cabeza e intentó identificar el comentario ofensivo, pero le fue inútil.

—¿Podemos irnos ahora? —preguntó Khai después de una pausa incómoda—. No me gustan esta clase de charlas. —Y, sin lugar a duda, no se le daban nada bien.

—Sí, vamos. Gracias, Anh. —Ella se reclinó contra su asiento y miró por la ventana.

Él salió de su plaza de aparcamiento, pagó y se retiró del garaje. Al principio, sus músculos se tensaron al prever más preguntas curiosas; sin embargo y por fortuna, ella se mantuvo callada mientras dejaban atrás el aeropuerto y se incorporaban a la autopista. No como su madre y su hermana, quienes podían mantener un monólogo durante horas.

Khai pensó que quizás se había quedado dormida, pero cada vez que miraba en su dirección, la encontraba contemplando el paisaje junto a la autopista, que consistía en edificios bajos de oficinas, césped raso y algún que otro conjunto de eucaliptos o pinos; nada muy glamuroso. Bueno, al menos para él. No podía imaginar qué le parecería a ella.

—Avenida U-ni-ver-si-ty —dijo ella de repente. Se enderezó en su asiento y giró el cuerpo para poder ver la salida que acaban de pasar—. ¿Es ahí donde se encuentra la universidad de California, Berkeley?

—No, allí está Stanford.

—Ah. —Volvió a mirar al frente y se hundió en el asiento.

—Berkeley queda a una hora hacia el norte; allí estudié mi carrera de grado y posgrado.

—¿De verdad? —El entusiasmo de su voz lo tomó por sorpresa. La mayoría de gente de la zona no se impresionaba a menos que hubieras asistido a Stanford o a una escuela de la Ivy League.

—Sí, tienen un buen programa de contabilidad. —Él continuó conduciendo, manteniendo los ojos en la carretera, pero casi podía sentir el peso de la mirada de ella sobre la piel. La miró de reojo y le preguntó—: ¿Qué?

—¿Cómo es la relación entre los estudiantes? ¿Se conocen?

—No realmente —respondió él—. Es una universidad enorme. Cada año admiten a más de diez mil estudiantes. ¿Por qué lo preguntas?

Ella se encogió de hombros y sacudió la cabeza mientras miraba por la ventana.

Él volvió a concentrarse en el tráfico de las primeras horas del atardecer, salió por la avenida Mathilda y condujo por las calles bordeadas por robles altos y frondosos, complejos de casas, edificios de apartamentos y centros comerciales.

Diez minutos más tarde, giró por la calle lateral que conducía a su desvencijada casa de dos habitaciones y casi en ruinas. Comparada con las demás casas remodeladas y recién construidas de la zona, la suya parecía una monstruosidad, pero él apostaba a que nadie más tenía una moqueta tan mullida. Se detuvo junto a su sector de la acera, puso el freno de mano y apagó el motor.

—Ya hemos llegado —anunció.

Capítulo cuatro

Esme aún no podía perdonarse por haber mentido de esa manera. ¿Quería que el cielo la condenara? ¿Por qué lo había hecho?

Sabía por qué. Porque era una empleada de limpieza y él era mucho mejor que ella. Había querido impresionarlo, demostrarle que no perdía el tiempo con ella. Pero ahora debía fingir que había trabajado como contable, cuando ni siquiera sabía de qué se trataba, y debía seguir manteniendo a su hija en secreto. Era una mentirosa, y estaba avergonzada de sí misma.

Si fuera buena persona, confesaría en ese instante, pero la sensación de ser su igual resultaba demasiado adictiva. Ni siquiera importaba que fuera falsa; le gustaba. Ya estaba fingiendo ser alguien que no era, una mujer cosmopolita y sexi (algo en lo que no estaba teniendo mucho éxito, a juzgar por su intento fallido de coquetear en el coche). ¿Por qué no arriesgarse más y agregar inteligencia y sofisticación a la lista?

Cuando muriera, los demonios la atormentarían durante toda la eternidad en lugar de permitirle reencarnarse. O peor aún, le permitirían reencarnarse, pero se convertiría en un bagre, un pez horrible que viviría en los desagües de algún río. Era lo justo. Eso era lo que le esperaba por desear intoxicaciones a la gente.

Khải salió del coche, y ella hizo lo mismo. El crujido de los pasos sobre la grava resonaba más fuerte de lo normal en sus oídos, y se sintió mareada al mirarse los pies. ¿Cuándo había comido por última vez? Estaba demasiado cansada para recordarlo.

Bostezó para despejarse y se obligó a observar a su alrededor. Las casas eran muy sencillas en comparación con las mansiones que ella había imaginado. Y bajas, de una sola planta, la mayoría de ellas. Y el aire... Llenó sus pulmones. ¿Qué era ese olor?

Después de un instante, se dio cuenta de que era la *falta* de olor. No olía a basura ni a fruta podrida. Ninguna neblina de gases de escape oscurecía el atardecer hasta tornarlo color óxido tamarindo. Se restregó los ojos cansados por el viaje y admiró el cielo pintado con tonos brillantes de albaricoque y jacinto.

Qué diferencia a solo un océano de distancia.

La nostalgia la asaltó en ese momento, y casi extrañó la contaminación. Hubiera agradecido tener algo familiar cerca mientras se encontraba allí parada, en una calle desconocida, en una ciudad desconocida, en un mundo tan lejano a todo lo que ella amaba. ¿Qué hora era en Việt Nam? ¿Estaba Ngọc Anh, no, ahora *Jade*, durmiendo? ¿Echaba de menos a su madre? Su madre la echaba de menos a ella.

Si estuviera en su casa, se tumbaría a su lado, besaría sus pequeñas manos y acercaría su frente a la de ella como siempre hacía antes de acostarse.

Tropezó y se hubiera caído si no hubiera sido por el buzón; Khải miró con desaprobación sus zapatos después de tomar su maleta del maletero.

—Estarías mejor descalza que con eso.

—¡Pero si son muy útiles! Es como tener un zapato *y* un arma. —Se quitó ambos zapatos e hizo el ademán de apuñalar a alguien con uno de ellos.

Él la miró con seriedad durante un instante, sin reír, ni siquiera sonreír, y ella apretó los labios y miró sus pies descalzos. Lo había hecho otra vez, otro intento fallido de coquetear. En su defensa, había pasado mucho tiempo desde que había salido con un hombre, y se le había olvidado cómo hacerlo.

Mientras miraba sus dedos poco atractivos —odiaba esas manos y esos pies desproporcionados que había heredado de su padre de ojos verdes; no tenían nada de elegancia ni atractivo—, se dio cuenta de la escalofriante maleza que ahogaba el jardín de Khải.

—¿Qué pasa si piso todas esas espinas? —Ella le dedicó una sonrisa que deseó fuera sexi—. ¿Me llevarías en brazos?

Él llevó la maleta hacia la puerta delantera sin mirarla.

—Quédate en el pavimento y estarás bien.

—Puedo limpiar el jardín para ti. Soy buena en eso —añadió mientras daba saltitos detrás él.

Khải tomó las llaves del bolsillo y abrió la puerta.

—Me gusta como está.

Ella volvió a mirar el jardín por encima de su hombro para asegurarse de que no eran imaginaciones suyas, y, no, seguía siendo una jungla de espinas, enredaderas enmarañadas y arbustos secos.

Él se había equivocado cuando había dicho que Esme era la más rara de los dos. Él ganaba esa competición sin ni siquiera intentarlo. Sin lugar a dudas, era la persona más extraña que ella había conocido nunca. Todavía no lo conocía bien, pero se había percatado enseguida de lo peculiar que era: no la miraba a los ojos cuando hablaba, vestía todo de negro, le gustaba el páramo que tenía como jardín y decía cosas rarísimas. Eso le dio esperanzas.

Lo extraño era bueno. Lo extraño era una oportunidad.

Además, ella también era rara. Solo que no tanto como él.

—Tienes una... mente abierta —acotó ella.

Él la miró como si pensara que estaba loca, y ella se reprendió para sus adentros.

—¿Por qué aparcas en la acera cuando tienes eso? —Señaló el garaje. A juzgar por el tamaño del portón, podía guardar dos vehículos allí. No tenía sentido que aparcara su hermoso coche en la calle. No a menos que tuviera tres coches, lo que dudaba que él pudiera permitirse, teniendo en cuenta el estado de su jardín y de su casa.

En lugar de responder a su pregunta, Khải la condujo al interior de su casa. Ella se preguntó si él no la había oído o si la había ignorado de manera deliberada, pero lo dejó pasar. El interior era incluso más extraño que el exterior: la moqueta mullida lucía más como césped que el jardín, había máquinas de gimnasio por todo el salón, y las luces y cortinas metálicas parecían provenir de una era diferente. Después de dejar los zapatos en el suelo, siguió a Khải por un pasillo estrecho, y las fibras de la moqueta suave abrazaron sus pies desnudos a cada paso.

Khải dejó la maleta en una pequeña habitación que albergaba un escritorio, un sofá y un armario. Cuando ella observó el viejo papel de pared, unas lágrimas se agolparon en sus ojos. Osos de felpa, pelotas de playa, muñecas, zapatillas de ballet y cubos de juguete. Esa tenía que haber sido la habitación de un niño. Rozó con la punta de los dedos las zapatillas de ballet. A Jade le encantaría ese lugar.

—Esta es tu habitación —anunció Khải—. Tendrás que conformarte con el sofá para dormir.

—Es muy bonita. Gracias, Anh Khải. —Nunca en toda su vida había dormido en algo tan confortable como un sofá. Nunca había *tenido* un sofá. Pero no mencionó nada de eso. Ahora era la sofisticada Esme la Contable. Esme la Contable probablemente tenía un hermoso apartamento con dos o tres sofás y nunca había dormido en un colchón de paja sobre un suelo de tierra prensada.

La solitaria chica de campo que llevaba dentro contempló el enorme sofá vacío y volvió a sentir nostalgia de su hogar. Quería su colchón de paja, su suelo de tierra, su casa de una sola habitación y los cuerpos dormidos de su pequeña hija, su abuela y su madre. Estaba exhausta, pero no sabía cómo iba a poder dormir sola.

—El teléfono del escritorio es para ti. —señaló Khải antes de girarse para salir de allí.

—Espera, ¿para *mí*? —Se acercó con prisa al escritorio y extendió la mano hacia el teléfono plateado, pero cerró el puño antes de tocarlo. Sería una pena manchar el elegante teléfono con los dedos.

—Mi madre me dijo que necesitabas una tarjeta SIM nueva, pero un teléfono nuevo es más fácil. Si no te gusta, puedo cambiarlo por un modelo con más prestaciones.

Pero eso costaría incluso más.

—Es *nuevo* —destacó ella.

Khải metió una mano en su bolsillo.

—Sí. —Lo dijo como si fuera lo más normal del mundo.

—¿Puedes devolverlo?

Khải frunció el ceño mientras inclinaba la cabeza hacia un lado.

—No lo creo. ¿De verdad no te gusta?

Ella se retorció las manos.

—No, me *gusta*, pero...

—Entonces, ¿dónde está el problema? Utilízalo y ya está.

Una ola de ansiedad ruborizó su rostro, pero ella se obligó a decir:

—Te lo pagaré tan pronto como consiga un trabajo. —Esperaba ganar lo suficiente como para poder hacerlo. En su país, tendría que ahorrar la mayor parte del año para pagar algo tan bonito.

—No es necesario.

Ella levantó el mentón.

—Sí lo es. —Era importante que él supiera que no se casaría con él por su dinero; nunca había sido una cuestión de dinero para ella. En cualquier caso, le gustaba que él no tuviera tanto dinero como sus vecinos, así harían mejor pareja. Ella no necesitaba a un hombre rico. Solo necesitaba a alguien que fuera suyo. Y de Jade.

Khải simplemente se encogió de hombros.

—Como quieras. Iré a calentar la cena. Ya vendrás cuando tengas hambre.

Ella dejó caer los hombros. Él no comprendía que ella quisiera ganarse las cosas por sí misma.

—Primero llamaré a casa, ¿puedo?

—Sí, claro, adelante.

Tan pronto como él se retiró de la habitación, ella cerró la puerta con cautela, desenchufó el cargador blanco del teléfono, se sentó en el sofá y se quedó mirando su increíblemente elegante teléfono *nuevo*. No había esperado nada de eso. Era el mejor regalo que podría haberle hecho, el mejor de todos. Y a él ni siquiera le gustaba ella.

Era un tipo extraño, insensible y muy posiblemente un asesino, pero cuando ella contemplaba sus acciones, lo único que veía era gentileza. Cô Nga había estado en lo cierto: Khải era bueno; muy muy bueno.

Antes de partir, había memorizado cómo hacer una llamada internacional desde Estados Unidos y marcó el número de su madre, quien respondió después del primer tono:

—Hola, Má.

—Vamos, vamos, cuéntamelo todo.

—Antes de nada, ¿cómo está Ngọc Anh? ¿Puedo hablar con ella?

—Está bien; entusiasmada porque pronto tendrá un padre. Cuéntame un poco. ¿Cómo va todo? ¿Te gusta él? —preguntó su madre.

—Sí, me gusta.

Se oyó un «Mmm» de aprobación al otro lado de la línea.

—Muy bien. ¿Y su casa? ¿Es agradable?

—Me gusta —respondió Esme—. La que será mi habitación tiene un empapelado precioso. Si Ngọc Anh lo viera, le encantaría. Y tengo un sofá solo para mí.

—¿No dormirás con él?

Esme puso los ojos en blanco.

—No, Má, no dormiré con él. ¿No lo recuerdas? Él no quiere casarse.

—Eso no significa que quiera dormir solo.

—¡Me acabo de bajar del avión! —le recordó a su madre. Necesitaba tiempo para poner en marcha sus poderes de seducción, si es que todavía contaba con tales poderes. Trabajando tanto como lo hacía, no tenía tiempo para tener citas ni para entregarse al deseo. Además, el mero recuerdo de los rostros de su madre y abuela cuando se enteraron de su embarazo bastaba para hacer que cualquier hombre se volviera poco interesante.

—Ah, claro, claro, ha sido un viaje largo —asintió su madre. Después de un instante de silencio, añadió—: ¿Y no podrías aflojar las patas del sillón y decir que se ha roto?

—¡¿Por qué haría eso?!

—Para poder dormir con él, hija.

Esme apartó el teléfono de su oreja y se quedó mirándolo. ¿Quién era esa mujer con la que estaba hablando? La voz parecía la de su madre, pero no sus palabras.

—No puedo hacer eso. Está *mal*.

—Bien, olvida lo que he dicho —refunfuñó su madre—. Mira, habla con tu niña.

—¡Má! —La vocecita hizo que el corazón de Esme se derritiera incluso mientras se quebraba. Ella tendría que estar con su hija, no al otro lado del mundo persiguiendo a un hombre.

—Hola, mi niña. Te echo mucho de menos. ¿Qué has hecho desde que me fui?

—Ayer atrapé un pez enorme en la laguna. La bisabuela lo golpeó contra un árbol hasta matarlo y, después, nos lo comimos para cenar. Estaba *buenísimo*.

Esme se cubrió los ojos con una mano.

«Lo golpeó contra un árbol hasta matarlo...». Esme la Contable se horrorizaría con esa conversación. No solo no tendría una hija de cinco años nacida fuera del matrimonio, sino que su hija no estaría pescando su propia cena. Y, evidentemente, no habría ningún animal asesinado a golpes contra un árbol.

Pero al menos su hija era feliz. Era un pecado terminar con una vida, incluso la vida de un pez, pero Esme sacrificaría con gusto un banco entero de truchas para distraer a Jade y hacer que no echara de menos a su madre. Levantó los pies y apoyó su cabeza fatigada contra el apoyabrazos del sofá mientras Jade hablaba sin parar sobre peces, gusanos y grillos.

Cuando sus párpados se cerraron lentamente, casi pudo sentir el sol de Việt Nam sobre la piel y a su pequeña en brazos. Se durmió con una sonrisa en los labios.

Capítulo cinco

Algo mojado cayó sobre el rostro de Khai. Otra vez. Parecían gotas de lluvia. Excepto que estaba en su cama. ¿Estaba goteando el techo? ¿Se desmoronaría sobre él?

Abrió los ojos y estuvo a punto de gritar.

Esme estaba de pie junto a su cama, mojada y envuelta solo en una toalla.

—Creo que he estropeado la ducha. Sale agua por todos lados. —Se agarró la toalla más cerca del pecho.

Khai se sentó derecho, se frotó el rostro con una mano y se preparó para salir de la cama.

—Déjame verla. Es probable que solo haya que ajustar el... ¡mierda!

Volvió a tirar las sábanas sobre su entrepierna. Estaba teniendo una erección matutina monstruosa. Ella no podía ver eso. La manera en la que se elevaban sus calzoncillos era grotesca, y ella probablemente creería que era debido a ella. Pero no era así.

Casi todos los días se despertaba así, y no era que tuviera ninguna adicción descontrolada al porno o algo por el estilo. Solo era una reacción biológica natural a los niveles matutinos de testosterona; una de las que habría podido prescindir. Sus mañanas serían mucho más eficientes si no tuviera que masturbarse en la ducha todos los días.

Sin embargo, cuando la descubrió mirando su pecho desnudo y sus abdominales, dejó de pensar en la eficiencia y en los niveles hormonales inoportunos. Ella se mordió el labio, y él hubiese jurado que podía sentir los dientes de ella en sus propios labios. Los músculos de su estómago se tensaron y sus sentidos se agudizaron. Era hermosa incluso sin maquillaje; se veía más natural, más *real*. Las gotas de agua sobre su piel suave destacaban con una claridad perfecta y lo atraían; algo le decía que debían saber mejor que el agua común. No había pensado que fuera posible, pero su erección se acentuó aún más.

«Mierda».

Haciendo un gran esfuerzo para ocultar su erección descomunal, se levantó de la cama y arrastró los pies hasta el baño, el único lugar reformado de toda la casa. Se quedó parado frente a la ducha y observó confundido cómo las luces parpadeaban con los colores del arcoíris y el agua emanaba de los orificios ubicados en la parte superior y lateral. ¿Cómo había conseguido hacer eso? Él no sabía que tenía una opción de lavado de coches.

—¿Está rota? Pagaré el arreglo —declaró Esme.

—No, creo que solo has presionado los botones equivocados. —Muchos de ellos. Quizás todos al mismo tiempo. O quizás era como un videojuego en el que tenías que presionar los botones siguiendo un orden determinado. Ella había encontrado de manera accidental una combinación secreta que no figuraba en el manual.

No había elección, tenía que entrar.

Respiró hondo y se metió en la ducha en calzoncillos. El agua caliente lo atacó desde todas las direcciones, y le empapó el cabello y le masajeó los músculos. Hubiera sido agradable si no fuera por el parpadeo de las luces, sus calzoncillos ahora empapados y por el público. Cuando alcanzó el panel de control, presionó el botón de apagado. El ciclo de las luces de colores finalizó y el diluvio se interrumpió. El agua remanente cayó desde los orificios y golpeó el suelo con un goteo íntimo.

Se echó el pelo hacia atrás y dijo:

—Ven, te enseñaré cómo funciona.

Esme inclinó la cabeza, aferró un poco más la toalla al pecho y se situó junto a él.

—Primero, presionas el botón de encendido. Este también lo apaga todo. Y yo en general utilizo el modo ducha vertical, que se encuentra aquí. Solo dos botones. Así, ¿lo ves? —Presionó los botones, y el agua cayó sobre ellos como una lluvia suave—. ¿Entiendes?

Ella asintió.

—¿La has arreglado?

—No estaba rota.

Ella dejó caer los hombros mientras soltaba un suspiro de alivio y le dedicaba una sonrisa. Cuando el agua cayó sobre sus ojos, se pasó una mano por el rostro, pero no sirvió de nada. Estaban los dos bajo la ducha con el agua encendida. Cada segundo que pasaba, la toalla se empapaba más. Tenía que quitársela. Pero entonces estaría desnuda. Junto a él. Rodeados de agua y vapor y paredes de piedra empañadas.

El extraño estado de conciencia agudizada regresó, esta vez más fuerte. El rugido del agua que corría se volvió más intenso, y él sintió cómo cada gota se disolvía contra su piel como un beso suave. Unas imágenes de él quitándole la toalla mojada cruzaron por su mente, aunque el cuerpo de ella permaneció borroso desde el pecho hasta los muslos. Él no sabía cómo imaginarla, pero quería hacerlo. ¡No!, no quería. Sí, sí quería. No, en realidad no. No necesitaba esas imágenes vagando por su mente pervertida.

—Somos muy listos, ¿eh? —dijo Esme con una sonrisa—. Lavamos ropa, toallas y cuerpos al mismo tiempo. Así ahorramos agua.

—No estoy seguro de que estemos más limpios que antes.

Ella inclinó la cabeza hacia abajo y se enjugó el agua de los ojos.

—Solo estoy bromeando.

—¿Alguna vez hablas en serio? —preguntó Khai.

Ella levantó uno de sus elegantes hombros y le dirigió una especie de sonrisa insegura.

—Solo quiero que seas tú mismo conmigo.

—Lo soy. —¿Acaso no lo era? Sin duda, no estaba fingiendo ser otro; sin embargo, si miraba las cosas de manera objetiva, eso era precisamente lo que la gente que lo rodeaba quería normalmente: que él actuara diferente, de manera más apropiada, más intuitiva, más considerada, menos excéntrica, menos... él. ¿De verdad a ella no le importaba su verdadero yo?

La sonrisa de Esme se volvió más amplia, y lo único que él pudo hacer fue mirarla fijamente. Qué mujer tan rara, incomprensible y hermosa. Siempre estaba bromeando y sonreía todo el rato. Sintió un cosquilleo en los dedos y un deseo de tocar esa sonrisa, y dio un paso atrás a modo de autoprotección.

—Dejaré que te duches. Puedes utilizar la otra toalla que hay ahí.

Khai escapó del baño. De pronto, estaba en su vestidor, goteando agua sobre la moqueta mientras miraba de forma ausente la ropa negra que colgaba de las perchas. Su corazón retumbaba como si hubiera bebido cinco latas de Red Bull, y su pene hacía cosas obscenas en la parte delantera de sus calzoncillos mojados.

Le llevó un esfuerzo enorme recordar qué día era y cuáles eran los planes correspondientes, pero luego la frustración viajó por su cuerpo. Ella lo había echado todo a perder con el lío de la ducha. Y ahora, con ella allí dentro, ni siquiera podía lavarse los dientes. Al menos no sin echarle un vistazo, lo que, honestamente, disfrutaría demasiado... Se golpeó la frente contra la pared de su vestidor. ¡Maldición!, tenía que poner freno a todo eso.

Decidido a que el resto del día funcionara como era debido, tomó su ropa deportiva, ató los cordones de su calzado y tomó un cepillo de dientes y un dentífrico de repuesto que tenía en el armario de la ropa de casa; entonces se dirigió a la cocina a lavarse los dientes en el fregadero, devoró una barra proteica y bebió un vaso de agua. Era domingo por la mañana, y eso significaba que debía ejercitar la parte superior del cuerpo. Si abandonaba su rutina de ejercicio, comenzaba a perder peso muy rápido, y eso le desagradaba. Le recordaba demasiado a cuando era más joven y torpe y extremadamente raro. En ocasiones todavía era raro, pero ya no era torpe. Había conseguido deshacerse de esa cualidad entrenando sus músculos durante horas y horas de práctica.

Como siempre, caminó lentamente hasta su sala de estar y se situó en la máquina adecuada. Mientras levantaba una barra de cincuenta y seis kilos por encima de su cabeza, vio cómo Esme entraba en la cocina, tomaba algo de fruta de la variada selección que había dejado su madre y se servía un vaso de agua, que se olvidó en la encimera, pero él se mantuvo concentrado y cumplió con eficiencia con las cinco series de cinco repeticiones.

Para cuando terminó de trabajar los bíceps, había perdido el rastro de Esme. No pasaba nada, ella era adulta y no necesitaba supervisión. Empezó a hacer flexiones en la barra, siempre cinco series de diez.

«Una, dos, tres...».

Solía odiar ese tipo de flexiones; sin embargo, ahora que había mejorado, le gustaban. El ritmo de su respiración y el movimiento de los brazos estaban perfectamente sincronizados.

«Cuatro, cinco, seis...».

Si lo intentaba, probablemente sería capaz de hacer un número descabellado de repeticiones antes de que su cuerpo cediera, en especial si no tuviera la pesa de once kilos amarrada a la cintura.

«Siete, ocho, nueve...».

Un movimiento al otro lado de la ventana, en el exterior, le llamó la atención, y se quedó inmóvil con los pies colgando por encima del suelo. Esme se encontraba en el jardín trasero, con el cabello recogido en una coleta, y llevaba puestos unos pantalones de estampado floral —¡¿aquello eran unos bombachos?!— y una camiseta blanca sin un maldito sujetador debajo.

Sus pechos se balanceaban seductoramente mientras talaba un pequeño árbol con... ¡uno de sus cuchillos de cocina japoneses!

Los pies de Khai cayeron sobre la moqueta con un ruido sordo, y fue vagamente consciente de la suerte que había tenido de no lesionarse con la pesa que colgaba entre sus piernas. Aun así, no podía desviar los ojos de la ventana.

Ay, diablos, era el cuchillo de la carne. ¡Ella estaba talando un árbol con un cuchillo para carne! Dudaba que talar madera fuera uno de los propósitos del cuchillo; pero, como solía ocurrir con la ingeniería japonesa, el cuchillo superaba todas las expectativas.

Y podía ver sus pezones oscuros a través de la fina camiseta. No podía ser el único que pensara que esa situación era absolutamente desconcertante. Resultaba excitante y fascinante, y aterrador —ella iba armada—; y también un poco frustrante, porque ella había redefinido profundamente el propósito de su sofisticada cubertería...

Fue derecho hacia la ventana, la abrió de pronto y le preguntó:

—¿Por qué estás cortando ese árbol? Y con un cuchillo para la carne, además.

Ella separó el cuchillo del tronco estrecho del árbol y le dedicó una sonrisa como si todo aquello fuera perfectamente normal.

—Estoy limpiando un poco.

Los labios de Khai se movieron sin emitir sonido.

—No es necesario —respondió finalmente.

—Estoy haciendo que tu jardín luzca mejor. Ya verás.

Pero a él no le importaba cómo luciera. Bueno; eso no era del todo cierto. Le importaba un poco. Solo lo suficiente como para obtener el placer perverso de irritar a sus vecinos con su fachada y jardín deteriorados. Había tenido la intención de arreglar las cosas, pero la diminuta anciana de la calle de enfrente, Ruthie, le había enviado una carta en la que lo amenazaba con denunciarlo si no intentaba hacer que su hogar encajara mejor con el vecindario. Y él era capaz de hacer casi cualquier cosa si se lo pedían con amabilidad —ejemplo de ello era su situación actual, en la cual una mujer a la que le gustaba blandir cuchillos estaba conviviendo con él—, pero si lo amenazaban... Él y Ruthie estaban inmersos en una batalla silenciosa, y él acabaría con ella. No le importaba que ella tuviera unos cien años.

Esme le propinó al árbol un último golpe, y el tronco se partió por la mitad. La copa frondosa del árbol cayó al suelo, y ella sostuvo el cuchillo en alto y dijo:

—Soy buena con los cuchillos.

Khai se alejó lentamente de la ventana.

¿En qué número se había quedado? No tenía ni idea, así que comenzó de nuevo por el principio.

«Uno, dos, tres...».

Esme hizo a un lado el cuchillo y se inclinó para arrastrar el árbol caído, y sus pantalones se estiraron sobre su trasero de una manera muy seductora. No debería ser sexi. Ahora tenía la absoluta certeza de que aquello eran unos pantalones bombachos. Pero a su pene no le importó; se puso firme e hizo presión contra sus pantalones de deporte.

Khai sacudió la cabeza y se obligó a concentrarse. «Mente gana a pene. Mente gana a pene». Podía hacerlo. «Regla número seis, maldita sea».

«Cuatro, cinco, seis...».

El árbol debió haberse atascado con algo, porque ella comenzó a tirar de él, y su perfecto trasero cubierto con los bombachos se sacudió como si estuviera bailando en un video musical de Beyoncé. Khai se quedó mirándola, atrapado sin remedio en la erección más confusa de toda su vida.

Cuando el árbol se soltó, ella trastabilló algunos pasos hacia atrás y luego lo arrastró hacia el extremo más lejano del jardín. Encontró una pala en algún lugar —él no sabía dónde; ¡ni sabía que tenía una pala!— y regresó para clavarla en el hueco que había dejado el árbol recién arrancado. Sus pechos rebotaron, y el sudor relució sobre su rostro enrojecido antes de que se lo enjugara con el dorso del brazo.

A Khai lo asaltó la idea de que quizás debería estar ayudándola en lugar de observarla como si fuera un paisajista pornográfico. Se suponía que uno no debía permitir que las mujeres realizaran el trabajo duro. Quizá debería añadirlo a las Reglas. Sin embargo, él ya le había dicho que no tenía por qué hacerlo. Si sus manos deseaban arar el terreno de Silicon Valley, ¿qué derecho tenía él de negarle esa alegría? Además, él se oponía a arreglar su jardín por principios, dada su enemistad con Ruthie y todo eso.

Desvió la mirada y regresó a hacer flexiones. Mantener la concentración. «Mente gana a pene».

«Uno, dos, tres...».

Esme se inclinó, lo que hizo que sus pantalones volvieran a estirarse sobre su trasero, y un gemido retumbó en el pecho de Khai. Después de sacar una piedra de la tierra y arrojarla a un lado, ella volvió a trabajar con la pala.

«Uno, dos, tres...».

Cada vez que la pala se hundía en la tierra seca, la determinación de Esme seguía creciendo. Esa mañana se había despertado con su teléfono nuevo pegado al rostro y una manta sobre ella. Él la había tapado mientras dormía. Era un pequeño gesto, pero hacía un poco de frío en la habitación. ¿Qué sucedería si se enfermaba? Era una señal. Estaba claro que él no era perfecto, pero era perfecto *para ella*. Y para Jade. Esme tendría que poner todo su empeño en casarse con él.

Su nombre, Khải, significaba *victoria*, pero la forma con la que él lo decía, sin énfasis ni tilde, significaba *abrir*. Y eso era exactamente lo que ella debía hacer. Él estaba cerrado, y ella tenía que abrirlo. Su experiencia le decía que, cuando querías abrir algo, primero lo limpiabas para ver con qué estabas lidiando y luego trabajabas en ello con mucho esfuerzo. Esme no era buena con muchas cosas, pero tenía habilidad para limpiar y trabajar con esfuerzo. Podría hacerlo; quizás hasta estaba destinada a ello.

Comenzaría arreglando el jardín de Khải. Luego seguiría con su casa. Y, por último, con su vida. Él había manifestado que no se sentía insatisfecho con ninguna parte de su vida, pero eso era absolutamente falso. Por alguna razón, él había erigido un muro alto alrededor de sí mismo. Ella lo derribaría, tal y como había derribado ese árbol, y encontraría el camino hacia su corazón.

Con eso en mente, trabajó en el jardín hasta que el sol estuvo en lo alto del cielo. Luego entró en la casa para almorzar con él y seducirlo de manera sutil, o no tan sutil.

Pero él ya no estaba.

La había dejado sola en esa casa sin decirle nada.

Capítulo seis

Cuando el reloj despertador de Khai sonó a la mañana siguiente, él le propinó un golpe, se sentó y observó su habitación con ojos adormecidos. Había pasado el domingo en su oficina para escapar de Esme, pero ella había conseguido invadir sus sueños. Había dormido unas tres horas como mucho. Las fantasías lo habían asaltado durante toda la noche. Fantasías sexuales. Con unos pantalones bombachos como protagonistas.

Ya era oficial, estaba perdiendo la cabeza; y tenía una erección monstruosa. Su pene se encontraba tan duro que estaba levantando la pesada manta por cuenta propia. Tenía que encargarse de eso, pero ¿cómo lo podría hacer teniendo a otra persona al otro lado de la puerta? ¿Qué sucedería si ella lo interrumpía? Ninguna de las cerraduras funcionaba en esa casa (algo que nunca había sido un problema hasta ese momento).

Caminando con su miembro apuntando hacia delante como la aguja de un compás, se dirigió al baño, encendió la luz y abrió el cajón que había junto al lavabo, donde guardaba su cepillo de dientes y el dentífrico. No estaban. Abrió por completo el cajón, pero no salieron rodando desde el fondo. Él sabía que los había colocado allí la noche anterior. Siempre los devolvía a su lugar.

¿Estaba alucinando? ¿Se encontraba en mitad de una pesadilla? ¿O alguien realmente raro le había *robado* sus productos de higiene bucal? ¿Por qué alguien le...?

Su cepillo de dientes y dentífrico se encontraban apoyados sobre la encimera junto al grifo y a un vaso de la cocina. ¿Qué demonios...?

Tenía que ser cosa de Esme.

Tomó su cepillo de dientes, colocó dentífrico sobre él y se lo metió en la boca. Mientras se cepillaba, observó el baño. Esme debía de haberse despertado al alba, porque había detalles nuevos por todos lados. No tenía la misma apariencia que la noche anterior. Los lados de su caja de Kleenex ya no se encontraban paralelos a las paredes, y el pañuelo de papel que salía de la caja estaba doblado con esmero formando un triángulo. Esme había recolocado las toallas de baño de los estantes, y ahora estaban dobladas en tercios, con una toalla de mano y una toallita encima. Su baño lucía bien, pero ¿era práctico? Conteniendo un gruñido, volvió a acomodar la caja de Kleenex a su posición anterior, con los lados paralelos a las paredes.

Mientras se duchaba, se puso acondicionador en el cabello accidentalmente, antes de lavarse con champú, porque ella había cambiado el orden de los envases, y tuvo que colocarse acondicionador una segunda vez, lo cual le resultó absolutamente irritante. Por si no fuera poco, cuando quiso salir, tomó su toalla de baño e hizo caer las más pequeñas al suelo. Entonces, se inclinó para recogerlas y, al incorporarse, se golpeó la cabeza con el estante de las toallas.

Cuando logró vestirse y salir de la habitación, estaba furioso, con prisas y posiblemente con una conmoción cerebral. Fue directo a la cocina, y el aroma lo envolvió de inmediato. Picante. Similar al marisco. Tan intenso que le hizo toser. Esme se encontraba junto a los fogones, vertiendo salsa de pescado en una cacerola que contenía sopa hirviendo mientras, con un trapo húmedo, limpiaba de manera distraída una mancha que había junto al fuego.

Durante un instante de confusión, Khải se olvidó completamente del olor a salsa de pescado quemada. Ella llevaba puesta una camiseta y... nada más. Guau, esas piernas...

Esme le dedicó una sonrisa amplia por encima del hombro.

—Hola, Anh Khải.

Su alegría lo hizo salir de su estado adormecido de una sacudida, y el aroma intenso a salsa de pescado volvió a inundarlo. Muy intenso. Sí, hacía que las comidas tuvieran un sabor delicioso, pero ¿quién quería oler eso todo el día? Y su nombre, ella seguía pronunciándolo de esa forma...

Esme le dedicó una mirada de confusión mientras él abría las ventanas y la puerta de vidrio que daba al jardín y también encendía la campana extractora que había sobre los fogones.

—Para quitar el olor —explicó.

—¿Qué olor?

Él parpadeó una vez, dos veces. ¿Acaso ella no lo había notado? Estaba por todos lados. En ese mismo instante lo imaginaba impregnando la pintura de las paredes.

—¿La salsa de pescado? —Él señaló la botella de cuello alto que ella sostenía y que tenía un calamar en la etiqueta.

—¡Ah! —Esme la apoyó en la encimera y se limpió las manos con incomodidad con el trapo de cocina húmedo. Después de un instante tenso, pasó con prisa junto a él para abrir el armario que había a su lado—. He preparado café. —Se puso de puntillas para tomar la taza que había en el estante del medio, y el dobladillo de su camiseta se deslizó hacia arriba y reveló los glúteos perfectamente atractivos de su trasero y su ropa interior blanca.

Su pene se puso firme de inmediato y le recordó que se había saltado una parte importante de su rutina matutina dos veces consecutivas. Después del incidente paisajístico del día anterior, le pareció curiosamente lógico que Esme pudiera provocarle una conmoción, un sentido del olfato hipersensible y un dolor testicular al mismo tiempo. El escote amplio de su camiseta se deslizó hacia un lado y reveló uno de sus elegantes hombros, y él tomó una respiración lenta y cargada de salsa de pescado. Más y más dolor testicular.

Ella agarró una taza, vertió un poco de café en ella y la sostuvo extendida, sonriéndole, con los ojos verdes iluminados y su cabello color café oscuro, despeinado de manera sexi, que coronaba su rostro con forma de corazón.

—Para ti. —Khai aceptó la taza y bebió un sorbo—. ¿Está rico? —preguntó.

Él asintió, pero en realidad no tenía ni idea de qué sabor tenía. Sus sentidos se encontraban sobrepasados. Por la salsa de pescado quemada.

Y por ella. Espuma de mar, decidió. No el sabor del café, sino el color de sus ojos. Verde espuma de mar.

La sonrisa de Esme se volvió más amplia, pero inmediatamente después se ruborizó y se guardó un mechón de cabello detrás de la oreja.

—¿Por qué me miras de esa forma?

—¿De qué forma?

—Así, fijamente y tanto rato —dijo ella.

—Ah. —Khai se obligó a desviar la mirada y bebió otro sorbo de café para tener algo que hacer. Todavía no podía sentir su sabor—. Algunas veces olvido que eso incomoda a la gente. —Él no contaba con ese sentido que la mayoría poseía y que les indicaba cuándo había que dejar de establecer contacto visual, así que, si no estaba atento, fijaba la mirada durante demasiado tiempo o no lo hacía en absoluto. Se aclaró la garganta—. Intentaré no hacerlo.

Esme pareció estar a punto de decir algo, pero giró sobre sí misma y comenzó a servir sopa en un tazón lleno de gruesos fideos de arroz preparados por su madre —*bánh canh*—, cebolletas, cebolla frita seca, camarones y delgadas lonchas de cerdo. Una vez que hubo terminado, llevó el tazón hacia la mesa de la cocina y lo dejó junto a un plato de mango en rodajas y otras variedades de frutas. Apartó una silla y dijo:

—Para ti.

Khai se acercó a la mesa y se quedó mirando la comida.

—No como fruta. —Además era día laborable. La rutina era: comer una barra proteica, beber una taza de agua, correr al trabajo, ducharse en el vestuario, cambiarse y estar en su oficina en menos de una hora. Pero hoy primero debía llevar a Esme al restaurante, y ahora estaba toda esa comida que alguien tendría que comerse. Y para colmo, detestaba realmente hacer esperar a los demás.

«Maldición».

Tendría que lidiar con eso durante tres meses más. Tres meses enteros con ella en su vida, doblando sus Kleenex y provocándole dolor de testículos, confusión, conmociones cerebrales y... frutas.

—La fruta es buena para ti —insistió.

—Tomo un complejo vitamínico.

—La fruta es mejor que un complejo vitamínico.

Él sacudió la cabeza y se sentó, aunque lo único que deseaba era salir corriendo por la puerta y comenzar con su día. Merecía ganar un premio por demostrar un nivel tan alto de autocontrol. Deberían canonizarlo. O más incluso: coronarlo *caballero*.

Sir Khai, contable público.

Ella tomó la silla que se encontraba frente a él y dejó un vaso de agua sobre la mesa, a pesar de que había otro sobre la encimera; entonces, en lugar de sentarse de una forma normal, lo hizo sobre una pierna y se llevó la otra al pecho, y esperó.

—¿No vas a comer nada? —preguntó Khai.

—Ya he comido.

Así que... ¿ella simplemente lo observaría comer? Y la gente lo consideraba raro a él.

Se llevó a la boca una cucharada de fideos gomosos y sopa salada. Sabía un poco más salada de lo normal, ya que ella le había agregado más salsa de pescado, pero estaba buena; aunque él no tenía el hábito de desayunar sopa. Cuando le echó un vistazo a Esme, ella apretó los labios y miró con determinación una de las rodajas de mango.

Mierda. No era un niño de dos años. ¿Por qué le estaba sucediendo eso? Respiró de manera ofuscada, tomó una rodaja de mango y le dio un mordisco grande.

Una acidez extrema estalló en su boca, y él hizo una mueca mientras un escalofrío repentino viajaba por su cuerpo.

—*Puaj*.

Esme soltó una carcajada, y él le dedicó una mirada horrorizada.

¿Por qué se estaba riendo? Él no podía dejar de estremecerse mientras intentaba tragarse aquel bocado de ácido cítrico puro. Mierda, se le estaban llenando los ojos de lágrimas.

Ella contuvo su reacción.

—Lo siento. Está un poco ácido —dijo.

Diablos, estaba *muy* ácido.

Sin pronunciar una palabra, Khai bebió de su taza de café, volvió a estremecerse y luego bebió otro sorbo. *Uf.*

Esa era su nueva vida. Su vida era un infierno.

—Lo siento. Me gusta lo ácido —declaró Esme con un gesto de disculpa—. Sabe bien con sal y chile.

Él extendió su rodaja de mango a medio terminar.

—¿Te *gusta* esto?

Ella le quitó el trozo de los dedos y lo mordió con una completa indiferencia hacia la transferencia de gérmenes. ¿No le importaban las bacterias o enfermarse? Ya que estaba, podría haberlo besado... qué pensamiento más perturbador.

Sonriendo con el mango verde atrapado entre los dientes, Esme dijo:

—¡Delicioso!

Él parpadeó y terminó la sopa de fideos. Con ese nivel de tolerancia a las comidas ácidas, era probable que sus intestinos tuvieran la fuerza corrosiva suficiente como para digerir una cría de foca entera. Algunas veces la naturaleza resultaba aterradora.

Ella lo ayudó a terminar el resto de su fruta; Khai no estaba dispuesto a probar ni un solo bocado más. Ambos lo limpiaron todo y ella corrió a su habitación y regresó treinta segundos más tarde, vestida con una camiseta blanca, unos pantalones negros y el cabello recogido en una coleta.

Después de pasar en coche junto al instituto para adultos y aparcar en su plaza frente al restaurante de su madre, Khai se contuvo y evitó tamborilear los dedos contra el volante mientras Esme recogía sus cosas, se quitaba el cinturón de seguridad y lentamente salía del coche. Tan pronto como cerró la puerta, él puso la marcha atrás. Por fin podía *irse*.

Pero ella dio la vuelta, se acercó a su lado y le hizo un gesto para que bajara la ventanilla, y él obedeció, a pesar de que no deseaba hacerlo. «¿Ahora qué, ahora qué, ahora qué?».

Esme lo miró a los ojos y le dijo:

—Gracias por traerme. Y con respecto a las miradas... —Sus labios se curvaron formando una sonrisa que pareció casi tímida—. Puedes mirarme durante tanto tiempo como quieras. No me molesta. Adiós, Anh Khải.

Se giró y caminó dando pasos firmes hacia la puerta delantera del restaurante; la coleta se balanceaba de un lado a otro con cada paso. Él había quedado libre; sin embargo, dejó el coche inmóvil allí mismo. Todavía le faltaban horas de sueño, se había salido de su rutina por completo, estaba muy irritado, le dolía la cabeza y sus testículos todavía estaban doloridos. Pero algo en su interior se había aflojado, y ahora no le molestaba tanto la manera con la que ella pronunciaba su nombre. Esperó hasta que la puerta del restaurante se cerró detrás de ella y se fue.

—Ven, ven —dijo Cô Nga en cuanto Esme atravesó la puerta, y le hizo un gesto con la mano para que se acercara a la mesa donde se encontraba rellenando pimenteros—. Ven y cuéntamelo todo.

Esme se deslizó sobre el banco de cuero rojo, le echó una mirada rápida al restaurante y contempló las paredes naranjas, los bancos rojos, las mesas negras, la pecera enorme del fondo y los aromas familiares a comida. De manera sorprendente, al margen de aquellos bancos con respaldo que separaban unas mesas de otras, el restaurante no era diferente del que uno encontraría en Viêt Nam, y Esme sintió que había regresado a casa. Allí, el aroma a salsa de pescado era bien recibido.

Tomó un mechón de su cabello y se lo llevó a la nariz, pero no detectó nada. Se lo había lavado la noche anterior. Estaba limpia. Sin embargo, siguió sintiendo una vergüenza incómoda cuando recordó cómo él había abierto todas las ventanas y la puerta para dejar salir un olor que ella no había detectado.

Cô Nga levantó la mirada del pimentero.

—¿Cómo van las cosas?

Esme se encogió de hombros y sonrió.

—Es demasiado pronto.

—¿Te está dando mucho trabajo? —preguntó Cô Nga—. ¿Debería hablar con él? Me prometió que te trataría como si fueras su prometida.

Esme se apresuró a sacudir la cabeza.

—No, él ha sido bueno conmigo. Desayunamos juntos esta mañana y... —Consideró contarle a Cô Nga que su hijo la había abandonado en su casa durante todo el día anterior, pero no se animó.

Cô Nga enarcó las cejas.

—Y... ¿qué más?

—Nada más. —Esme tomó el gran contenedor de pimienta de Cô Nga y continuó rellenando los pimenteros allí donde Cô Nga se había detenido.

—Hay un secreto para lidiar con mi Khải —dijo Cô Nga después de un momento.

—¿Un secreto?

—Él no habla mucho y es muy inteligente, así que la gente cree que es complicado, pero en realidad es muy simple. Si quieres algo de él, lo único que tienes que hacer es decírselo.

—¿Solo decírselo? —Esme no pudo ocultar el escepticismo de su voz.

—Sí, solo habla con él. Si está demasiado callado, dile que quieres que te hable. Si te sientes aburrida en casa, dile que quieres ir a algún lugar con él. Nunca des por sentado que él sabe lo que tú quieres. Porque no es así. *Debes* decírselo y, una vez que lo hagas, nueve de cada diez veces, él escuchará. La mayor parte del tiempo parece que no lo hace, pero a él le importa la gente. Incluso tú.

Esme evaluó la expresión seria del rostro de la mujer. Cô Nga creía lo que estaba diciendo.

—Yo... Sí, Cô.

Cô Nga sonrió y le dio un apretón en el brazo.

—Ahora déjame enseñarte el lugar, así puedes comenzar a trabajar.

Al terminar la hora del almuerzo, Esme estaba al borde del llanto. A ella no le importaba levantar peso o estar de pie —era tan fuerte como un búfalo de agua—, pero había olvidado que ser camarera implicaba tener que hablar. A menudo en inglés. Y eso era algo que también cumplía igual de bien que un búfalo de agua. Algunos clientes le habían dedicado miradas impacientes mientras ella luchaba por hablar, uno hasta le había gritado, otro se había burlado sin ningún tapujo, y ella solo quería encerrarse en el baño y esconderse durante el resto de la semana.

Apiló los platos sucios en el carrito. Limpió la mesa, la volvió a limpiar, y pasó a la siguiente. Intentó despejar la mente y concentrarse en el trabajo, hasta que recordó que se había confundido con el pedido de esa misma mesa. Había corrido a la tienda de alimentos del final de la calle para comprar crema, solo para descubrir más tarde que los clientes habían dicho *crepes*, que era *bánh xèo*. Qué error más humillante. ¿Quién iba a pedir solo crema en un restaurante tan lindo como ese? Tendría que haberlo pensado mejor. Se le llenaron los ojos de lágrimas y parpadeó con furia.

«No llores».

Cuando la última clienta se retirara, ella se comería esa crema y se reiría de todo ese asunto.

Platos sucios en el carrito de servicio. Limpiar la mesa y volverla a limpiar. Seguir con...

¡Crac! Olvidó mirar por donde caminaba, y su cadera tiró una silla al suelo. Y, para seguir con su racha de mala suerte, las pertenencias de la última clienta que quedaba en el local estaban sobre esa silla, y ahora había decenas de papeles desperdigados por todo el suelo.

—Lo siento, lo siento tanto... —se apresuró a decir. Se inclinó y apoyó las manos y rodillas en el suelo. Pero, una vez que estuvo allí abajo, la tarea le resultó abrumadora. Había papeles por todas partes, debajo de las mesas y las sillas. Era demasiado. La cadera le dolía al igual que la cabeza y quería gritar, pero no podía respirar...

—Déjalo, no te preocupes por eso —dijo una voz en un vietnamita educado.

Antes de que Esme se diera cuenta, ya habían recogido todos los papeles, y ella estaba sentada en una mesa con el vago recuerdo de unas manos firmes guiándola hacia el asiento y entregándole una taza de té.

—Bébelo lentamente —dijo la clienta mientras se sentaba enfrente de ella y la miraba con ojos amables.

Esme bebió un sorbo. El té de jazmín estaba tibio, granuloso y amargo, ya que eran los sedimentos de la tetera; aun así, la ayudó a calmarse. Se enjugó el rostro con el dorso de la mano, esperando sentir la humedad de las lágrimas, pero no encontró nada excepto su propia piel caliente. La mujer la había asistido antes de que ella pudiera romper a llorar.

—Yo como aquí regularmente y nunca te había visto antes. ¿Es tu primer día? —preguntó la mujer. Por su apariencia, tendría unos veinte años más que Esme. El pañuelo que llevaba alrededor del cuello, las gafas de sol que tenía en la cabeza y su vestido a la moda le daban un aire de sofisticación, aunque no de riqueza.

Esme asintió, sintiéndose tonta.

—Acabas de cruzar, ¿no es así?

No hubo necesidad de aclarar qué había cruzado o dónde había estado antes. Esme simplemente asintió de nuevo. Teniendo en cuenta cómo había resultado la hora del almuerzo, era demasiado evidente que ella acababa de llegar al país.

La mujer extendió el brazo por encima de la mesa y apretó su mano.

—Todo mejora con el tiempo. Yo era como tú cuando llegué aquí por primera vez.

Esme casi le contó que solo tenía asegurado un verano aquí, pero luego lo pensó mejor. No quería tener que dar explicaciones y que la mujer cambiara su amabilidad por una mirada de prejuicio. ¿Y qué imagen estaba dando, sentada allí bebiendo té en su horario laboral? Se puso de pie y, mientras continuaba limpiando las mesas que le faltaban, dijo:

—Gracias, Cô. Lamento lo de los papeles.

—Mi nombre es Quyền, pero llámame señorita Q. Así me llaman mis alumnos.

—¿Es usted maestra?

La señorita Q exhibió los papeles que había recogido del suelo.

—Así es. Estos son los deberes de mis alumnos. —Su rostro se iluminó y agregó—: Tú podrías unirte a mi clase. Enseño inglés por las noches. El curso de verano acaba de comenzar.

Esme tomó una respiración sorprendida, y su trapo se detuvo a medio limpiar. Su primera reacción fue de entusiasmo. Le encantaría volver a asistir al instituto, y sería tan agradable no sentirse avergonzada cuando hablara con los clientes y...

«¡No!», se dijo con firmeza. Las noches no eran para estudiar. Eran para seducir a Khải. Además, era mejor ahorrar el dinero para Jade. Después de todo, estaba allí por ella. Por Jade (y también por su propio padre). No por Esme. No podía justificar el gasto si era solo para hacerse feliz a ella misma.

—No es necesario —dijo al final—. Puedo arreglármelas.

Una sonrisa educada jugueteó en los labios de la señorita Q antes de que dejara un billete de diez dólares sobre la mesa, recogiera sus cosas y se levantara.

—Adiós, entonces. Si cambias de opinión, el instituto para adultos se encuentra justo enfrente. —Señaló por la ventana al pequeño edificio blanco al otro lado de la calle ajetreada y luego se retiró.

Casi con melancolía, Esme la observó abrirse camino para cruzar la calle sin utilizar el paso de peatones. No se percató de la hoja de papel que había quedado en el extremo más alejado del restaurante hasta que la mujer hubo desaparecido en el interior del instituto.

Esme se dirigió a recoger el papel, que era una redacción escrita por alguien llamado Angelika K. Comenzó a leer y siguió leyendo, y se quedó allí parada como una estatua hasta que terminó. Luego miró por la ventana hacia el instituto.

¿Estaba Angelika K. asistiendo al instituto para beneficio de otros? ¿O solo lo hacía porque ella lo deseaba?

Capítulo siete

Durante la semana siguiente, Khai tuvo que seguir una rutina nueva. Por las mañanas, desayunaban juntos; Khai comía cualquier cosa que Esme lo forzara a comer, y ella engullía con alegría las frutas tropicales. Entonces, se dirigían al trabajo, y él la pasaba a buscar por la tarde sobre las seis. Ese era el momento más ajetreado en el restaurante, pero su madre aseguraba que lo tenía todo bajo control. Khai sospechaba que ella quería que él y Esme cenaran juntos.

Aquello no era un romance meloso ni nada por el estilo, así que no sabía por qué su madre se tomaba tantas molestias. La mayor parte del tiempo, recalentaban los táperes de la nevera y comían como carroñeros. Otras veces, Esme cocinaba, y él tenía que encender la campana extractora y abrir todas las ventanas para ventilar el hogar. Mientras comían, Esme hacía comentarios extraños sobre el trabajo, sobre los sucesos de actualidad y sobre cualquier cosa que le pasara por la cabeza; él intentaba ignorarla, pero no solía tener éxito. Después de la cena, Khai hacía ejercicio y luego miraba la tele con el volumen bajo mientras trabajaba con su portátil. Ella, por su parte, aprovechaba el tiempo para atormentarlo de cientos de formas, nuevas y creativas.

El martes, Khai encontró sus calcetines enrollados y guardados en su cajón como si fueran cigarros. El miércoles, ella hizo sonar pop vietnamita a todo volumen en su teléfono mientras organizaba por color los alimentos de su despensa, lo que le hizo imposible concentrarse en la televisión o en cualquier otra cosa. El jueves, limpió los zócalos llevando puesta solo una camiseta de talle grande, sin sujetador, y uno de sus calzoncillos. Eran *sus* calzoncillos, por el amor de Dios, no eran pantalones cortos, y ni siquiera le quedaban bien. Además, se había enrollado tanto la cintura que bien podría haberse paseado en bragas.

Para el viernes, Khai estaba fantaseando con enviarla en el próximo vuelo de regreso a Vietnam. No podía encontrar nada en su casa, no dormía bien y estaba tan frustrado sexualmente que le dolían las muelas. Consideraría seriamente sobornarla para que se marchara si no fuera por su madre y sus amenazas. De ninguna forma iba a pasar por eso una segunda vez.

La noche del viernes, Khai se encontraba en su cama, mirando el techo oscurecido e imaginando que Esme lo despedía con alegría desde el control de seguridad del aeropuerto mientras él se alejaba a toda velocidad, cuando la puerta del baño, que conectaba sus habitaciones, se abrió de repente. El brillo suave de la luz nocturna del baño invadió su cuarto y arrojó un resplandor tenue sobre el rostro bañado de lágrimas de Esme, que se acercó a los pies de la cama de Khai.

Él se incorporó y se apartó el cabello del rostro.

—¿Te encuentras bien? ¿Qué...?

Ella subió a la cama y se sentó justo sobre su regazo. Se abrazó a su cuello y tembló mientras se aferraba a él con fuerza. Con respiraciones entrecortadas y agitadas, presionó el rostro húmedo contra su garganta.

Khai se mantuvo tan rígido como un maniquí. ¿Qué demonios había hecho para tener a una mujer llorando aferrada a él como un pulpo? No pudo evitar recordar que el pulpo de anillos azules era uno de los animales más venenosos que existían.

«No hagas enfadar al pulpo».

—¿Qué sucede? ¿Estás bien? —preguntó Khai después de aclararse la voz.

Ella lo abrazó con más fuerza, como si estuviera intentando meterse dentro de él. Khai estaba tan acostumbrado a mantener lejos a la gente que no sabía qué hacer con alguien tan cerca. Afortunadamente, el contacto era firme y lo podía tolerar (a él le agradaba la propiocepción y la presión firme), pero una humedad caliente estaba empapando su piel desnuda y eso lo perturbaba. «Son lágrimas, no neurotoxinas mortales», tuvo que recordarse a sí mismo.

—¡Se la llevaban, se la llevaban! —dijo contra su pecho. Sin saber por qué, Khai asumió que se trataba de un *la*, «se *la* llevaban». Aunque los pronombres no tenían género en vietnamita, así que bien podría haber sido un *lo*... No sabía por qué, pero le disgustaba que Esme pudiera estar llorando por un hombre. Los temblores de Esme empeoraron al tiempo que un sollozo brotaba de su garganta.

—¿Quién se llevaba a quién?

—Su padre y la esposa de este.

Ok, aquello no tenía sentido. Khai estaba seguro, en un noventa y nueve por ciento, de que ella había tenido una pesadilla. Había pasado mucho tiempo desde que él había tenido una —las fantasías sexuales inoportunas no contaban como pesadillas—, pero en esos momentos, solo una cosa lo ayudaba a sentirse mejor. La rodeó con los brazos y la abrazó.

Un suspiro irregular le calentó el pecho, y ella se relajó contra él con un murmullo. Casi de manera instantánea, el temblor de Esme se aquietó. Un sentimiento inusual de satisfacción se expandió por él, mucho más placentero que los incrementos redondos de tiempo o montos enteros de dólares en las gasolineras.

Él había terminado con su tristeza. En general hacía exactamente lo opuesto con el resto de gente.

Durante unos largos minutos, continuó abrazándola, diciéndose que ella necesitaría tiempo para que la tranquilidad se asentara; aunque quizás a él también le gustaba abrazarla. Allí, en la casi oscuridad de su habitación, se admitió a sí mismo que ella era agradable y olía bien, como su jabón, pero más femenino y suave, y sin salsa de pescado. Disfrutaba del peso de su cuerpo sobre el suyo; era mejor que tres pesadas colchas. Quizás podría haber apoyado su mejilla contra la frente de ella...

La respiración de Esme se equilibró y sus sollozos se espaciaron cada vez más hasta que finalmente se detuvieron. Ella se movió apenas sobre su regazo, y él se dio cuenta de que estaba teniendo una erección, una descontrolada y humillante erección. Mierda. Si ella se movía un poco más, seguro que lo notaría.

—¿Ya está? —preguntó Khải.

Ella se apartó y se apresuró a bajarse de su regazo (por suerte no se percató de lo que ocurría en su entrepierna), y él se frotó el pecho donde las lágrimas de ella ya se habían secado.

Después de un largo silencio, ella intentó empezar a hablar varias veces, pero se contuvo.

—¿Puedo dormir aquí esta noche? —susurró finalmente—. En casa, yo dormía con Má y Ngoại y... no te tocaré, lo prometo. A menos que tú quieras... —Sus ojos se iluminaron misteriosamente mientras lo observaba.

¿A menos que él quisiera *qué*? Un momento... ¡¿Se refería a tener *sexo*?! No, él no quería sexo. Bueno, en realidad sí quería; su cuerpo parecía entusiasmado ante la idea. Pero «mente gana a pene» y todo eso. Además, en su cabeza, el sexo estaba entremezclado con las relaciones románticas y, dado que él no estaba calificado para ese tipo de relaciones, tenía mucho sentido evitar el sexo. Para colmo, el tacto era algo muy difícil para él. Llevaba bien lo de los abrazos, pero todo lo demás podía convertirse en un problema. Ya tenía bastante con tener que darle instrucciones a su peluquero sobre cómo tratar con él; no quería hacerlo con una mujer antes del acto.

Miró la mitad vacía de su cama de matrimonio. Las sábanas y la colcha estaban perfectamente lisas, inmaculadas. Y a él le gustaba así. Siempre sentía cierta satisfacción cuando despertaba por la mañana y no tenía que hacer el otro lado de la cama.

Restregándose el codo, ella se apartó de él.

—Lo siento, iré a... —susurró.

—Puedes dormir aquí si quieres. —Él retiró las sábanas.

Demonios, ¿qué estaba haciendo? No quería compartir la cama con ella, pero parecía que estuviera a punto de llorar de nuevo. Y no podía estar triste; Esme siempre estaba feliz, siempre sonreía.

—¿En serio? —preguntó cubriéndose la boca, sorprendida.

Él se apartó el cabello de la frente. Era una idea terrible, lo tenía clarísimo.

—Puede que ronque.

—Tranquilo, mi abuela ronca como una motocicleta. No me molesta —respondió con una gran sonrisa.

Ahí estaba. Esa sonrisa. No era algo trivial. Khải se dio cuenta de que relajaba músculos que no sabía que había tenido en tensión.

Ella se deslizó por debajo de las sábanas, apoyó la cabeza sobre la almohada, y quedó acostada de lado mirando hacia él. Khải se acostó sobre su espalda y se quedó observando el techo. Se encontraban a un brazo de distancia, pero, aun así, su corazón amenazó con entrar en parada cardiorrespiratoria.

Era extraño. Él había dormido con sus primas antes, pero aquello no tenía nada que ver. Él no se sentía atraído por sus primas. Sus primas no talaban árboles con cuchillos para carne, no se ponían sus calzoncillos ni querían casarse con él. Sus primas no acudían corriendo a su cama cuando tenían pesadillas...

Solo Esme lo hacía.

—Gracias, Anh Khải —dijo.

Él tiró de las sábanas hasta el cuello.

—De nada. Intenta dormir un poco. La boda de mi prima Sara es mañana. —Khải arrugó la frente cuando se dio cuenta de que no se lo había mencionado con anterioridad—. No tienes que ir si no quieres, pero yo sí debo hacerlo. ¿Te gustaría ir?

—Tu madre ya me habló de la boda. Quiero ir, sí. —La voz de Esme vibró con entusiasmo, y él ahogó un suspiro. Al menos uno de los dos se divertiría.

—Muy bien, entonces. Buenas noches, Esme.

—Que duermas bien, Anh Khải.

Durante un rato, él fue consciente de que ella lo estaba mirando. Casi podía sentir los rayos de felicidad que ella emanaba y que rebotaban contra su rostro, pero no pasó demasiado tiempo hasta que ella logró dormirse. No roncaba ni ocupaba demasiado espacio; sin embargo, su mera presencia hizo que él entrara en un estado de alarma.

Había una mujer en su cama, su vida se encontraba completamente fuera de control y tendría que asistir a una boda al día siguiente.

Aquella noche, Khải no pegó ojo.

Capítulo ocho

Al día siguiente, por la tarde, mientras Esme y Khải esperaban a que la ceremonia comenzara en el salón de baile dorado del hotel, él soltó lo último que ella hubiese esperado oír:

—A esta boda le falta algo...

Esme contempló los altos arreglos florales, las arañas de cristal y la ambientación de palacio francés, y sacudió la cabeza.

—¡¿Qué le falta?!

—Pensaba que tú lo sabrías.

—¿Yo?

—No identifico qué es. —Se aclaró la garganta y tiró del cuello de su camisa como si su corbata estuviera demasiado apretada.

Ella volvió a observar el salón, pero nada le llamó la atención. Era evidente que no sabía qué esperar de una boda estadounidense, y apenas conocía las bodas vietnamitas, ya que ella personalmente se había saltado esa parte del proceso de tener un bebé. El hecho de que él pudiera creer que a esa boda le faltaba algo cuando era lo más perfecta que ella podía imaginar decía mucho sobre las bodas estadounidenses.

Un flautista comenzó a tocar, y una niña peinada con dos coletas llevaba flores y arrojaba pétalos de rosas mientras caminaba por el pasillo entre hileras e hileras de hombres vestidos de traje y mujeres ataviadas con *áo dài* y vestidos de fiesta. La novia, que llevaba un vestido de gasa que parecía estar hecho de nubes, tomó el brazo de su padre y caminó hacia el altar, donde la esperaba el novio, que la observaba como si fuera lo más importante del mundo.

A Esme se le formaron nudos en la garganta y, aunque intentó ignorarlos, su deseo se volvió tan intenso que le dolió el pecho. Ella no necesitaba música en vivo, un lugar tan elegante ni un vestido tan hermoso, pero el resto...

A lo largo de la ceremonia, Esme descubrió que observaba más a Khải que a los novios. Él estaba concentrado, con su intensidad habitual, en los votos de la pareja, y ella quería extender el brazo y recorrer las marcadas líneas de su perfil, cualquier cosa que la hiciera sentir más cerca de él. Estaban uno al lado del otro, pero se sentía muy lejos.

¿Él le pertenecería alguna vez? Khải la había consolado la noche anterior y, por primera vez desde que había llegado, ella había disfrutado de una buena noche de sueño. No tuvo pesadillas en las que el mujeriego padre de su hija y su adinerada esposa se llevaban a Jade, ni sintió la culpa que la acusaba de haber sido una egoísta al quedarse con su hija. Ella no dejaba de repetirse que no lo había hecho solo por ella. Mayormente lo había hecho por Jade; porque el amor por su hija era suficiente como para marcar la diferencia. Y ese amor la había traído hasta allí, ¿no?

Quizás otra clase de amor podía crecer entre ella y Khải si él se abría a ella. Esme sentía que estaba a punto de llegar a él, que estaba muy cerca. Quizás sucedería esa misma noche. Quizás cuando bailaran...

Los novios se besaron y el público estalló en aplausos. Todos se pusieron de pie mientras Sara y su nuevo marido pasaban entre ellos, con amplias sonrisas en los rostros. Las cámaras destellaron, las pantallas de los teléfonos se encendieron y unas burbujas flotaron en el aire.

Cuando anunciaron que era hora de pasar al salón de banquetes para la recepción, Esme se armó de valor y entrelazó la mano alrededor del brazo de Khải. El cuerpo de él se tensó mientras bajaba la mirada y contemplaba los dedos de ella sobre la manga de su chaqueta. Esme contuvo la respiración, horriblemente consciente de lo poco gráciles que lucían sus dedos apoyados sobre él; esos dedos poco elegantes y de uñas cortas.

Su madre tenía manos hermosas y con frecuencia lamentaba que Esme no las hubiera heredado. Decía que ella tenía manos de camionera.

Unos comentarios tontos revolotearon por su cabeza, cosas que podría decirle a Khải para intentar que sonriera, pero no las dijo. Se sentía demasiado ansiosa como para hacer bromas. Al fin y al cabo, él no se relajó, pero tampoco la apartó. Eso estaba bien, ¿no?

—¡Pero qué adorables! —dijo una voz femenina con tono seco.

Una hermosa mujer de flequillo recto, que llevaba los labios pintados de un color natural y que lucía un sobrio vestido negro, se acercó a ellos, y Khải se apartó para abrazarla.

—Hola, hermanito.

—Hola, Vy.

La mujer le quitó una pelusa invisible de los hombros del traje y lo inspeccionó como lo haría una mamá gata con sus gatitos.

—Tienes que cortarte el pelo.

—Está bien así. —De todos modos, Khải se quitó el cabello del rostro.

Esme estuvo a punto de decir que ella se ofrecía a cortárselo, pero contuvo sus palabras. Esa gente no se cortaba el pelo en casa. A juzgar por el lugar y por las prendas de diseño, probablemente lo hacían en elegantes salones de belleza donde les ofrecían té y un masaje en el cuello.

Vy apretó los labios.

—Se te está descontrolando. A menos que desees dejártelo largo, claro... Igual te quedaría bien.

—Ya me encargaré de ello —respondió Khải.

Vy le tocó la solapa del traje.

—¿Este es el que escogí para ti?

—Sí.

—Por eso me gusta tanto. —Apaciguada, la mujer por fin desvió la mirada de Khải y se centró en Esme—. Así que, aquí está ella.

Esme sonrió con vacilación, sin saber qué esperar.

—Hola, Chị Vy.

Vy le estrechó la mano y le devolvió una sonrisa igual de tentativa.

—Tú eres Mỹ. —Los ojos de Vy viajaron por el diminuto vestido verde de Esme y por sus extremidades casi desnudas, y su rostro adoptó una cuidadosa expresión vacía.

Esme intentó bajar el dobladillo de su falda sin que nadie lo notara. Tendría que haberse puesto otra cosa, algo que la abuela aprobara y que no tuviera lentejuelas baratas y brillos, pero ella no se había dado cuenta de que no resultaba apropiado hasta que vio el resto de los vestidos de la fiesta, sobrios y recatados.

—Lo cambié por Esme cuando llegué aquí.

—Ah, qué bonito —respondió Vy con un vietnamita lento y extraño, lo que indicaba que no lo hablaba con frecuencia, pero que lo había empleado para Esme.

—Es de la película favorita de mi hij... es *mi* película favorita de Disney —se apresuró a corregir, y luego se mordió el labio. Ahora que lo había explicado en voz alta, no le parecía una forma muy elegante de elegir un nombre. Y ella tenía que ser elegante, como Vy, como Khải, como toda esa gente—. Soy contable. En Việt Nam.

Una sonrisa sincera se dibujó en los labios de Vy cuando miró a su hermano.

—Vaya... No lo sabía. ¡Es maravilloso! —Le dio un apretón al brazo de Khải como si él hubiera tenido una racha de buena suerte.

El corazón mentiroso de Esme se contrajo y latió más fuerte. Los cielos deberían castigarla en ese mismo momento por ser tan horrible. Al menos ahora tenía una vaga idea de lo que era la contabilidad, pues había estado leyendo los libros de Khải en secreto, ya que se suponía que ella era una experta, pero en general había terminado perdida dentro de aquellos diccionarios.

—Aquí está; aquí está la Jovencita Preciosa —dijo una voz familiar.

Mientras Cô Nga la envolvía en un fuerte abrazo, a Esme se le hizo un nudo en el estómago. ¿La madre de Khải habría oído su mentira? ¿Estaría avergonzada de ella ahora mismo? Por todos los cielos, la tierra, los demonios y los dioses, ¿por qué mentía de esa manera? Ella no era así.

—*Chào*, Cô Nga —dijo.

Cô Nga observó el vestido verde de Esme y sonrió con aprobación, sin importarle que pareciera una fulana.

—¡Estás muy guapa! ¿Te ha gustado la ceremonia? ¿Te estás divirtiendo, Jovencita Preciosa?

—Sí, ha sido hermosa como un sueño, y...

—¿Ahora la llamas de esa manera? —interrumpió Vy—. Sabes que tienes una hija, ¿verdad?

Cô se apartó de Esme y le acarició el brazo a Vy. Intentó que el gesto resultara consolador, pero lo hizo del mismo modo que pelaba zanahorias en el restaurante.

—Tú también eres mi jovencita preciosa.

Una sonrisa, que fue más una mueca tensa, se extendió en la boca de Vy.

—¿Eh? ¿Qué es esto? —Cô Nga hizo un gesto con ambas manos hacia el espacio que había entre Esme y Khải—. ¿Por qué estáis tan separados vosotros dos? No parecéis prometidos.

Khải puso los ojos en blanco y dio un paso hacia Esme.

—¿Mejor?

Cô Nga juntó aún más las manos, y él dio otro paso.

—*Ơi*, coloca tu brazo alrededor de ella, venga.

Khải soltó un suspiro tenso, pasó un brazo alrededor de los hombros de Esme y la atrajo más hacia él. Esme sabía que aquello no estaba bien —lo habían forzado a hacerlo—, pero le gustaba que él la sostuviera de esa manera, allí, entre toda esa gente. Hacía que parecieran una pareja y ayudaba a que ella no se sintiera tan desubicada.

Alguien en mitad del salón llamó a Cô Nga, y ella le dio una palmadita a Esme en la mejilla.

—Divertíos esta noche, ¿de acuerdo? Y, si necesitáis algo, avisadme.

Tan pronto como su madre se hubo retirado, Khải dejó caer el brazo de los hombros de Esme, y siguieron a la multitud hacia un segundo salón de baile que parecía incluso más dorado que el primero. Unos ramilletes enormes decorados con adornos del mismo tono se cernían sobre las mesas desde lo alto de jarrones también dorados. Incluso las copas de champán estaban ribeteadas de oro.

Esme, Khải y su hermana se sentaron en una mesa redonda para diez junto a varias de sus primas. Se llevaron a cabo las presentaciones y se estrecharon manos. Angie, Sophie, Evie, Janie y Maddie se quejaron porque su hermano, Michael, no asistiría esa noche, ya que a su prometida no le agradaban las grandes fiestas, y él estaba «dominado». Con solo un vistazo, Esme se dio cuenta de que también eran mestizas —había algo en ellas que le resultaba familiar—, pero en vez de sentirse una más, se sintió incluso más fuera de lugar. Ellas tenían un estilo estadounidense del que Esme carecía y también tenían manos hermosas. Esme se sentó sobre sus manos para esconderlas. ¿No sería maravilloso si Khải también tuviera manos feas? Si ese fuera el caso, serían la pareja ideal. Echó un vistazo a las manos de él, y descubrió que las tenía aferradas a un libro. Estaba leyendo... en una boda; y con unas gafas de lectura de montura negra.

Las gafas hacían que pareciera más inteligente y serio, absolutamente irresistible. ¿Las había estado guardando en el bolsillo? ¿Y de dónde había salido ese libro? ¿Se trataba de algo sexi como contabilidad o matemáticas?

Inclinó la cabeza para ver la portada. No logró distinguir el título, pero estaba bastante segura de haber visto una nave espacial y una criatura de piel verde con cuernos; no tenía nada que ver con el trabajo. Él estaba ignorando a todo el mundo en esa carísima boda, ella incluida, para poder leer una novela sobre criaturas demoniacas alienígenas.

Su confusión debió de reflejarse en todo su rostro, porque la hermana de Khải le dedicó una mirada de comprensión.

—Siempre hace eso en las bodas —anunció Vy—. Las odia, pero mi madre lo obliga a venir. Él preferiría asistir a un seminario fiscal.

Como por arte de magia, Khải levantó la mirada de su libro.

—¿Estáis hablando sobre seminarios fiscales?

Vy rio y apoyó el mentón en sus manos.

—Vosotros dos sí que deberíais estar hablando de fiscalidad. Después de todo, ambos sois contables. Hacéis una pareja ideal.

Esme se obligó a esbozar una sonrisa.

—Háblame de tu trabajo.

Él cerró el libro y dejó el dedo en el medio para no perder la página. Se veía asombrosamente atractivo e inteligente con esas gafas.

—Todavía estoy trabajando con el proyecto de precios de transferencia. ¿Estás familiarizada con esa clase de trabajo?

Ella asintió con entusiasmo a pesar de que no tenía ni idea de lo que estaba hablando.

—Por supuesto. —Sin ninguna duda, Esme sería una bagre en su próxima vida. Al día siguiente tendría que buscar qué significaban los *precios de transferencia*.

—Estoy teniendo inconvenientes con automatizar el proceso para asegurar que las transacciones entre las empresas subsidiarias se rijan por el principio de plena competencia o «distancia de un brazo». Es un desafío, ya que no hay dos subsidiarias que sean iguales. Siempre hay factores individuales a tener en cuenta —explicó.

—¿Distancia de un brazo? Qué termino más extraño. Y qué... distante.

Él rio —¡ella lo había hecho reír!—, y el sonido fue profundo, rico en matices y hermoso. Quería oírlo reír más a menudo. Mucho más a menudo.

—Qué gracioso. Pero son empresas, no personas.

—Las empresas las forman personas.

—Las empresas no tienen sentimientos.

—Si a las empresas las forman personas, y las personas tienen sentimientos, entonces las empresas tienen sentimientos.

—Estoy bastante segura de que los precios de transferencia no tienen nada que ver con los sentimientos —comentó Vy mientras le dedicaba una mirada de escepticismo a Esme, cuyo rostro se ruborizó de la vergüenza.

Pero Khải la sorprendió al decir:

—Aun así, me gusta tu razonamiento. La relación transitiva es indiscutible. —Luego sonrió, y ella se dio cuenta de que era la primera sonrisa real que le había visto. Los rabillos de sus ojos se arrugaron y se le formaron unos hoyuelos a cada lado del rostro. Era demasiado guapo. Su mirada fue directa y se prolongó demasiado, pero a ella no le importó. En ese momento, le pertenecía. Bueno, le pertenecía a Esme la Contable. La Esme real no era inteligente.

—No hay gastos deducibles por soborno en Việt Nam —agregó ella, recordando que a él le había interesado ese tema en su primer día juntos. Esa era otra cosa que había buscado, pero una vez que lo hubo comprendido, el concepto la había hecho enfadar—. Odio los sobornos.

Él inclinó la cabeza hacia un lado.

—Me sorprende. En muchos países, simplemente forman parte de los negocios.

—¿Y qué sucede con los que no pueden pagar sobornos? ¡No pueden hacer negocios! —Así era como los ricos continuaban siendo ricos, y los pobres continuaban siendo pobres a menos que hicieran trampa, robaran, tuvieran mucha suerte o... se casaran.

—Tienes razón. —Khải la miró de una forma distinta, y le hizo sentir calidez en todo el cuerpo. Era una mirada de respeto. ¿Por Esme la Contable o por la persona que había detrás de sus mentiras?

Buscó en su mente más cosas para decir que hicieran que él la siguiera mirando de esa forma, pero Khải volvió a tirar del cuello de su camisa como si lo estuviera estrangulando, bebió un sorbo de agua helada y se aclaró la garganta, distraído.

—A esta boda le falta algo...

—Aquí falta alguien. —Esme señaló la silla vacía junto a ella.

—Ese es el lugar de Quan. Me dijo que no podía venir. No es eso. —Pero se quedó mirando la silla vacía durante un buen rato y no dijo nada. Algo andaba mal. Ella se daba cuenta por cómo él pasaba las páginas de su libro moviendo el pulgar sobre las esquinas. *Fliiip. Fliiip. Fliiip.* Nunca lo había visto juguetear así con las manos.

¿Qué podía faltar en esa boda perfecta?

Los camareros sirvieron ensalada y después el plato principal, que consistía en un trozo de carne jugosa y una cola de langosta. ¿Dónde se encontraban la deliciosa cabeza y sus patas gomosas? Ella estaba apuñalando la carne de langosta con su tenedor y quitando el caparazón con la cuchara —todos actuaban como si fueran a morir si tocaban la comida con las manos— cuando la novia, el novio y el cortejo al completo se acercaron a su mesa. Todos se pusieron de pie para brindar con los recién casados, y Khải puso una copa de champán en las manos de Esme.

Vy y sus primas levantaron las copas:

—Felicidades, Derrick y Sara.

Bebieron champán y lanzaron exclamaciones cuando la pareja se besó. Mientras las dulces burbujas cosquilleaban en la lengua de Esme, ella miró a Khải por encima del borde de su copa. Él había cambiado su copa por el libro y otra vez estaba pasando las páginas. *Fliiip. Fliiip. Fliiip.*

¿Seguía pensado que faltaba algo?

Sara, la novia, se separó de su marido y se acercó a Khải. Se había cambiado y ahora lucía un *áo dài* rojo de boda que tenía unos bordados de dragones y aves fénix dorados; Esme echó de menos el vestido blanco y sus faldas infladas. Si alguna vez se casaba, llevaría puesto el vestido de novia todo el tiempo, incluso para bailar. No le importaría la tradición.

—Gracias por venir. Sé que no te gustan las bodas —dijo Sara.

Khải siguió pasando las páginas de su libro.

—No hay de qué.

Sara sonrió de manera nostálgica.

—Recuerdo que, cuando íbamos a las bodas, de pequeños, tú y Andy solíais esconderos en el baño durante el baile para jugar a videojuegos.

Los dedos de Khải se paralizaron sobre el libro, y se quedó inmóvil de manera antinatural.

—Eso es. Andy.

Sara tomó una respiración rápida.

—¿A qué te refieres?

—Me he estado preguntando toda la noche qué es lo que falta en esta boda —explicó Khải—. Es Andy. Él debería estar aquí.

Tras un segundo de incredulidad, el rostro de su prima se contrajo y unas lágrimas gruesas cayeron por su rostro, lo que arruinó su maquillaje cuidadosamente aplicado.

—¿Por qué tú... qué puedo yo... cómo puedo...?

Se cubrió la boca y salió corriendo del salón. El novio miró a Khải durante un momento prolongado, como si hubiera algo que quisiera decir, pero al final corrió tras su esposa sin pronunciar ni una palabra. Todos los de su mesa se miraron entre sí, atónitos y boquiabiertos.

—Búscame cuando estés lista para irnos. —Khải se dio un golpecito con el libro en el muslo y se giró para retirarse.

Esme dio un paso hacia él.

—Iré con...

—No, quédate, baila, diviértete. Yo estaré aquí afuera. —Hizo un gesto hacia la salida, se apartó el cabello de los ojos y se fue.

Esme se quedó allí quieta, atónita, observando cómo él se abría camino entre las mesas y salía del salón de baile. Cuando la puerta se cerró detrás de él, se hundió en su asiento, que ahora se encontraba entre dos sillas vacías.

¿Qué acababa de suceder? ¿Por qué se estaba yendo Khải? ¿Quién era Andy? ¿Era el exnovio de Sara, alguien a quien Khải prefería en vez de al novio? Ella quería preguntárselo a los demás invitados de la mesa, pero estaban hablando entre ellos en voz baja y evitaban sus miradas de desconcierto.

¿Cómo esperaba él que ella disfrutara de la boda sola? ¿Se suponía que debía bailar con un hombre al azar? ¿Tal vez con ese hombre de mediana edad que se encontraba en la mesa contigua, que había bebido tres cervezas, que llevaba una chaqueta de cuero color rojo y lucía unos rizos a la altura del hombro? Apoyó una mano sobre su frente. No quería bailar con ese Michael Jackson asiático. Solo quería bailar con Khải.

Se alejó de la mesa.

—Iré a buscarlo.

Vy sacudió la cabeza.

—Quizás él no quiera que...

Esme no oyó el resto de lo que dijo la hermana de Khải. Corrió tras él, pero buscó y buscó y no lo encontró por ningún lado. No se encontraba en el lujoso vestíbulo del hotel, tampoco en las salas de estar ni en el aparcamiento de enfrente. ¿Estaría leyendo en algún baño mientras ella lo buscaba hasta que le latieran los pies? Estaba a punto de llamar a la puerta del baño de hombres, pero el letrero de otra puerta cercana le llamó la atención.

Decía «Suite de vestuario Kieu-Ly». ¿Quizás estaba allí? Cuando se dio cuenta de que la puerta no estaba cerrada con llave, entró.

El lugar parecía haber sufrido una catástrofe: envases de Coca-Cola, bolsas gigantescas de patatas fritas y zapatos desperdigados por todo el suelo. Unas pilas de ropa ocupaban todo el espacio para sentarse en un pequeño sofá. Y Khải no estaba a la vista.

Esme divisó una puerta abierta en la pared del fondo y se abrió camino a través del caos para comprobar qué había al otro lado.

Y se quedó sin aliento.

El vestido de novia colgaba de la barra de la cortina de una gran ventana. La tela blanca de gasa atrapaba la suave luz de manera perfecta. Sin saber lo que hacía, Esme caminó lentamente por el vestidor y pasó los dedos por la elegante falda. Dudaba de que en algún momento pudiera llevar puesto algo tan hermoso, ni siquiera en su propia boda, si es que alguna vez se casaba. Había oído susurrar que se trataba de un vestido Vera Wang y que valía unos *diez mil dólares...*

Pero mientras estaba allí, en esa habitación vacía, se le ocurrió que quizás *podría* llevar puesto un vestido como ese. Y no tenía que casarse para hacerlo. Podría llevar puesto ese mismo vestido. En ese mismo momento.

Lo haría rápido, solo para saber qué se sentía, y luego continuaría buscando a Khải por el hotel. Nadie se enteraría.

Bajó la cremallera de su vestido verde y dejó que cayera a sus pies antes de quitarse los zapatos, y suspiró cuando sus pies hinchados quedaron horizontales sobre la moqueta. No se había puesto sujetador debajo del vestido, y unos escalofríos treparon por sus pechos desnudos. Sin llevar nada más que sus bragas, extendió la mano hacia la percha del vestido. Se puso de puntillas y extendió el brazo tan arriba como le fue posible. Más arriba, más arriba, pero las puntas de sus dedos no pudieron alcanzarlo.

Justo cuando estaba tomando impulso para saltar, se abrió la puerta de la otra habitación.

«¡No!».

¿Era la novia? ¿Se cambiaría de vestido *otra vez*?

Se quedó quieta y contuvo el aliento. Unos pasos cautelosos recorrieron la sala. ¿Quién era?

Se oyó un *pop* y un siseo cuando la persona abrió una lata de soda, y los pasos se acercaron un poco más.

«No, no, no, no».

No la sorprenderían en bragas. Cubriéndose los pechos con los brazos, echó un vistazo a su alrededor, presa del pánico. No había salida, solo un armario. Sin pensarlo demasiado, corrió hacia él y se encerró dentro.

La puerta del armario era como de contraventana, por lo que podía mirar a través de los listones y obtener una buena vista de la habitación. *Tap, tap, tap.* Los pasos sonaban pesados, masculinos. ¿Era el novio? ¿Un empleado del hotel? ¿Qué podía ser más humillante? Conociendo su mala suerte, debía esperar lo peor.

Khải entró en la habitación.

Esme presionó la frente contra la puerta del armario, derrotada. Evidentemente, era él. Khải miró a su alrededor y se sentó en un sillón vacío frente al armario. Después de beber un sorbo de su Coca-Cola, la apoyó en el suelo junto a sus pies y continuó leyendo el libro de la nave espacial y del demonio alienígena de la portada.

Ella casi gimió de la frustración. No podía seguir escondiéndose en el armario esperando a que él terminara de leer porque él estaba leyendo precisamente para esperarla a ella. Tendría que salir y explicarle lo sucedido. ¿Cómo podría contárselo sin que él estallara en risas?

Khải tomó su lata de cola, pero, cuando estaba a punto de beber, su mirada se posó en algo. Esme siguió su mirada y vio el vestido y los zapatos que ella había dejado por el suelo. ¿Acaso él los reconocía?

Ay, no, ¿estaba atando cabos?

No le quedaba otra opción. Tenía que salir y darle explicaciones. Apoyó las palmas contra la puerta del armario, preparándose para empujarla, pero Khải se puso en pie de pronto. Inclinó la cabeza a un lado como si estuviera escuchando algo, y en ese momento ella también lo oyó: unos pasos que trastabillaban en la habitación contigua. Se acercaban. Cada vez más. Se oyó un golpe sordo, como si alguien se hubiera chocado contra la pared. Un gemido.

Khải se apartó de la puerta y echó un vistazo hacia la ventana antes de que su mirada se posara en el armario.

Otro golpe sordo contra la pared. Los pasos se volvieron más intensos. Otro gemido.

En tres zancadas largas, Khải cruzó la habitación y abrió de pronto el armario. Quedó boquiabierto cuando la vio, pero no hubo tiempo para quedarse allí sorprendido, así que se encerró en el armario con ella justo cuando una pareja atravesaba la puerta.

Capítulo nueve

«Desnuda».

Ese fue el único pensamiento que el cerebro de Khai fue capaz de producir. «Desnuda».

Él la había mirado durante menos de un segundo antes de encerrarse con ella en el armario, pero había bastado para verlo casi todo. Hombros desnudos, pechos que amenazaban con sobrepasar la jaula de sus brazos, cintura angosta, caderas amplias y unas bragas de algodón con un lazo diminuto en el medio.

Borrar, borrar, borrar. Apretó los ojos mientras intentaba borrar la imagen de la mente. Pero eso hacía que los sonidos del otro lado del armario sonaran más fuertes.

Respiraciones pesadas. Sonidos de besos húmedos. Manos sobre telas. El sonido de pantalones abriéndose con un *ziiiip*. Ay, mierda, ¿estaban haciendo lo que él pensaba que estaban haciendo?

Miró a través de los listones de madera y vio a la pareja entrelazada en el suelo. No conocía a la mujer, pero su cabello rubio la catalogaba como amiga de la familia. El rizado afro y la chaqueta roja del hombre lo volvían imposible de confundir con otra persona que no fuera su primo Van y que quizás ahora intentaba ir tras su cuarto matrimonio. Khai no tenía ni idea de cómo esa apariencia le funcionaba tan bien a su primo.

Los dos gimieron en simultáneo antes de que sus cuerpos comenzaran a retorcerse de manera rítmica.

«¡Mierda!».

Khai desvió la atención de la puerta del armario, pero entonces se quedó mirando a Esme una vez más. La luz caía sobre su piel suave en franjas tentadoras, le delineaba el largo del cuello, las curvas de sus pechos y...

«Regla número seis».

Se cubrió los ojos con una mano y deseó estar en cualquier otra parte del mundo. Ya había tenido suficiente con pensar en Andy, hacer llorar a la gente y desear a Esme.

La Antártida sería un buen cambio de aires. Picos montañosos glaciales, extensiones de nieve inmaculada, la sensación de vacío, de tranquilidad, la pequeñez del ser humano...

—Ay, guau. Guau. ¡¡Guau!! —gimió la mujer—. ¡Guaiiiii!

La concentración de Khai se hizo añicos, y dejó caer la mano de los ojos. «¿Guaui?». ¿De verdad? ¿Qué demonios estaba haciendo Van allí afuera?

Un sonido sofocado le llamó la atención antes de que pudiera volver a espiar a la pareja, y se dio cuenta de que los hombros de Esme se sacudían mientras reía contra la palma de su mano. Supuso que la situación debía de ser graciosa, pero él nunca se reía con ella. Esme había apartado un brazo de su pecho, y él juraría que casi le veía uno de los pezones. No estaba seguro, ya que había muchas sombras, pero había un sector oscuro...

Infierno. Estaba en el infierno.

Se quedó mirando la pared, haciendo su mejor intento por no reaccionar ante la situación pornográfica que se estaba desarrollando tanto fuera como dentro del armario, pero le fue imposible. Los gemidos de la mujer seguían incrementando su intensidad. ¿Acaso Esme hacía esos sonidos? Deseó que no dijera *guai*, sino otra cosa. Como quizás... su nombre. Su cuerpo entero se tensó ante el pensamiento, y su piel se volvió hipersensible. Se le aceleró el pulso e intentó poner más espacio entre ellos, pero el lateral del armario se lo impidió. No había escapatoria.

¿Cuánto tiempo más podía durar eso? ¿Acaso Van y su chica estaban intentando romper algún récord mundial?

Al final, los sonidos alcanzaron un *crescendo* horripilante y luego se aquietaron. Van se tambaleó hasta ponerse de pie y ayudó a su compañera a incorporarse. Se alisaron la ropa manteniendo una conversación incómoda y desaparecieron. Khai esperó durante sesenta segundos antes de abrir la puerta del armario y salir. Tomó una respiración, y el aire olía a... no, no pensaría a qué olía el aire. Un escalofrío involuntario lo atravesó.

Esme lo siguió fuera del armario, con las mejillas sonrojadas hasta alcanzar un fantástico tono langosta, y se dirigió a recuperar su vestido y sus zapatos (ya decía él que le habían resultado familiares). Dándole la espalda, Esme se situó en medio de su vestido y tiró hacia arriba. La espalda de una mujer no era una de las partes restringidas mencionadas en las notas al pie de las Reglas, así que se permitió observarla. Pero aun así le pareció que estaba infringiéndolas. La curva de la base de su columna era una de las cosas más elegantes que hubiese visto nunca.

—¿Me ayudas? —preguntó ella, mirándolo por encima del hombro.

Los pies de Khai lo llevaron hasta ella por cuenta propia. Mientras el corazón le golpeteaba con fuerza en los oídos, tomó la cremallera con torpeza, la tiró a lo largo de la atractiva línea de su espalda y cubrió su piel perfecta. Cuando terminó, ella se dio la vuelta, y los ojos de ambos se encontraron.

—Quería probarme el vestido de novia —susurró—. Pero no pude llegar a él.

Khai echó un vistazo al vestido de novia que colgaba de la barra de la cortina. Sí, ella sin duda era demasiado bajita para eso.

—¿Quieres que lo baje para ti?

Una sonrisa se dibujó en el rostro de Esme, una de esas sonrisas que quitaban el aliento, abrumaban a la mente y hacían que sus ojos parecieran más verdes. Él había provocado esa sonrisa, y esa certeza hizo que una sensación cálida se esparciera por todo su cuerpo, mejor que vestirse con un suéter grande y recién salido de la secadora.

—¿Por qué estás sonriendo? —preguntó él.

La sonrisa de Esme se volvió más amplia.

—No te has reído.

—¿Por qué tendría que haberlo hecho?

Ella levantó un hombro.

—¿Dónde te habías metido? Te he buscado por todos lados.

—Había salido a caminar fuera. Para despejar la cabeza. No soy... bueno con la gente. —Y el salón de banquetes y el hotel le habían resultado agobiantes. Una vez que se hubo dado cuenta de qué era lo que faltaba, había comenzado a detectar todos los lugares donde debería haber estado Andy: buscando una bebida en el bar, con los padrinos de la boda, junto a Khải...

—Yo tampoco lo soy —respondió Esme.

Eso fue una revelación para Khai y, cuando la miró, sus imperfecciones saltaron a la vista por primera vez: una de sus cejas estaba más arqueada que la otra; su nariz no era tan derecha como él había pensado; allí, en el lado izquierdo de su cuello, había una diminuta marca de nacimiento. No era una fotografía de revista retocada con Photoshop. Era una persona real, imperfecta. Y, extrañamente, eso la volvía más hermosa. También era inteligente a su manera, rara y particular, y tenía un sentido de la justicia que estaba en sintonía con el suyo. Ella no era en absoluto lo que él había esperado en un principio.

Esme dio un paso hacia él y, cuando se mordió el labio inferior, los ojos de Khai registraron cada movimiento, fascinado por cómo sus dientes blancos apretaban la piel roja brillante. ¿Qué sucedería si él se inclinaba y la besaba? ¿Ella se lo permitiría? ¿Cómo sería si unieran sus bocas? ¿Cómo sería sentir esos labios rojos contra los suyos? Ahondar en ella y...

Algo se deslizó con suavidad contra su mano.

Frío. Inesperado. Desagradable.

—¿Qué demo...? —Khai saltó hacia atrás por instinto, un movimiento demasiado rápido y violento, y ella se sobresaltó y retrocedió con los ojos bien abiertos.

—Lo siento —se disculpó ella mientras se llevaba la mano al pecho.

Lo había tocado, quizás para tomarse de las manos, y él la había asustado. Odiaba asustar a la gente. Las explicaciones se apilaron en su lengua, pero no sabía por dónde comenzar. Ni siquiera sabía si debía molestarse en darlas. ¿Qué sentido tenía? Después del verano no volverían a verse nunca más.

La huella del roce permaneció en la piel de Khai, resplandeciente y desagradable, y él sabía por experiencia que la sensación no desaparecería al día siguiente. Los roces ligeros le provocaban eso, y era peor cuando alguien lo tomaba por sorpresa; como lo había hecho ella. Si le hubiera advertido o tocado de la manera adecuada, entonces quizás... Sacudió la cabeza ante los pensamientos. No habría quizás.

El incidente de un rato antes con Sara había confirmado que él no estaba destinado a establecer relaciones. Y, por ese motivo, no podía incitar los roces. ¿Qué sucedería, por ejemplo, si... si ambos exploraban esa atracción entre ellos y ella se enamoraba de él? Sería un acto horriblemente irresponsable por su parte, ¿no era así? Él nunca podría corresponder ese amor y solo la terminaría hiriendo. Él nunca querría hacer eso; ella tenía que ser feliz.

Cuando se frotó la mano contra el pantalón haciendo un esfuerzo para mitigar la sensación, ella observó el movimiento con los labios apretados.

—Si deseas comer pastel y bailar, yo te puedo esperar aquí. —Él no iría con ella, ya había tenido suficiente de ese salón de banquetes. Y quizás era una actitud cobarde por su parte, pero no quería seguir viendo cómo lloraba Sara.

—No, no, vámonos. —Ella le dedicó una sonrisa y salió con determinación de la habitación.

Mientras recorrían los pasillos lujosos del hotel con pasos decididos, Khai fue plenamente consciente de que Esme no apoyaba la mano en el hueco del codo de su brazo. Ella mantuvo una distancia conveniente entre ellos, y él no pudo descifrar si se sentía desilusionado o aliviado. La verdad era que no le había gustado lo que había hecho antes, pero esto le desagradaba incluso más. El suelo retumbó con unos tonos bajos y acompasados cuando pasaron junto a las puertas que daban al salón de banquetes donde estaba teniendo lugar la celebración. Había comenzado el baile. Eso significaba que la cena había finalizado, los invitados ya habían comido el pastel repleto de frutas, los discursos habían terminado y la boda casi estaba por terminar.

Andy se lo había perdido todo.

Él tendría que haber estado allí. Probablemente hubiera sido uno de los padrinos de la boda. Si no, sin duda hubiera sido un miembro del cortejo nupcial. Se hubiera sentado junto a Khai durante la ceremonia y la recepción. Hubiera pronunciado un discurso que hubiera avergonzado a Sara y hecho reír a todos. Y en ese mismo momento, hubiera estado allí dentro bailando, porque era la boda de Sara y él era de esa clase de hermanos...

El hecho de que *no* estuviera allí bailando hacía que los hombros, pulmones y pies de Khai se sintieran pesados. Volvió a tirar del cuello de su camisa porque lo estaba estrangulando. Al menos ahora sabía qué estaba mal. Era su sentido del orden. Las cosas no se encontraban en el lugar adecuado.

Era muy importante para él que las cosas estuvieran en el lugar adecuado.

Cuando regresaron a la casa de Khải, él volvió a aparcar junto a la acera. Esme se preguntó por qué no le gustaba utilizar el garaje, pero no quiso mencionar el tema. No podía olvidar el modo en que él había limpiado el roce de su mano.

¿Por qué se había mostrado tan disgustado?

Ella había visto *esa* mirada en sus ojos, esa que los hombres adoptaban cuando querían besarte. Ella *conocía* esa mirada; o pensó que lo hacía. En aquel momento, lo único que ella había querido era que la besara. No se había detenido a pensar en el matrimonio, en el visado ni en encontrar a un padre para su hija. Se había quedado absorta por la intensidad de sus ojos y la atracción que siempre la empujaba hacia él. Ella había querido sentir la boca de él sobre la suya, estar cerca de él, conocerlo.

Pero él la había apartado.

Mientras Esme se duchaba y se preparaba para acostarse, se le llenaron varias veces los ojos de lágrimas, pero no lloró. Ya la habían rechazado antes. No era nada nuevo. Solo significaba que debía seguir intentándolo. Podía hacerlo. Definitivamente, no se rendiría.

Con determinación, se puso su camiseta favorita, cruzó el baño y abrió la puerta de la habitación de Khải como si fuera la suya. Él se incorporó sobre un codo y frunció el ceño mientras se apartaba un mechón largo de los ojos. Las sábanas se deslizaron hacia abajo y revelaron su pecho definido y su abdomen atlético. Qué hombre más apuesto.

Antes de que él pudiera inventar una excusa para alejarla, ella se dirigió con valentía a la mitad vacía de su cama y se acostó, retándolo. Su camiseta cooperó y expuso uno de sus hombros y una gran parte de su escote. Él miró. Ella lo vio mirar. Y, ya que tenía su atención, levantó los brazos y se recogió el cabello sobre la cabeza, lejos del cuello. El movimiento hizo que el cuello de su camiseta se deslizara incluso más abajo, escandalosamente hacia abajo. El aire frío rozó una gran extensión de su pecho, y ella no se cubrió, a pesar de que el corazón le latía al galope.

La nuez de Adán de Khải se movió cuando tragó saliva con esfuerzo antes de acostarse y darle la espalda, y Esme contuvo una sonrisa de satisfacción. Khải no era inmune; no quería admitirlo, pero a él le gustaba lo que veía.

Gracias al resplandor que arrojaba la lamparilla del baño, ella calculó que la distancia entre ellos debía ser exactamente de un brazo. Él trabajaba durante todo el día para mantener a las empresas a esa misma distancia, y luego en casa hacía lo mismo con ellos dos. Si ella se esforzaba, encontraría la manera de acortarla.

Capítulo diez

Khai despertó el domingo gracias a la brillante luz solar que se filtraba por las ventanas y al incesante trino de los pájaros cantarines, que probablemente eran los mismos que defecaban con regularidad sobre su coche. Había creído que no lograría pegar ojo durante toda la noche, pero mientras estaba allí acostado maldiciendo a Esme, sus pechos y la respuesta de su cuerpo hacia ella, se fue adormeciendo y durmió sin problemas hasta la mañana siguiente.

Estaría muerto de cansancio, porque ni siquiera había notado cuando Esme se levantó de la cama. Su lado estaba vacío, pero las sábanas estaban muy arrugadas. Al alcanzarlas con la mano, las notó frías. Parecía que hacía rato que se había ido. Deseó que no estuviera planchándole la ropa interior o cortando el césped con tijeras de escritorio. Sin embargo, en lugar de salir a buscarla y efectuar un control de daños, tomó la almohada de Esme y enterró el rostro en ella. Olía a ropa limpia, a champú y... a ella. El aroma era leve, pero lo reconoció. Suave y dulce, ligero. Ella había pasado la noche allí, en su lecho, en su espacio, con él, y había dejado una parte de ella allí. Khai se permitió respirar hondo y aspirar su aroma una vez más, y luego otra vez antes de que se sintiera asqueado consigo mismo y saliera de la cama. ¿Y qué si olía bien? Fuera como fuera, lo volvía loco.

Una vez hubo terminado su habitual rutina de las mañanas, se dirigió a la cocina, donde esperaba encontrarla comiendo yacas, cocinando o desorganizando su nevera. Pero ella no estaba allí.

Khai abrió las puertas correderas de vidrio de la cocina y salió al jardín trasero por primera vez desde que se había mudado. No había nada, excepto césped muerto y un montón de tierra donde había estado ese árbol. Ni siquiera quedaban las raíces, y toda la maleza había desaparecido. Tenía que admitir que ella había hecho un gran trabajo.

¿Dónde se había metido? No trabajaba los domingos, así que su madre no podía haber venido a buscarla (y no es que fuera a hacerlo nunca, ya que simplemente podía llamar y hacer que él la llevara).

¿Acaso Esme lo había... dejado?

Lo había deseado durante toda la semana, pero ahora que quizás había sucedido, no se sentía tan aliviado como había creído que estaría. Pero ¿por qué querría quedarse después de lo sucedido la noche anterior? Él había hecho llorar a su prima en su propia boda, y luego había asustado a Esme cuando ella había intentado tomarlo de la mano. Sin duda había demostrado por qué debía estar solo. Un suspiro apesadumbrado escapó de sus pulmones; regresó dentro y la buscó en su habitación. No estaba allí, pero sí su maleta. Su estómago se relajó, y se maldijo a sí mismo de cada forma que conocía. ¿Por qué demonios se sentía aliviado de que ella no se hubiera marchado?

Mierda, debía de estar acostumbrándose. No *quería* acostumbrarse a ella.

Metió los pies en sus zapatos y caminó hasta el porche delantero para buscarla. El clima era cálido y soleado, y todavía era demasiado temprano para que resultara húmedo. Esos pájaros que canturreaban probablemente se estaban riendo porque habían dejado algo nuevo para él en su limpiaparabrisas. El jardín solo estaba parcialmente despejado, pero ya era una gran mejoría. Hizo una mueca; Ruthie debía de estar eufórica.

Unas begonias rosas y de color melocotón florecían en unos arbustos perfectos en el cuidado jardín del otro lado de la calle. Ruthie algunas veces se las regalaba a los vecinos; él la había visto hacerlo. Ninguna para él, claro, pero estaba bien. Él no quería sus malditas begonias.

Esme no estaba a la vista. Bajó del porche para ver si se encontraba escondida entre su casa y la de la vecina, y en ese momento vio algo.

La puerta del garaje estaba abierta.

Sintió un aluvión de náuseas, se le entrecortó la respiración y le sudaron las palmas. *¿Por qué* estaba abierta la puerta del garaje?

Corrió hacia el mohoso espacio vacío y la realidad lo golpeó como un puño en el estómago.

Había desaparecido.

Y Esme también.

Cuando ató cabos, una verdad horrible cayó sobre él.

Esme estaba a punto de morir.

A Esme le encantaba la tienda de alimentos asiática 99 Ranch. Era como si hubieran tomado una diminuta parte de su hogar y la hubieran plantado al otro lado del océano. Los empleados eran todos chinos, pero la comida le resultaba familiar. Conocía ese aroma a pescado. Estaba muy entusiasmada por comer esos dulces picantes de tamarindo que había encontrado en el sector de las cajas registradoras. Una vez en la cola, el proceso fue rápido y fácil: le entregó al empleado un billete de veinte y él le devolvió el cambio sin pronunciar la palabra. No fue necesaria una traducción. Allí todos encajaban.

Salió al exterior con sus bolsas y admiró la motocicleta azul que estaba aparcada cerca de la tienda. Había chillado de alegría cuando la había descubierto hacía un rato. Durante toda la semana anterior había pasado junto a esa puerta en la cocina de Khải sin revisar qué había al otro lado. Había estado demasiado ocupada limpiando e ideando formas de meterse en el corazón y en los pantalones de Khải. Sin embargo, esa misma mañana, había movido el pomo por accidente después de haberse confundido con la puerta de la despensa y no había logrado entrar porque estaba cerrada. Después de correr el pestillo, había encendido las luces y descubierto un espacioso garaje vacío excepto por *algo* que se encontraba en el medio, tapado con una lona. A juzgar por el tamaño y la forma, había sospechado que era una moto, y al levantar la lona, no se había visto decepcionada.

¡Transporte! Como no quería tener que suplicar que la llevaran cada vez que quería ir a algún lugar, se quedaba en casa; sin embargo, no le gustaba sentirse atrapada y abandonada cada vez que Khải necesitaba ir a algún lugar sin ella. Había un circuito local de autobuses, pero le resultaba intimidante y probablemente fuera lento debido a las diferentes rutas y conexiones. Una moto, en cambio, podía llevarla de manera directa a cualquier lugar que ella quisiera.

No importó que estuviera un poco rayada y golpeada; al girar las llaves (oportunamente puestas en el contacto), se había encendido de inmediato. Se había apresurado a tomar su bolso y cerrar la puerta, y luego había salido, al tiempo que sopesaba sus posibilidades, las formas con las que podría sorprender a Khải y volverlo adicto a ella. Lo primero que se le había ocurrido había sido la comida; podría cocinarle algo fresco y nutritivo como sopa de vejiga natatoria.

Sintiéndose esperanzada y cautelosamente feliz, guardó su bolso y las provisiones recién compradas —incluidas veinte vejigas natatorias— en la parte trasera de la motocicleta, se colocó el casco y partió. Sintió algo especial en el aire mientras conducía de regreso; las casas y las tiendas se veían más bonitas y el césped parecía más verde.

Cuando giró en la autopista central y se dirigió al oeste, vio unos pinos gigantescos que bordeaban la carretera y poblaban la división central que separaba los carriles de ida y vuelta del tránsito. Era curioso cómo esos árboles tan altos la hacían sentir, a pesar de ello, inmensa en su interior, donde realmente importaba. Sonrió mientras pasaba salida tras salida. Pronto estaría en casa, donde le haría el almuerzo a Khải. Después, terminaría de limpiar el jardín delantero. Ahora que tenía una moto, podría ir a comprar cosas como semillas de césped y flores frescas; podría hacer que el jardín tuviera un aspecto precioso.

Cuando la salida de Khải se estaba aproximando, encendió el intermitente derecho; sin embargo, antes de que pudiera cambiar de carril, un coche plateado que venía en la otra dirección derrapó hasta detenerse en la cuneta. Los neumáticos rechinaron y el humo se elevó del asfalto. Se parecía al coche de Khải de manera alarmante y, cuando la puerta se abrió, salió un hombre que no podía ser nadie más que él.

—¡Para! ¡Baja ahora mismo! —Lo oyó gritar a pesar del rugido del motor de su moto.

El corazón le saltó a la garganta, y la boca se le secó como el algodón. ¿Acaso ahora era policía? ¿En qué problemas podría haberse metido? Aminoró la marcha y se detuvo junto a la división central como lo había hecho Khải.

Él corrió hacia ella a toda velocidad.

—Baja de la motocicleta. ¡Rápido!

En cuanto él se acercó lo suficiente como para que ella registrara el terror de su rostro usualmente tranquilo, Esme comenzó a temblar. Tenía que pasar algo malo con la motocicleta. ¿Estaría a punto de explotar?

Ella comenzó a bajar la pata de la motocicleta con pie tembloroso, pero antes de que lograra hacerlo, Khải la sujetó por los brazos y la levantó del asiento. La motocicleta cayó de costado e hizo que todas sus cosas se desperdigaran sobre las piedras y el césped ralo.

Khải estaba totalmente despeinado y su rostro era una máscara de furia. Ella nunca había imaginado que él pudiera enfadarse así. Sin detenerse a respirar, Khải dijo:

—¿Por qué has utilizado la moto? Nunca te dije que pudieras hacerlo.

El temblor de Esme empeoró hasta quedar paralizada.

—Lo... lo siento. Solo fui a...

Él la condujo a través del césped hacia su coche.

—Vamos.

—Pero he comprado comida. Se ha caído por todos lados y... la moto. Alguien la robará. Voy a llevarla de vuelta a...

—¡No la toques! —ordenó él.

Una vez que ella se hubo sentado en el coche, Khải le pasó el cinturón de seguridad, lo trabó y luego le dio un tirón para asegurarse de que estuviera firme.

Ella se encogió cuando él cerró la puerta de un golpe, y después de que él diera la vuelta al coche y se arrojara sobre el asiento, Esme se aclaró la garganta y dijo:

—Mi bolso. Mi dinero. Está todo allí, y necesito...

Khải bajó del coche de un salto y cruzó la división central para inclinarse junto a la motocicleta, pero, en lugar de tomar el bolso del soporte, presionó un puño contra su frente y se quedó así durante largo rato. Los coches pasaban junto a él a toda velocidad. Uno disminuyó la marcha y luego aceleró para alejarse. Otro conductor bajó la ventanilla y le preguntó si necesitaba ayuda.

Khải sacudió la cabeza y respondió con tono cortante:

—No, gracias.

Mientras el coche se alejaba, él extendió el brazo, giró la llave de la motocicleta y luego la guardó en su bolsillo. Luego recuperó el bolso de Esme y regresó al coche.

El viaje de vuelta a casa duró dos minutos. Esme lo supo porque pasó todo el viaje mirando el reloj y esperando a que él hablara, pero no lo hizo. El garaje estaba vacío; aunque, como siempre, él aparcó junto a la acera.

Esme lo siguió hasta la puerta delantera, sin saber qué decir o hacer. Cuando él la abrió, ella entró y se quitó los zapatos, esperando a que él hiciera lo mismo, pero Khải giró sobre sus talones y comenzó a caminar por la calle. Para ir a buscar su moto, supuso Esme.

—¿Te acompaño? —preguntó.

No hubo respuesta. Él simplemente continuó caminando, con los hombros firmes y la espalda recta, como un asesino dispuesto a cumplir su última misión.

Ella lo observó hasta que desapareció a la vuelta de la esquina y luego cerró la puerta y se apoyó contra ella. El latido de su corazón se desaceleró gradualmente, pero su rostro permaneció caliente con una mezcla de humillación y confusión.

No debió haber usado la motocicleta sin permiso. Pero él era tan generoso con el resto de sus cosas que ella no creyó que hubiera problemas.

¿Por qué había sido un problema? ¿Por qué la guardaba en el garaje y no la utilizaba? Había espacio suficiente allí tanto para su motocicleta como para su coche. ¿Por qué lo aparcaba fuera?

¿Y por qué se había enfadado tanto?

No importaban los motivos, ella tenía que compensarlo, y podía comenzar a hacerlo de inmediato. Se dirigió al garaje, tomó la escalera que había visto antes y la llevó al porche delantero. Había tantas hojas tapando la canaleta que le preocupaba que esta se cayera y golpeara a alguien en la cabeza; también estaba en muy mal estado. Después de colocar la escalera de manera tan estable como pudo, se subió a ella y arrojó puñados de hojas al suelo. Había conseguido limpiar una buena parte de la canaleta cuando Khải llegó caminando con la moto a un lado, la volvió a guardar en el garaje y fue en su dirección.

Llevaba las bolsas de plástico repletas de alimentos colgando de sus dedos al lado de su cuerpo, pero las dejó caer al suelo y se aproximó con prisa para sujetar la escalera, antes de mirarla con el ceño fruncido.

—¿Qué estás haciendo?

Ella arrojó otro puñado de hojas al suelo.

—Hay muchas hojas.

—Baja —ordenó con firmeza—. No es seguro.

—Pero no he terminado. Espera un poco...

—*Ahora*, Esme. —Las palabras salieron con aspereza, más fuertes de lo que ella esperaba, y uno de sus pies resbaló.

Se tambaleó durante un segundo interminable, pero logró sujetarse de la canaleta y evitó caerse. Con el rostro pegado al metal sucio, susurró un agradecimiento al cielo y a Buda; la caída le hubiera roto el trasero.

—Por favor. Baja ahora —dijo él en un tono monótono y frío.

En el instante en el que los pies de ella tocaron el suelo, Khải colocó la escalera de costado y la volvió a guardar en el garaje.

Ella levantó las manos y lo siguió.

—¿Por qué haces eso? No he terminado. —Aún le quedaba una gran parte de canaleta por limpiar, y odiaba dejar un trabajo a medias. Sin pensarlo, lo sujetó del hombro y dijo—: Anh Khải, colócala de nuevo...

Khải se giró al instante y pasó un brazo por su pecho para poder restregar el hombro que ella había tocado.

—Tienes que *parar* todo esto.

—Lo haré más tarde, cuando termine de...

—No, no terminarás nada. Tienes. Que. Parar. ¿Comprendes? Tienes. Que. Parar.

El labio inferior de Esme tembló ante su pronunciación lenta y exagerada.

—No es necesario que me hables así. Ya te entiendo.

Khải hizo un sonido de frustración.

—No, no lo haces. Has estado reorganizando mis cosas de manera *ridícula*, talando árboles con *cuchillos para la carne*, tocando esa moto, tocándome a *mí*. Todo eso tiene que parar. ¡No puedo vivir así!

Cuando se dio cuenta del significado de lo que él estaba diciendo, Esme dejó caer los hombros.

—¿Ridículas? —repitió ella en inglés. Eso no sonaba bien.

Él enterró las manos en su cabello.

—¡Sí!

Esme contempló el jardín casi despejado y se limpió las manos sucias con los pantalones mientras se le contraía el corazón y su rostro enrojecía. *Ridículas.* Si ella fuera más sofisticada, sabría lo que eso significaba. Y, pensándolo bien, probablemente no fuera algo muy sofisticado hacer jardinería o limpiar la casa o cualquiera de las cosas que hacía. Esme la Contable sin duda contrataba a personas para que hicieran esos trabajos. Pero la Esme real, la campesina Mỹ que siempre olía a salsa de pescado, solo quería ser útil, y no había pensado en cómo se veía eso. ¿Había estado avergonzándolo a él y a ella misma durante todo ese tiempo?

—Dejaré de hacerlo —se obligó a decir.

—¿De verdad? —preguntó Khải, y sonó tan esperanzado que le hirió aún más el orgullo.

Esme asintió.

—Prometo que no lo haré más. —Le habría estrechado la mano, pero él había incluido *tocarlo* en la lista de cosas que no debía hacer. Ella volvió a limpiarse las palmas en los pantalones, pero algo le dijo que lo que a él le disgustaba no era algo que ella pudiera quitar limpiando.

Capítulo once

DEFINICIÓN
Ridículo, la: que puede mover a la burla o mofa; absurdo.

DEFINICIÓN EN VIETNAMITA
Absurdo, a: đáng cười

Ridícula… Ella le enseñaría lo poco ridícula que era.

El lunes, Esme comenzó a considerar las interacciones con los clientes del restaurante como una forma de practicar el idioma. *Tenía* que mejorar, así que se forzó a hablar con ellos a pesar de que se sentía como un búfalo de agua mugiendo en el campo. Les preguntó qué tal les iba el día; jugó con sus adorables hijos, que le recordaban a Jade; les recomendó platos nuevos. Al principio le pareció algo antinatural e incómodo; sin embargo, excepto una mujer desagradable que puso los ojos en blanco y se burló de ella a sus espaldas, a los clientes no parecía importarles demasiado. Y, al cabo de un rato, hasta se volvió una práctica divertida.

Cuando estaba limpiando mesas después de la hora del almuerzo, descubrió que sus «prácticas» le habían hecho ganar unas propinas generosas. ¿Significaba eso que a la gente le gustaba cuando ella les hablaba? No pudo evitar reírse un poco; quizás era un búfalo encantador, al fin y al cabo.

—Has mejorado con rapidez —dijo una voz familiar en inglés.

Esme se dio la vuelta y vio a la señorita Q sentada en su mesa habitual, comiendo con entusiasmo y de manera distraída unos rollitos fritos envueltos en lechuga mientras corregía más ejercicios.

Estuvo a punto de responder en vietnamita, pero se contuvo. Esme no estaba intentando casarse con la señorita Q, bien podría practicar con ella.

—Gracias —dijo.

Sin levantar la mirada de sus papeles, la señorita Q comentó:

—Creí que te vería en mi clase la semana pasada.

—No necesito clases. —Algunas personas tenían que apañárselas con lo que tenían.

La señorita Q sacudió la cabeza y continuó corrigiendo, su bolígrafo rojo garabateaba con rapidez.

—Mejorarías mucho con algunas clases.

Esme se mordió el labio con frustración. Sabía que le iría bien asistir a clase. Y además le encantaba el instituto y las maestras, y levantar la mano para participar mucho. Los estudios siempre se le habían dado bien; hasta que tuvo que abandonarlos, decepcionando a todo el mundo.

—Tengo que ahorrar dinero —admitió—. Para mi familia.

La señorita Q levantó la mirada con impaciencia y tomó un folleto de su bolso.

—No es caro. Toma. —Mientras Esme leía con detenimiento los precios, que eran sorprendentemente razonables, la señorita Q continuó—: La parte difícil es encontrar tiempo. ¿Tienes tiempo?

—No, yo necesito... —Su voz se secó antes de que pudiera decir que necesitaba pasar tiempo con Khải. La verdad era que él no quería pasar tiempo con ella; lo había dejado muy claro.

Una sección del folleto enumeraba las clases que se ofrecían en el instituto, y una de ellas le llamó de inmediato la atención: Contabilidad. Una rara sensación de cosquilleo se extendió por sus venas y dio un golpecito sobre la lista.

—¿Puedo asistir a esta?

La señorita Q apoyó su bolígrafo rojo y leyó las palabras señaladas con una sonrisa amplia.

—¿Quieres ser contable? Creo que serías una gran contable.

Esme frunció el ceño, sin creerle en absoluto. De hecho, el comentario casi le molestó. Sosteniendo en alto el folleto, preguntó:

—¿Puedo quedarme con esto?

—Por supuesto, lo he traído para ti —respondió la señorita Q.

—Gracias. —Esme dobló con cuidado el folleto por la mitad, lo guardó en el bolsillo de su delantal y siguió trabajando.

La pequeña mesa se sacudió mientras la limpiaba, y tuvo que disminuir la fuerza antes de que todos los condimentos cayeran al suelo. La señorita Q había hablado como si Esme realmente pudiera ser contable algún día, pero ella sabía que era imposible. Era de mal gusto poner sueños como ese en la cabeza de alguien.

Lo mejor a lo que Esme podía aspirar era a ser «casi contable». Y, por suerte para ella, eso podría bastar para ganarse a Khải.

En las dos semanas que siguieron, Esme volvió a poner las cosas de Khai en el orden original y comenzó a tomar el autobús de regreso a casa. Él imaginaba que ella estaría haciendo también el turno de noche en el restaurante de su madre. Debería haberse sentido feliz por volver a tener las noches para él mismo —su hogar ya no olía a salsa de pescado debido a su forma de cocinar y sazonar la comida—, pero la cena no era lo mismo sin su extraño parloteo y entusiasmo. Para ser honesto, ahora sus noches daban pena. La casa le parecía vacía e, incluso sin la música pop vietnamita a todo volumen, no podía concentrarse en su trabajo o en la televisión, y miraba el reloj con mucha frecuencia mientras esperaba a que ella atravesara la puerta.

Ella todavía compartía la cama con él, pero le daba la espalda y se quedaba muy cerca del borde, tan lejos de él como le era posible. Algunas veces, a Khai le preocupaba que ella se cayera. Otras veces, *deseaba* que lo hiciera. Así tendría una excusa para decirle que se acercara un poco más.

Esa noche, eran casi las 10:30 p. m. y ella todavía no había llegado a casa. En general ya estaba de regreso para esa hora, y el estómago de Khai se contrajo. Consideró llamarla o enviarle un mensaje, pero detestaba ese tipo de utilidades del móvil.

Fuera como fuera, a las 10:45 p. m. ya no pudo contenerse más. Abrió su lista de contactos y buscó el número de teléfono de Esme T. Su pulgar estaba merodeando sobre el botón de llamar cuando su teléfono vibró con una llamada entrante.

De Esme T.

Aceptó la llamada de inmediato y se llevó el teléfono a la oreja.

—Hola.

—Ah, hola, soy yo. Esme. Pero eso ya lo sabes, ¿no? Aparece en tu teléfono —dijo riendo.

Khai sacudió la cabeza. ¿Por qué estaba hablando tan rápido?

—Sí, sé que eres tú.

—Lo siento si te desperté. No estoy en una cita. —Rio de nuevo y se aclaró la garganta—. Solo llamaba para decirte que llegaré tarde. Ok, adiós.

Y luego colgó.

¿Eso era todo? ¿Ninguna explicación? ¿Nada? ¿Y por qué había mencionado lo de las citas? Él nunca la había imaginado con otro hombre, pero ahora sí lo estaba haciendo, y ese pensamiento lo irritó al máximo.

Apretando los dientes, la llamó. El teléfono sonó y sonó y sonó. ¿De verdad? Acababa de hablar con ella. ¿Cómo podía ser...?

—Hola —dijo ella por encima del sonido que se oía de fondo. Había muchas personas hablando al mismo tiempo y... ¿eso era un bebé llorando?

—¿Dónde estás?

—Te volveré a llamar más tarde. Acaban de decir mi nombre.

—Espera, ¡¿dónde estás?!

—En el médico. Te llamaré más tarde. Tengo que...

Khai sintió una opresión en el pecho que lo dejó sin aliento.

—¿Qué médico? ¿Dónde? ¿Por qué?

—En la clínica que se encuentra junto a la tienda asiática, pero estoy bien. Es solo una herida... tengo que dejarte. Adiós. —Por segunda vez esa noche, ella colgó la llamada.

¿Una herida? ¿Estaría bien? Corrió hacia la puerta y saltó al coche.

Esme se abrazó el pecho mientras una mujer hacía sonidos reconfortantes para su bebé, que no dejaba de lloriquear, y caminaba de un lado al otro por la sala de espera. El rostro del bebé estaba rojo e hinchado debido a varios minutos de llanto descontrolado, e hizo que los brazos de Esme desearan sostener a su propia hija. Jade nunca se había enfermado tanto, afortunadamente, pero Esme sí. Recordó cuando la fiebre y el dolor habían llegado a su pico máximo y ella le había tenido que decir a Jade que mantuviera la distancia para que no se contagiara, y Jade había estallado en llanto.

«No llores», le había dicho Esme.

«No estoy llorando porque tenga miedo de ponerme enferma», le había respondido su hija. «Estoy llorando porque te amo».

La nostalgia de Esme por su niña se volvió intolerable, y se hubiera ofrecido a cargar el bebé de esa extraña de no ser por su tobillo, que estaba hinchado el doble de su tamaño normal y se encontraba apoyado entre una almohada y una bolsa de hielo.

Cuando Khải atravesó con prisa la puerta de la sala de espera, el cuerpo de ella se puso rígido. Le hubiese parecido más lógico ver a un fantasma. ¡¿Qué estaba haciendo él allí?! ¿Por qué había venido? Cuando cruzó la sala y se inclinó frente a ella, inspeccionando con el ceño fruncido su tobillo, ella no supo qué pensar. ¿Le gritaría?

—¿Qué ha pasado? —preguntó Khải—. ¿Ya te ha visto el médico? ¿Qué ha dicho?

—Me lo torcí en las escaleras. El médico cree que es un esguince. Está esperando la radiografía.

Khải levantó la bolsa de hielo de su tobillo hinchado y su rostro se contrajo aún más.

—¿Puedes mover el pie? —Cuando ella lo movió, él añadió—: ¿Arriba y abajo? ¿A un lado y al otro?

Una puerta se abrió con un chirrido y un enfermero la llamó:

—Esmeralda Tran.

Esme se puso de pie y se dispuso a cojear hasta la sala de exploración, tal y como había hecho anteriormente; sin embargo, antes de que su pie herido pudiera tocar el suelo, la sala se dio la vuelta y se vio sostenida por los brazos de Khải como una heroína de película.

—No tienes por qué hacerlo. Puedo caminar. Peso mucho —dijo, tensa.

Él puso los ojos en blanco y siguió al enfermero a través de los pasillos.

—¡No pesas nada! Eres un ser humano diminuto.

—No soy un ser humano «diminuto». —No fue capaz de parecer enfadada... Él la estaba sosteniendo con firmeza y respiraba sin dificultad. La hacía sentir a salvo, y pequeña. Le encantaba. En su hogar, su madre y su abuela siempre le pedían a ella que bajara las cosas del estante superior o cargara con paquetes pesados porque era mucho más corpulenta que ellas. Sin embargo, Khải no creía que lo fuera.

—Puedes sentarla aquí. —El enfermero señaló la camilla cubierta de papel. Y, mientras salía de la habitación, le dijo a Esme—: Tienes un novio estupendo. El médico estará aquí pronto.

Novio. El enfermero desapareció antes de que alguno de los dos pudiera corregirlo y, una vez que Khải la hubo dejado sobre la camilla, ella fijó la mirada en las láminas de huesos y músculos que había en la pared.

—Gracias por... —Hizo un gesto hacia su tobillo, que Khải había apoyado con cuidado sobre la camilla.

Él se encogió de hombros y se sentó en una silla que había contra la pared.

—No deberías apoyarlo durante un tiempo.

—No me duele tanto. —En aquel momento. Sin embargo, antes le había dolido terriblemente. Ella había creído que estaba roto y había entrado en pánico. Claramente había fallado con Khải y, si no podía trabajar, ¿Cô Nga la enviaría de regreso a casa antes de tiempo? No podía irse todavía. Aun tenía que buscar a su padre. Frotándose un brazo con incomodidad, preguntó—: ¿Por qué has venido?

Él le dedicó una mirada de desconcierto.

—Estás herida.

Algo se desmoronó en su corazón; ella desvió el rostro del de Khải y miró fijamente sus manos sobre su regazo. Él había venido... ¿para estar con ella?

Era algo *nuevo* para ella.

De pequeña, todos habían esperado que cuidara de sí misma. Su madre y su abuela siempre estaban ocupadas trabajando y, si ella se hacía daño o se ponía enferma, lo mejor que podía hacer era apretar los dientes y lidiar con ello sola. Eso era incluso más necesario ahora que tenía a Jade. Así que, cuando él acomodó la bolsa de hielo sobre su tobillo, ella se sintió más cuidada de lo que jamás había estado.

—Estoy bien —aseguró Esme.

—Eso espero.

Se oyó un golpecito en la puerta, y entró el médico, el mismo que antes. Era extremadamente apuesto: rasgos oscuros, altura por encima de la media, y tenía un nombre indio que ella no supo pronunciar. Navneet algo. Llevaba una radiografía en las manos.

—Buenas noticias, Esmeralda. No hay fractura. Si lo mantienes vendado, en alto y le aplicas hielo, deberías estar mejor en un par de semanas.

El cuerpo de Esme se aflojó del alivio.

—Genial. Muchas gracias.

—Ha sido un placer. —El médico le dedicó una sonrisa de dientes blancos mientras tomaba una tarjeta de presentación del bolsillo y se la entregaba a Esme—. No es necesario hacer ninguna visita de seguimiento ya que no es una lesión seria; sin embargo, si en algún momento quieres verme fuera del horario, con gusto le echaré otro vistazo a tu tobillo.

Esme aceptó la tarjeta y le dio la vuelta para ver otro número de teléfono garabateado en el dorso. Cuando volvió a mirarlo al rostro, él le guiñó un ojo.

En ese momento, Khải se puso de pie, y los ojos del médico se agrandaron cuando observó su altura, su vestimenta oscura y esa presencia intensa que a ella la hacía pensar en asesinos y guardaespaldas.

—Lo siento. No lo había visto —se disculpó el médico.

—¿Qué ha querido decir con «fuera del horario»? —preguntó Khải con su tono serio habitual.

El médico tragó saliva.

—Quise decir... cuando ella quiera. —Retrocedió hacia la puerta—. Eso ha sido todo. Enviaré al enfermero a que le vende el tobillo. —Con una última sonrisa tensa, se retiró del consultorio.

Khải miró con el ceño fruncido la puerta mientras se cerraba y tomó un rollo de venda que el médico había olvidado.

—Yo lo haré. Sé cómo hacerlo.

La sorprendió al levantar la pierna y pasar la venda una y otra vez alrededor de su tobillo y del arco de su pie. Lo hizo con firmeza, aunque sin causarle dolor. Los dedos cálidos de Khải fueron cuidadosos contra la piel fría de su pantorrilla, tobillo y planta del pie, lo que hizo que unos escalofríos le treparan por la pierna. Cuando Esme se quedó sin aliento, él la miró.

—¿Está muy ajustada?

Ella estaba demasiado distraída como para responder. Él estaba tocándole sus horribles pies, y no se estaba apartando o limpiándose las palmas con los pantalones. En cambio, la estaba sosteniendo como si ella fuera algo precioso. Era una sensación embriagante tener su maravillosa mente centrada completamente en ella, incluso aunque se tratara solo de su tobillo.

De manera tardía, respondió:

—No, no está muy ajustada.

Él volvió a centrar su atención en su tobillo, y los bordes de la tarjeta de presentación se clavaron en la piel de Esme mientras la apretaba con los dedos. Ella quería tocarle el rostro, las líneas taciturnas de su perfil, la frente, la mandíbula, el puente delineado de su nariz, y esos labios, que pedían un beso a gritos...

—Eso debería bastar —dijo Khải y, cuando retiró las manos, ella vio que había vendado su tobillo con gran destreza y había asegurado el extremo con una trabilla de metal—. Si dejas de sentir los dedos del pie, házmelo saber y te aflojaré la venda.

—Ok, gracias, Anh.

—¿Estás lista? ¿Nos podemos ir?

Ella asintió y pasó las piernas por encima del borde de la camilla, intentando ponerse de pie; pero, una vez más, él la sostuvo en brazos y la cargó para salir de la sala.

—Puedo caminar —susurró.

—Es mejor si no lo haces. No me molesta llevarte en brazos.

No protestó; a ella tampoco le molestaba que la llevara. Nadie la había cargado así desde que era una niña. Sin embargo, mientras atravesaban la clínica, tenía las manos en puños y los brazos tensos. No podía olvidar cómo había reaccionado él cada vez que ella lo había tocado anteriormente. No quería estropear el momento. O sorprenderlo y que él la dejara caer.

Después de bajarla durante un instante en la recepción para pagar por su consulta —ella no supo cuánto costó porque él entregó su tarjeta de crédito a la recepcionista antes de que Esme pudiera ver el recibo—, Khải la llevó afuera y la metió en el coche. Medio adormecida, observó cómo pasaban los destellos de las luces a medida que él conducía de regreso a casa.

Entonces, él rompió el silencio:

—¿En qué escaleras te encontrabas cuando te caíste? No hay ninguna en el restaurante de mi madre.

Ante esa pregunta, Esme sintió una descarga de adrenalina, y un sudor frío le bañó la piel.

—Unas escaleras que hay al otro lado de la calle.

«Que no haga más preguntas, por favor».

—¿Las del instituto para adultos?

Esme intentó hundirse en su asiento y pasó los dedos por el pomo de la puerta.

—Me gusta tu coche. ¿Qué modelo es?

—Es un Porsche 911 Turbo S.

—Por-che —repitió—. Es un nombre muy bonito.

Él se encogió de hombros y respondió:

—Supongo que sí.

Esme relajó los músculos. Había conseguido distraerlo.

Pero cuando él aparcó delante de su casa, no salió del coche de inmediato.

—¿Qué estabas haciendo en el instituto para adultos? —Ella se revolvió en su asiento y movió las piernas. Sintió la ropa húmeda debajo de los brazos y el cabello se le pegó al cuello. Todos sus esfuerzos serían en vano si él la descubría—. ¿Estabas...?

Antes de que pudiera completar la pregunta, ella abrió la puerta y salió del coche. Había recorrido cojeando un cuarto del camino cuando el coche emitió un pitido y Khải se le acercó por detrás.

—No deberías —dijo—. Déjame llevarte hasta adentro.

No era necesario. Su tobillo ya estaba mucho mejor, pero asintió de todas formas.

Él le entregó las llaves y la cargó como si ella fuera un «ser humano diminuto». Después de que ella abriera la puerta para él, Khải la hizo entrar, y ella disfrutó de su cercanía. Si se inclinaba un poco hacia delante, podría besarlo. Aunque eso probablemente lo sobresaltaría.

Nada de besos. Nada de roces.

Sin embargo, sintió un cosquilleo en las yemas de los dedos por el deseo de acariciar ligeramente la barba incipiente de su mandíbula y los músculos fuertes de su cuello. ¿Cómo sería pasar los dedos por su cabello? Los mechones eran más gruesos y oscuros que el pelo de ella, y algunos de los rizos irregulares caían detrás de su mandíbula. Ella se contuvo de tocarlos.

—Tienes que cortarte el pelo.

Él le dedicó una mirada de irritación.

—Lo sé.

—Yo puedo hacerlo. Sé cómo. Solía cortarles el pelo a mis primos. Soy buena con las tijeras —dijo, pero luego contuvo el aliento. ¿Cortarse el cabello en casa era demasiado ordinario para él? Quizás no tendría que haberse ofrecido...

Él hizo una pausa en el vestíbulo y se quedó mirándola.

—¿Tú me cortarías el pelo?

—Por supuesto.

—Tienes que hacerlo de una forma determinada.

—Enséñame una fotografía. Si sigo un modelo, puedo hacerlo.

Él pareció querer decir algo más; sin embargo, la cargó hasta la habitación de ella y, tras acostarla en el sofá, preguntó:

—¿Me cortarías el pelo mañana por la mañana, por favor?

Ella se mordió el labio, pero eso no evitó que se dibujara una sonrisa amplia en su rostro.

—Me encantaría.

Khải asintió.

—Muy bien. Gracias.

—¿Cómo te gustaría? ¿Tienes una fotografía?

Él se pasó una mano por el pelo.

—Dejaré que tú decidas el estilo. Yo simplemente lo quiero más corto.

—¿Yo puedo elegir?

—Sí, por supuesto. —Khải sonrió ligeramente, metió las manos en los bolsillos, se paseó sin propósito por la habitación, y se detuvo junto al escritorio. Una mirada reflexiva atravesó su rostro, y tomó algo del escritorio: una fotografía del padre de Esme.

—¿Quiénes son?

Ella se quedó mirando fijamente su tobillo lesionado y movió los dedos de los pies.

—Mi madre y mi padre.

Khải enarcó las cejas y la miró.

—¡Él fue a Berkeley!

Ella tomó una respiración y luego exhaló.

—Eso creo, pero no estoy segura. No lo conozco.

—Ah... —Khải giró la fotografía para inspeccionar el dorso, pero ella sabía que no había nada escrito ahí.

—¿Crees que, si vamos allí, podrían ayudarme a encontrarlo?

—¿A Berkeley? —preguntó. Ella asintió. Él se encogió de hombros—. Es una posibilidad.

La esperanza brotó en el pecho de Esme.

—¿Podemos ir... mañana? ¿Después del corte de pelo?

Khải vaciló durante un instante.

—Sí, está bien. Podemos ir —respondió finalmente.

Ella se puso de pie con tanta alegría que quiso abrazarlo, pero se contuvo y solo sonrió.

—Gracias, Anh Khải.

—No hay de qué. —Una sonrisa incómoda se dibujó en su boca. Caminó hacia el baño que conectaba sus habitaciones, pero se detuvo con la mano apoyada en el pomo—. Recuerda quitarte la venda cuando te duches. Yo volveré a vendarte cuando estés lista para acostarte.

—Está bien.

Cuando se retiró, ella se tomó unos instantes para admirar el vendaje de su tobillo. Estaba perfectamente hecho, ni demasiado tirante, ni demasiado flojo, y las vueltas estaban espaciadas de manera uniforme. Así que de esta manera Khải cuidaba de alguien... Una imagen de él cuidando a Jade atravesó su mente. Si él lo deseaba, podría ser encantador con su pequeña.

Pero Esme no sabía con certeza si eso sucedería, y no debía dejar que la idea entrara en su cabeza. Él solo era una buena persona. Nada más.

Ella había estado trabajando para que ocurriera, pero todavía era... ella misma. De todos modos, y de manera sorprendente, la experiencia de su vida anterior como Mỹ le iba a resultar útil al día siguiente. Así que buscó en su teléfono fotografías de estrellas del cine y de la música y las memorizó. Al día siguiente, le haría a Khải el mejor corte de pelo de su vida.

Capítulo doce

A la mañana siguiente, Esme lo tenía todo listo. Había una silla en mitad de la cocina, unas tijeras afiladas apoyadas en la encimera, y la escoba y la pala estaban listas para la limpieza posterior. Lo único que faltaba era Khải. Esme juntó las manos y respiró hondo varias veces. No había necesidad de estar nerviosa. Ella había hecho numerosos cortes de pelo antes; haría un buen trabajo.

Pero ¿qué sucedería si a él no le gustaba? ¿Y si se enfadaba porque ella había «arruinado» su cabello?

La ducha se apagó y, unos instantes después, Khải entró en la cocina. Llevaba puestos unos pantalones cortos negros y una camiseta negra con la frase: «Amo los impuestos» en letras blancas. Las mangas se veían ajustadas alrededor de los músculos firmes de sus antebrazos, y ella se obligó a mirar su cabello antes de distraerse por completo. Recién salido de la ducha, la humedad era perfecta para cortarle bien el pelo.

Él observó el tobillo de Esme.

—¿Te duele estar de pie? Podemos hacer esto en otro momento.

Ella sonrió. Él no parecía darse cuenta de los sentimientos heridos, pero un tobillo lesionado captaba su atención.

—No, está mucho mejor. Ven. —Esme tomó el respaldo de la silla—. Anh Khải, siéntate.

Él obedeció y juntó las piernas, preparado.

Actuando como una profesional, cosa que no era, Esme tomó las tijeras, pero él la interrumpió:

—Necesito que lo hagas de una forma determinada.

—¿Quieres ver el estilo que escogí para ti? Puedo enseñártelo...

Él sacudió la cabeza.

—No, no es eso. Confío en tu gusto. Quizás... —Movió algunas veces las manos hacia arriba y hacia abajo por los muslos. ¿Estaba *nervioso*?—. Baja las tijeras de momento.

Esme bajó las tijeras. Genial, él tenía miedo de que le hiciera un desastre. Ella no pensaba que fuera a hacérselo; había escogido algo clásico y elegante. Al menos, eso era lo que *ella* creía.

—Soy autista, y tengo algunos problemas sensoriales —continuó Khải mientras miraba fijamente a la pared—. Hay que tocarme de una forma determinada, en especial el rostro y el cabello. —Llevó su mirada hacia el rostro de ella—. Probablemente sea mejor si te lo enseño. ¿Podrías darme una de tus manos?

Él extendió su palma, y Esme se acercó a él. Ella no sabía qué significaba «autista», o «problemas sensoriales», pero comprendió que él le estaba enseñando algo importante... a él mismo. Conteniendo el aliento, ella bajó con lentitud la mano. Se acercó. Se acercó un poco más. Hasta que se tocaron.

Se mordió el labio, esperando a que él se alejara de pronto o hiciera una mueca. Los dedos cálidos de Khải se cerraron alrededor de su mano y la apretaron, y ella sintió una ola de calidez al exhalar. Estaban uniendo sus manos.

Él se aclaró la garganta.

—Los roces suaves me molestan, y es peor cuando no me lo espero. Así que, cuando me cortes el pelo, agradecería que me tocaras de manera firme. Así. —Tomó la mano de Esme entre las suyas y presionó la palma de ella contra su pecho, manteniendo las manos sobre las de ella.

Parecía tranquilo, firme, competente, como siempre, pero su corazón latía de manera salvaje bajo la palma de Esme. Estaba nervioso, sí. Pero no por la razón que ella había pensado.

—Todas esas veces en las que yo... —susurró ella.

Él respiró hondo y su pecho se elevó.

—Demasiado suave, y yo estaba desprevenido.

—No lo sabía... —Ella había creído que eran *sus* roces. Nunca había imaginado que eran los roces de *cualquiera*—. ¿Qué sientes si alguien te toca con mucha suavidad?

Khải frunció el ceño.

—Es demasiado... casi doloroso, pero prefiero el dolor real. Es... difícil de describir.

—Si necesito tocarte, ¿debería avisarte primero? —preguntó ella.

—Sí, es mejor advertirme si estoy desprevenido.

Ella tiró un poco de su propio brazo.

—¿Puedo tocarte el rostro?

Él asintió y dejó que sus manos soltaran las de ella, pero su garganta se movió cuando hizo un esfuerzo por tragar saliva.

Ella llevó los dedos hacia la mandíbula de él, pero se detuvo antes de establecer contacto.

—¿Puedes ayudarme? —No quería hacerlo de la manera incorrecta.

Los labios de Khải se curvaron con el atisbo de una sonrisa, y llevó la mano de ella hacia su rostro mientras presionaba su mejilla contra la palma de Esme.

—No tienes que preocuparte tanto. Ahora sé qué está sucediendo. Si lo hacemos juntos, puedo controlar mis reacciones.

—¿Así está mal? —preguntó ella, temerosa de mover un solo dedo.

—No, está bien. En cuanto a mi pelo, será mejor que mantengas una buena tensión en los mechones mientras los cortas. No me molesta que tires con fuerza de ellos, no me duele. Pero nada de roces suaves, por favor.

—Nada de roces suaves. —Esme llevó su otra mano hacia él, dobló los dedos mientras dudaba, y luego los pasó por el cabello húmedo de Khải, presionando con firmeza la punta de los dedos contra su cuero cabelludo—. ¿Así está bien?

Cuando los párpados de Khải se entrecerraron del placer y asintió, Esme se sintió más valiente. Movió la otra mano desde su mandíbula hasta su sien y luego hacia la línea de su cabello.

—¿Qué tal esto? —susurró.

—Bien. —La palabra escapó como un gruñido, profundo, casi áspero.

Su cabello se sentía grueso y fresco entre los dedos de ella, suave como la seda. Antes de que Esme se diera cuenta de lo que estaba haciendo, le estaba masajeando el cuero cabelludo con movimientos lentos y amplios; y él se lo estaba permitiendo. Khải cerró los ojos y se entregó a las manos de ella como si estuviera absorbiéndolas. Respiró de forma lenta y relajada. Si ella apoyara la palma de la mano contra su pecho en ese momento, estaba segura de que el latido de su corazón sería más calmado; y eso era cosa suya, lo había hecho ella.

Esme tiró de los mechones como hacía siempre que cortaba el cabello de alguien.

—¿Así está bien?

Él frunció el ceño, pero no abrió los ojos.

—Más fuerte.

—¿Así? —Tiró con más fuerza.

—Más.

Esme se mordió el labio y tiró aún con más fuerza, temerosa de hacerle daño.

—¿Así?

Khải dejó escapar un suspiro prolongado.

—Así está mejor.

Ella sacudió la cabeza mientras sonreía para sus adentros. Khải era un acertijo que jamás habría resuelto si él no le hubiera enseñado a hacerlo. Sin embargo, esos eran los mejores acertijos... Los que nadie más podía descifrar.

—Ahora comenzaré a cortar —anunció Esme.

Él abrió los ojos y se concentró en ella.

—Muy bien.

Ella oyó sus palabras y las reconoció como un consentimiento para avanzar; sin embargo, no pudo retirar las manos. Quería estar cerca de él, no más lejos. Los masajes habían hecho que las mejillas de él se ruborizaran y que sus ojos oscuros adquirieran una mirada somnolienta. Ella nunca había deseado tanto besar sus labios; la necesidad de besarlo se convirtió en un deseo salvaje, y quiso trepar sobre su regazo y presionar su cuerpo contra el de él, y tocar, tocar, tocar.

Se apartó de él de pronto antes de hacer algo de lo que se arrepintiera y se tomó unos segundos para ordenar sus pensamientos. Solo iba a cortarle el pelo. Eso era todo. Las palabras de él resonaron en su cabeza como un recordatorio: «Tienes. Que. Parar. ¿Lo comprendes? Tienes. Que. Parar».

Si quería algo más, tendría que ser él quien se lo pidiera. Ella no lo haría.

La frialdad de las tijeras la hizo volver al presente, y su mente se agudizó como lo haría la de un cirujano al tomar un escalpelo. Bien mirado, Khải había sido muy tolerante con ella y, además, hoy la llevaría a buscar a su padre. Cortarle el pelo era una buena manera de devolverle el favor, y quería hacerlo bien.

—Voy a empezar —le dijo después de colocarse detrás de él.

—Ok.

Sin embargo, tal y como le había ocurrido antes, tuvo dificultades en dar el primer paso. Él no la podía ver desde esa posición. ¿Qué sucedería si ella lo sobresaltaba y lo arruinaba todo antes de comenzar?

Esme sostuvo en alto la mano junto a la oreja izquierda de Khải.

—¿Puedo colocar la mano en tu cabello?

Khải la miró por encima de su hombro, le dedicó una sonrisa, perplejo, y apoyó la mano de ella contra su cabello antes de volver la mirada hacia delante.

Los movimientos de Esme fueron dubitativos al principio, pero fue adquiriendo confianza con cada corte de tijera. Juntaba el cabello entre los dedos, esforzándose por mantener la tensión bien firme, cortaba y luego pasaba los dedos sobre su cabellera antes de tomar otro mechón. Repitió estos movimientos una y otra vez y, muy pronto, la naturaleza rítmica la relajó a ella tanto como a él.

Cortó el cabello por atrás y por ambos lados y terminó frente a él. Con un último movimiento de tijeras, un mechón oscuro flotó hasta el suelo de la cocina. Esme dio un paso atrás para evaluar su trabajo, desde la distancia, y la transformación la dejó sin aliento. Él ya le había parecido guapo antes. Pero *eso* era demasiado.

El pelo corto le dejaba el rostro despejado y resaltaba sus rasgos fuertes al máximo. Las chicas le saltarían encima; comenzando por ella, si no se contenía.

—¿Cómo ha quedado? —preguntó él.

Asegurándose de tocarle el pelo con firmeza, Esme tomó dos mechones para ver si el largo era igual en ambos lados.

—Bien. —Golpeteando el mango de la tijera contra su mandíbula, Esme dejó que una sonrisa se escabullera hacia sus labios—. ¡Soy buena!

Khải tomó su teléfono del bolsillo, lo desbloqueó y se lo entregó a ella.

—Haz una foto para Vy, por favor. Ella es quien controla mi pelo.

Esme tomó fotografías desde varios ángulos diferentes y, antes de devolverle el teléfono, se envió su favorita.

—Le gustará.

Khải se rascó el cuello, donde había pelos pegados a su piel, mientras ella le enviaba la misma fotografía a Vy.

—Ya veremos.

Tomó la escoba y la pala, y ya había limpiado la mitad del pelo que había en el suelo cuando el teléfono de Khải sonó. Riendo, él le enseñó los mensajes de texto de la pantalla:

¡Por fin!

¿Quién te lo ha cortado? ¡Déjale el 50% de propina!

¡¡¡Mi hermanito es muy sexi!!!

—Supongo que le gusta —dijo Khải.

Esme sonrió.

—Te dije que le gustaría.

—Gracias. —Él le devolvió la sonrisa, y fue una de sus extrañas sonrisas *reales* que le entrecerraban los ojos, le formaban hoyuelos en las mejillas y revelaban sus dientes blancos y perfectos.

Por todos los cielos, ella quería besar esa sonrisa. Y ambos hoyuelos. Un deseo puro se expandió por su cuerpo en corrientes eléctricas, haciendo que se le erizara la piel, y casi se tambaleó hacia él. Si ella lograba mejorar su imagen de Esme la Contable, quizá él también la desearía.

La sonrisa de Khải se desvaneció.

—¿Qué sucede, Esme? ¿Algo malo?

—Quiero besarte —respondió ella, sin pensarlo.

Cuando oyó las palabras que escaparon de su boca, un rubor intenso le tiñó las mejillas. Se dio la vuelta y se dispuso a vaciar la pala en el cubo de basura. ¿Por qué había dicho eso? ¡¿*Por qué?!*

Él se le acercó.

—Esme...

Ella se movió a su alrededor, barriendo el resto del cabello del suelo.

—Lo siento. Olvida lo que he dicho. —Lo echó todo en el cubo de basura y se apresuró a guardar la escoba en el armario—. ¿Cuándo quieres ir a Berkeley?

—Podemos en cuanto coma algo y me vuelva a duchar, supongo —respondió Khải, fregándose la nuca.

—Está bien, me prepararé. —Se alejó cojeando por el pasillo.

—Espera, ¿no tienes hambre?

«No de comida».

—No, gracias, Anh.

—Entonces, te busco cuando sea la hora de irnos —dijo mientras pasaba las manos por su cabello recién cortado.

—Tómate tu tiempo.

Ella simplemente estaría en su habitación, intentando no pensar en él.

Capítulo trece

Mientras Khai llevaba a Esme a Berkeley, no podía dejar de pensar en la confesión que ella le había hecho.

Ella quería besarlo.

Él también quería besarla.

Pero no podía hacerlo.

Besabas a una mujer si querías salir con ella y tener una relación, si querías amarla y que ella te amara, si *podías* amar. Si besabas a una mujer y no podías cumplir con el resto, eras un idiota. Era preferible masturbarse en la ducha.

Ojalá eso fuera una opción. Desde que Esme había entrado en su vida, Khai se encontraba en un estado permanente de excitación, y no había encontrado alivio, excepto por lo que sucedía por accidente mientras dormía. Hasta la fecha, había tenido que levantarse cuatro veces en mitad de la noche para cambiarse los calzoncillos. Era demasiado humillante. Como volver a tener doce años. Y en sus sueños siempre estaba ella. Siempre. Y siempre llevaba puestos pantalones bombachos.

Había pasado un tiempo desde que había visto esos pantalones en particular. Últimamente, llevaba un par de *jeans* azules que parecían estar pintados en sus piernas. A él no le gustaba la tela, pero no le hubiera molestado pasar las palmas por sus muslos. Para ser alguien a quien no le gustaba tocar, pasaba una gran cantidad de tiempo teniendo fantasías sobre ello...

Cuando llegaron al campus, aparcó lo más cerca de la oficina de admisión que le fue humanamente posible, y caminaron por la acera juntos. O, más bien, *él* caminó; ella cojeó.

—El médico tendría que haberte dado muletas. —«En lugar de su número de teléfono. Cretino oportunista»—. ¿Cómo te sientes? ¿Necesitas ayuda?

—No me duele tanto. —La sonrisa que le dedicó fue más brillante que la camisa amarilla de manga larga que llevaba puesta. Una de las mangas tenía una frase escrita en naranja que decía: «Em yêu anh yêu em». Su vietnamita escrito era horrible, pero sabía lo suficiente como para traducir la frase como «Chica ama a chico ama a chica». Bonito concepto; el círculo del amor y todo eso. Era una lástima que él nunca pudiera completarlo.

—Hazme saber si necesitas descansar. Puedo llevarte en brazos hasta allí.

Ella se colocó un mechón de cabello detrás de la oreja.

—Si haces eso, la gente pensará que eres mi novio.

Khai miró a los estudiantes que estaban caminando por el campus y se encogió de hombros.

—¿Y por qué tendría que importarme?

—En ese caso, me duele mucho —respondió ella mientras sonreía con satisfacción y cojeaba de manera exagerada.

Él ya la conocía lo suficiente como para saber cuándo estaba bromeando, pero la alzó en brazos igualmente. Esme rio y envolvió los brazos alrededor de él, sonriéndole mientras sus ojos brillaban a la luz del sol. En ese momento y lugar, Khai decidió que el verde era su color favorito, pero tenía que ser ese tono específico de verde espuma de mar.

Esme sintió vergüenza de pronto, y sus manos se cerraron en puños.

—Puedo caminar.

—Estamos llegando. —Khai hizo un gesto con la cabeza hacia el gran edificio blanco que tenía cuatro enormes columnas y el nombre «Sproul Hall» grabado sobre las puertas dobles centrales—. La oficina de admisión se encuentra allí dentro. Deberían tener una base de datos de todos los estudiantes que han asistido aquí. Aunque no sé si nos darán la información que quieres.

Observando el edificio, Esme asintió.

—Él subió por esas mismas escaleras.

Ella agitó las piernas, y él la dejó bajar. Le dedicó una sonrisa distraída antes de renquear por las escaleras hacia el edificio. Cuando entraron, ella recorrió el lugar con la mirada atenta y la boca abierta.

Khai metió las manos en los bolsillos y le dejó espacio a Esme para explorar. En realidad, no entendía su fascinación. Era solo un edificio, y no era como si su padre hubiera dejado una parte de él allí. Bueno, y si lo había hecho, resultaba muy desagradable.

No había nadie esperando en la oficina, así que se acercaron directamente al mostrador.

—Hola, ¿en qué puedo ayudarles? —preguntó un chico a través de su enorme barba pelirroja.

Esme abrazó el bolso contra su pecho, se humedeció los labios y miró con rapidez a Khai antes de responder con un inglés ensayado:

—Mi padre asistió a esta universidad hace mucho tiempo. Su nombre es Phil. ¿Podrías encontrarlo por mí, por favor?

Así que *podía* hablar inglés. Solo que elegía no hacerlo. Con él. El chico los miró a ambos por encima de sus gafas de montura violeta.

—¿Hablas en serio?

Esme asintió.

—¿No sabes su apellido? —preguntó el chico.

Ella tragó saliva, sacudió la cabeza y volvió a responder en inglés:

—No. Lo único que sé es su nombre, Phil.

Khai giró la cabeza lentamente para poder observarla. Solo conocía el nombre de pila de su padre. Eso era sorprendente y... triste. Reducía abruptamente sus posibilidades de encontrarlo.

—Es probable que aquí haya miles de personas llamadas Phil. Yo mismo soy una de ellas. —El chico le dio un golpecito al broche que tenía su nombre: «Philip Philipson».

Khai enarcó las cejas. El chico era un Phil en un doscientos por ciento, pero ni su edad ni complexión cuadraban.

—Ella tiene una fotografía.

Esme se apresuró a buscarla en su bolso y se la entregó al chico.

—Hace veinticuatro años. —Esme intentó sonreír, pero sus labios apenas se curvaron antes de que se aclarara la garganta.

Philip Philipson le ofreció a Esme una sonrisa de disculpa.

—Me gustaría ayudarte, de verdad, pero no estoy autorizado para dar esa clase de información. Lo siento mucho.

—Pero él estudió aquí —insistió ella.

—Lo siento mucho. Quizá deberías contratar a un detective privado —sugirió Philip.

Esme abrazó la fotografía contra el pecho mientras sus ojos se ponían vidriosos, y Khai quiso extender el brazo sobre el mostrador para obligar a Phil a disculparse. Antes de que pudiera hacerlo, Esme se alejó del mostrador y salió renqueando de la oficina.

Él la siguió mientras ella se alejaba del edificio; bajó los escalones con dificultad y cruzó cojeando una plaza para sentarse junto a una fuente circular. Esme respiró hondo varias veces; sin embargo, por lo que Khai podía ver, no estaba llorando. Aunque bien podría estar haciéndolo, pues no había tanta diferencia con lo que realmente hacía.

Una sensación familiar de inutilidad se apoderó de él. Nunca sabía qué hacer cuando alguien se ponía así de sentimental, pero quería hacer *algo*.

A falta de una idea mejor, se sentó junto a ella y le dijo:

—Mis padres se divorciaron cuando yo era pequeño. Conozco a mi padre, pero nunca lo veo.

Ella se giró para mirarlo.

—¿Por qué no?

De nuevo en vietnamita. ¿Por qué lo hacía?

—Está ocupado con su nueva familia y vive en Santa Ana. Es contable. Como yo. O quizás yo soy como él. No lo sé. —Se frotó el cuello—. Quizá... quizá sea mejor que no conozcas a tu padre. Siempre puedes imaginar que es mejor que el mío.

—Eso es verdad. —Una sonrisa leve asomó a sus labios, pero se desvaneció con rapidez—. Pero yo solo... solo quería conocerlo y, si me voy sin verlo, habré desperdiciado este viaje, y... —Se pasó una manga por los ojos e intentó tomar más respiraciones profundas, pero luego su rostro se contrajo y sus hombros temblaron.

Mierda, ahora estaba llorando de verdad. Algo muy similar al pánico lo asaltó. Ella no podía llorar; tenía que ser feliz por ambos, porque él no sabía cómo hacerlo.

Khai tomó una de sus manos. Tomarse de las manos era bueno, ¿no? Pero luego ella se recostó contra él, y pronto él la estaba abrazando mientras ella enterraba su rostro contra su cuello. El aire escapó de sus pulmones. Ella estaba en sus brazos, acudiendo a él, confiando en él, como la vez en la que había tenido una pesadilla.

Era aterrador. Era maravilloso.

Él no supo hacer otra cosa más que sujetarla con más fuerza. Unos estudiantes cruzaban la plaza, los pájaros trinaban en los árboles, y soplaba una brisa suave. La luz del sol le calentaba el rostro. Ella se acurrucó aún más y notó el peso de su cuerpo sobre él. Sintió los labios de ella sobre su cuello.

¿Eso contaba como un beso?

Esme giró el rostro a un lado y lo observó a través de sus pestañas húmedas, y él le enjugó las lágrimas de la mejilla con el pulgar. Tan suave, tan hermosa. Khai le apartó unos mechones húmedos de cabello de las sienes, y los labios de ella se entreabrieron.

En un instante, todo cambió. El viento se convirtió en terciopelo y el ruido se convirtió en el latido intenso de su corazón y en el torrente de su sangre. Los colores se volvieron más brillantes y danzaron. El verde de los ojos de ella, el amarillo de su camisa, el azul del cielo de verano, todo giraba alrededor del rosa de su boca.

Él no se dio cuenta de lo que estaba haciendo hasta que vio las puntas de sus dedos recorrer el labio inferior de Esme. Era una imagen maravillosa ver su piel bronceada contra el rostro pálido de ella. Sus ojos se tornaron luminosos y soñadores, y, cuando volvió a recorrer sus labios con los dedos, la boca de ella se abrió un poco más. Khai se encontró inclinándose sobre ella, deseando, deseando, deseando... pero logró detenerse antes de que rompiera todas sus reglas.

—Puedes besarme —dijo ella, y su voz fue una mezcla suave y áspera a la vez—. Siempre que quieras, puedes besarme.

«Chica ama a chico ama a chica» repitió Khai en su cabeza. Él no podía amarla, no podía hacerle ninguna clase de promesa. Debía mantenerse alejado de ella.

Con los ojos fijos en los de él, ella continuó:

—Puedes besarme... y tocarme... y no casarte conmigo. Yo solo... quiero estar contigo antes de irme.

Sus palabras le provocaron reacciones encontradas. Su estómago dio un vuelco ante la perspectiva de que ella partiera y, al mismo tiempo, la tensión abandonó sus músculos. Ella le había dado permiso y había dejado muy claro que no albergaba ninguna expectativa. Besarla no estaba relacionado con salir con ella o con tener una relación o contraer matrimonio o sentir amor. Simplemente podía besarla si quería hacerlo.

Podía besarla.

La piel de Khai se tornó caliente y supo lo que sucedería. Besaría a Esme. Ahora era inevitable.

Le acarició la mejilla con el dorso de la mano, y un suspiro tembloroso escapó de los labios de ella. Él tenía que saborearlos, tenía que conocerlos.

Ahora.

Rodeando su rostro con las manos, se acercó a ella.

—¡Esmeralda, eres tú! —Una voz fuerte con un marcado acento ruso los interrumpió.

Ay, no, esa voz le resultaba familiar.

Esme se apartó de pronto de Khai, y el corazón le dio un vuelco cuando sus temores se confirmaron. Era ella.

—Hola, Angelika.

Khải desvió la mirada hacia la mujer rusa, alta y rubia, y Esme se vio inundada por un sudor frío. Él descubriría que ella era una gran mentirosa, y luego la consideraría inferior.

—No sabía que tenías novio —dijo Angelika.

Khải no la corrigió. Quizás eso significaba algo, pero Esme no tuvo tiempo para pensar en ello. Necesitaban retirarse de inmediato. Quizás si se apresuraban, Khải no se daría cuenta de nada.

Esme se puso de pie de un salto.

—Tenemos que irnos. Te veo luego, Angelika. —Quiso sujetar a Khải del brazo y arrastrarlo con ella, pero tuvo miedo de tocarlo de la manera incorrecta. Después de un momento de duda, ella se alejó renqueando sola, esperando que él la siguiera. Por suerte, lo hizo.

Pero, en lugar de dejar que se fueran en paz, Angelika los siguió.

—Estaba pensando en solicitar ingreso aquí si apruebo el Bachillerato, pero no sé si lo lograré. Si tú te presentas, aprobarás seguro. —Dirigiéndose a Khải, agregó—: Esmeralda es muy inteligente. Saca muy buenas notas en todos los exámenes.

El corazón de Esme dio un salto y comenzó a latir tan fuerte que su visión se nubló. Demasiado tarde.

—¿Estás yendo a clases? —preguntó él—. ¿En el instituto de adultos frente al restaurante de mi madre?

Ella asintió mientras miraba al suelo, deseando poder fundirse en las grietas que había entre los ladrillos. Ahora él sabía que ella no era Esme la Contable. Era Esme, quien ni siquiera había terminado la secundaria.

Angelika retrocedió un paso con incomodidad.

—Yo, eh... os veo más tarde. Buen fin de semana. Un placer conocerte.

Esme la saludó con la mano, y Khải le dedicó a Angelika su típico intento de sonrisa antes de volver su atención a Esme.

Cuando abrió la boca para hablar, Esme se apresuró a decir:

—Ya hemos terminado aquí. Deberíamos volver.

Mientras regresaba cojeando por donde habían venido, ella se distrajo contemplando tantos detalles del campus como pudo. Su padre había caminado sobre ese mismo suelo, respirado el mismo aire, visto esos mismos árboles. Probablemente aquello fuera lo más cerca que estaría jamás de él.

Khải la alcanzó con las zancadas ágiles de sus piernas largas y no lesionadas.

—Deberíamos ir en la otra dirección.

—Pero el coche está por aquí. —Señaló el aparcamiento.

—Hay otro lugar donde podríamos investigar.

Ella hizo una pausa.

—¿Otro lugar?

—El edificio de exalumnos. Quizás estén más dispuestos a ayudarnos; debería haberte llevado primero allí. ¿Necesitas que te ayude a llegar? No es lejos. Queda por allí. —Hizo un gesto en la otra dirección hacia un conjunto de edificios más modernos que estaban rodeados de viejos árboles.

—Caminaré. Vamos.

Esme renqueó tan rápido como pudo a través de la multitud de alumnos, deseando que, si se movían con rapidez, no pudieran hablar. Pero eso no evitó que Khải preguntara:

—¿A qué clases vas?

Esme se rodeó el pecho con los brazos a pesar de que no tenía frío.

—Inglés, Estudios Sociales y Contabilidad.

—¿Tres clases? ¿Eso no es mucho?

—¿Lo es? —Ella no podía comparar eso con nada. Lo único que sabía era que pasaba mucho tiempo estudiando a hurtadillas, cuando pensaba que nadie la veía.

—Eso creo. —Él quiso pasar la mano por su cabello, pero cuando se topó con los rizos más cortos, se acarició el cuello—. Yo nunca fui muy bueno en esas asignaturas; excepto en contabilidad, por supuesto. Me llevo muy bien con los números.

Ella sonrió al oír eso.

—Yo también. —Eran iguales sin importar en qué idioma estuvieran hablando.

Él le devolvió la sonrisa antes de mirar con atención las copas de los árboles.

—Si alguna vez necesitas ayuda, puedo intentarlo. No me molestaría.

Ella observó cómo sus pies daban pasos desparejos en el suelo para evitar mirarlo a él. Dar un paso-arraaaastrar, dar un paso-arraaaastrar, dar un paso-arraaaastrar. Cuando por fin reunió el coraje, se obligó a decir:

—Lo siento. Por mentir. No soy contable. Yo... —tomó aire—, limpio sitios. —Exhaló y sintió que se marchitaba por dentro—. Allí, en casa. No terminé la escuela. Necesitábamos dinero porque Ngoại estaba muy débil para trabajar, así que comencé a realizar tareas de limpieza, y luego... —Se mordió el labio antes de mencionar que tenía una hija.

Cuando Esme lo miró, vio que él estaba mirando hacia delante con el ceño algo fruncido.

—No era necesario que me mintieras.

Ella hizo una mueca y volvió a mirar sus pies. Dar un paso-arraaaastrar, dar un paso-arraaaastrar, dar un paso-arraaaastrar.

—Quería gustarte. —No era una pregunta, pero ella contuvo el aliento como si estuviera esperando a que él respondiera.

En ese momento, él se detuvo delante de un sencillo edificio de una planta construido en vidrio y ladrillo rojo.

—Es aquí.

En la recepción, una mujer de cabello corto y gris, vestida con un traje, los saludó.

—Bienvenidos a la Casa de Exalumnos. ¿En qué puedo ayudarles?

Esme se humedeció los labios y tomó la fotografía de su bolso mientras luchaba por expresar sus pensamientos en inglés.

—Estoy buscando a un hombre. Este hombre. Hace veinticuatro años...

—Lo siento. Aquí nos ocupamos de organizar *eventos* para exalumnos. Tendrán que hablar con otra persona si están buscando a algún exalumno en particular. ¿Lo han intentado en la oficina de admisiones? —preguntó la mujer.

—Venimos de allí —respondió Khải.

—Ya veo. —La mujer frunció el ceño y, después de un segundo, se acercó con prisa a su escritorio, tomó una tarjeta de presentación de uno de los cajones y se la entregó a Esme—. Esta mujer está a cargo de la Asociación de Exalumnos. Intenten llamarla. No sé si podrá ayudarlos, pero, si hay alguien que puede hacerlo, es ella.

Esme intentó sonreír, pero sus labios se negaron a cooperar.

—Gracias.

Ambos permanecieron en silencio mientras recorrían la corta distancia de regreso al coche. Alguien había deslizado un papel amarillo debajo de uno de los limpiaparabrisas; Khải lo tomó y lo leyó. Ella alcanzó a leer «Multa de estacionamiento» en el papel antes de que él lo guardara en su bolsillo y vio claramente que, justo delante del coche, había un letrero grande que rezaba: «No aparcar sin autorización».

Él había aparcado mal intencionadamente, y Esme sabía que lo había hecho por ella. Debido a su tobillo. Era un pequeño detalle, pero ella no conocía a ninguna otra persona que hubiera hecho algo como eso por ella. Solo Khải.

Él salió del aparcamiento, condujo por el campus y se incorporó a la carretera principal. Ella observó cómo se desplazaba entre el tráfico de la tarde como un conductor fugitivo después de un atraco a un banco, veloz, pero manteniendo un control perfecto. Sus manos se veían fuertes y hábiles sobre el volante y la palanca de cambios, y ella recordó cómo él la había tocado con ellas apenas un rato antes. En el rostro, en los labios, en la mandíbula.

¿Querría volver a acariciarla ahora que sabía que ella era una mentirosa? ¿Querría volver a acariciarla si descubría que tenía una hija?

—Cuando lleguemos a casa me das esa tarjeta, ¿vale? —dijo él de manera inesperada—. Quiero llamar a esa mujer de la Asociación de Exalumnos.

Las palabras de Khải le resultaron tan discordantes con sus propios pensamientos que le llevó un instante comprender lo que él estaba diciendo.

—¿Tú la llamarías por mí?

Con los ojos sobre la carretera, él respondió:

—Claro. Y te haré saber si me da alguna información útil.

Ella sintió cómo un peso que no sabía que estaba cargando se elevaba de sus hombros, y la gratitud creció en su interior. Para alguien que en general no tenía tacto, podía ser muy considerado de manera sorprendente cuando era necesario. Ella tomó la tarjeta de su bolso y la colocó en el tablero.

—Gracias, Anh.

Él asintió y volvió a concentrarse en conducir.

Cuando llegaron a casa, aparcó el coche, pero no apagó el motor. Los dedos de ella se detuvieron antes de desabrochar el cinturón de seguridad.

—Asistes a clases por las noches, ¿verdad? —preguntó Khải.

Ella se revolvió en el asiento.

—Así es.

—¿Quieres que te recoja de ahora en adelante? Así evitas tomar el autobús.

—¿No te importa?

—No me importa —respondió.

—Muchas gracias, Anh.

Él asintió una vez y salió del coche, y ella lo siguió mientras él caminaba hacia la entrada y abría la puerta delantera de la casa. Ella pensó que él la besaría en ese momento, pero solo mantuvo la puerta abierta para ella. En lugar de atravesarla directamente, Esme se detuvo frente a él, invitándolo a continuar lo que se había interrumpido antes. La anticipación creció en su interior, y sus pulmones contuvieron la respiración. Incluso su corazón dejó de latir.

«Bésame. Bésame».

La mirada de él se posó sobre sus labios, y los labios de ella cosquillearon como si él los hubiera tocado. Sí, él estaba a punto de...

Khải dio un paso hacia atrás, desvió la mirada de ella y dijo:

—Iré a trabajar un poco en la oficina. Te veré más tarde.

El pecho de Esme se desinfló, y ella observó cómo él tomaba la bolsa de su portátil y regresaba al coche. Él *había* deseado besarla. Antes de que se enterara de todo. Pero ya no.

Él había hecho todas esas cosas —aparecer en la oficina del médico, llevarla en brazos, el corte de pelo— con Esme la Contable, pero no estaba interesado en la verdadera Esme.

Capítulo catorce

A la semana siguiente, Khai fingió que el casi beso nunca había sucedido. La amiga rusa de Esme lo había salvado de cometer un grave error en un momento de falta de sentido común.

Quizás Esme fuera capaz de tener una relación física sin ningún efecto adverso, pero *él* no creía tener esa capacidad. Ella ya era una canción que se repetía de manera interminable en su cabeza. Si comenzaba a tener sexo con ella, esa *cosa* escalaría hasta convertirse en una adicción pura, ¿y qué demonios sucedería cuando ella se fuera al final del verano? Si no quería averiguarlo, tenía que mantener la distancia.

Consiguió hacerlo de manera espectacular hasta la tarde del viernes, cuando llegó el momento de asistir al segundo casamiento del verano. Él llamó a su puerta, y ella la abrió con el esbozo de una sonrisa en el rostro.

Durante un momento prolongado, simplemente la miró. Esme no parecía ella misma. Tenía puesto un vestido *negro*. ¿Acaso no decía que era un color triste? Le caía suelto sobre el cuerpo y escondía cualquier parte interesante, y joder, todas esas joyas. ¡Sus orejas, cuello y manos destellaban! Allí habría unos cien dólares en circonita (no era posible que fueran diamantes reales).

Aun así, estaba muy guapa. Su maquillaje era sutil, excepto el delineador negro que resaltaba sus ojos verdes y el pintalabios rojo sangre.

Dios, esos labios. Pintados de esa manera bastaban para que él se sintiera atontado. Desde que casi la había besado, había estado viendo su boca cada vez que cerraba los ojos. Durante la semana anterior, él le había hecho cosas inimaginables a esa boca en su mente.

Khai se aclaró la garganta.

—¿Estás lista?

Ella enderezó los hombros y levantó el mentón.

—Estoy lista.

Salieron de casa y entraron en el coche. Tan pronto se incorporaron a la autopista 101S hacia San José, él rompió el silencio y dijo:

—Llamé a la Asociación de Exalumnos de Berkeley y me dieron una lista de todos los Phil que asistieron allí durante la década anterior a tu nacimiento.

Ella chilló y se cubrió la boca mientras bailoteaba en su asiento. Sus movimientos hicieron que el dobladillo flojo de su falda se deslizara hacia arriba y *demonios*... era como si la regla número seis hubiera dejado de existir. No había manera de que él la acatara cuando se trataba de Esme. El deseo de tocarla era tan intenso que sus manos se aferraron con fiereza al volante. Casi podía ver cómo sus dedos acariciaban esos muslos desnudos y se deslizaban debajo de ese soso vestido suelto.

La bragueta de sus pantalones se tornó tensa de manera incómoda y lo distrajo de sus pensamientos pornográficos. Mierda, estaba teniendo una erección en su condenado coche. Si se topaba con un bache, se partiría el pene en dos. Necesitaba pensar en el desierto, en el ártico, en la Declaración número 157 de la Junta de Normas de Contabilidad Financiera, en cualquier otra cosa.

—¿Cuántos nombres hay en la lista? —preguntó ella.

Cierto. La lista.

—Casi mil.

—Ah. —Esme frunció el ceño sumida en sus pensamientos, y movió distraídamente las manos sobre sus muslos de una manera que no ayudó en absoluto al estado actual de Khai.

—Un amigo de Quan me está ayudando a revisar la lista. Dice que es algo fácil de hacer si tienes el *software* apropiado —comentó—. Necesitaré una copia de esa fotografía que tienes.

—¿Eso es muy caro? —preguntó Esme con vacilación.

—No. Lo está haciendo como un favor a Quan.

—Es... es maravilloso. —Le dedicó una de sus típicas sonrisas exultantes—. Te la entregaré cuando lleguemos a casa esta noche. ¿Puedes darle las gracias a tu hermano por mí?

—Podrás hacerlo tú misma. Estará en la boda.

—Ah, bien. Lo haré. —Se pasó una mano por el cabello y se alisó el vestido sobre sus muslos—. Ahora estoy nerviosa —admitió con una risita.

—¿Nerviosa por conocer a Quan?

Ella inclinó la cabeza.

—Es tu hermano mayor. Quiero gustarle.

Khai se encogió de hombros.

—Lo harás. A él le gusta todo el mundo. —Y a todo el mundo le gustaba Quan. Él tenía un carisma único. A diferencia de Khai, quien vivía cometiendo errores y haciendo llorar a la gente por doquier.

—Eso espero. —No parecía completamente convencida, pero Khai sabía que ella no tenía de qué preocuparse.

Después de conducir media hora hasta San José, Khai aparcó frente a un gran restaurante de dos plantas llamado Seafood Plaza. Un cangrejo de neón gigante y unas letras chinas parpadeaban sobre el techo. Era el restaurante favorito de su madre, y él había estado allí en innumerables ocasiones a lo largo de los años.

—Es aquí —anunció—. Tanto la ceremonia como la recepción se celebrarán aquí.

Para algunas personas, no había nada como la langosta en salsa de cebolleta y jengibre para decir «felices para siempre».

Esme se quedó mirando el restaurante durante largo rato antes de preguntar:

—¿Es buena la comida?

Khai se encogió de hombros.

—Si te gusta la comida china y las medusas.

—¿Medusas? —preguntó ella con interés.

Él enarcó las cejas.

—Las medusas son esas criaturas de mar que te pican. Con muchos tentáculos. —Movió los dedos para imitarlas—. Tienen una textura rara. Y no tienen sabor.

Esme se cruzó de brazos.

—Sé lo que son las medusas, ¡y sí tienen sabor!

Él lo comprendió de pronto.

—Estás entusiasmada. Por las medusas.

—Están muy ricas.

—No estabas tan entusiasmada por el San Francisco Fairmont. —Teniendo en cuenta el precio y la exclusividad del lugar, la mayoría estaría mucho más impresionada por el Fairmont. Y Khai no pudo evitar sentirse divertido y encantado por el entusiasmo de Esme por el Seafood Plaza.

Ella levantó un hombro, y sonrió.

—Me gusta la buena comida.

—Entonces entremos. Creo que te sentirás muy feliz.

Al cruzar el aparcamiento, los recibió un intenso olor a grasa y a rancio. Sí, él conocía ese sitio, pero era diferente con Esme a su lado. *Todo* era diferente con Esme. Ella no necesitaba que él abriera y cerrara puertas por ella, no quería que él pagara por todo o que cargara con sus cosas, no le importaba si él la observaba todo el día...

Ella extendió la mano para tomarlo del brazo, pero se detuvo antes de tocarlo.

—A ti no te gusta eso. —Esme inclinó la cabeza, pensativa, y luego una sonrisa se dibujó en sus labios. Dio unos pasos para adelantarse a él y apoyó una mano en la parte baja de su propia espalda—. Algunas veces los hombres colocan sus manos aquí. Cuando están caminando o simplemente de pie. Si haces eso, las chicas no te tomarán del brazo.

Khai estuvo a punto de decirle que a él no le importaba que ella lo sujetara del brazo (ya no), pero contuvo las palabras. Necesitaban más distancia, no menos.

—Inténtalo. Quizás lo prefieras. —Observándolo por encima del hombro, Esme se quedó quieta y esperó.

Aquello era ridículo, pero él obedeció igualmente. Después deseó no haberlo hecho. Ver su mano amplia apoyada en la parte baja de la espalda de ella le provocó... cosas. Su columna tenía una curvatura de lo más elegante, en especial en esa zona, y una parte elemental de él se emocionó mientras él la reclamaba para sí mismo.

Para él.

Ella le sonrió durante un segundo antes de continuar caminando hacia el restaurante. Con su mano allí posada, Khai era dolorosamente consciente de cómo ella balanceaba las caderas cuando caminaba. ¿Por qué le resultaba tan sexi?

En la entrada, pasaron junto a unas peceras gigantescas que albergaban langostas, cangrejos y peces de aspecto abatido, y entraron en el sector de mesas de la planta baja del restaurante. Todas las sillas estaban vacías, y una recepcionista que llevaba un bolígrafo azul metido en el cabello los condujo hacia una de las dos escaleras de caracol que llevaban al segundo piso.

Mientras subían, buscaban la mesa que les habían asignado y atravesaban el laberinto de mesas redondas, Khai descubrió que mantener la mano en la parte baja de la espalda de Esme se había vuelto algo natural para él. La calidez de su piel traspasaba la tela de su vestido y le calentaba la palma.

Cuando llegaron a su sitio, Khai divisó unos hombros familiares y una cabeza rapada. Quan se giró, sonrió y se puso de pie de manera repentina para darle a Khai un abrazo fuerte.

—Mírate. —Quan apoyó una mano en la cabeza de Khai y le frotó el cabello recién cortado—. Me gusta tu nuevo *look*.

—Gracias. —Khai apartó la mano de su hermano de un empujón y retrocedió.

—Así que, aquí está... —dijo Quan.

Khai reprimió el extraño impulso de rodear con el brazo la cintura de Esme. Pero, en vez de acercarla hacia él como en realidad quería, dio un paso atrás para alejarse de ella.

—Esme, él es mi hermano, Quan. Quan, Esme.

Quan observó la distancia entre Khai y Esme con una expresión pensativa en el rostro.

Esme se restregó un codo antes de dedicarle una sonrisa.

—Hola, Anh Quân.

Cuando su hermano esbozó una sonrisa amplia, Khai no logró relajarse como esperaba, sino que sus músculos se tensaron, y observó la reacción de Esme, intentando interpretarla. No sabía qué estaba buscando ni qué era lo que quería, pero sintió que ese momento era importante.

Esme extendió la mano para que Quan la estrechara, pero él la miró con curiosidad.

—¿De verdad? ¿Estrechar las manos? —Quan la atrajo hacia él para darle un abrazo, y ella rio y le devolvió el gesto.

Khai había predicho que ellos dos se entenderían bien, pero la imagen hizo que sintiera el ácido derramándose en su estómago. El traje de diseño y los tatuajes de Quan le otorgaban el aspecto de un lord del narcotráfico reformado, y Esme era el complemento perfecto para dar suavidad a toda esa rebeldía. Se veían muy bien juntos.

Esme se sentó entre Quan y Khai, pero se giró hacia Quan y, con un inglés cuidado, dijo:

—Gracias por ayudarme con mi padre.

—No es nada. Me alegra poder ayudarte —dijo él con su amabilidad genuina—. Cuéntame cómo te han ido las cosas hasta ahora. ¿Qué tal en el trabajo y demás? ¿Te gusta?

La sensación ácida en el estómago de Khai empeoró cuando Esme sonrió y le contó a Quan todo sobre su estancia hasta ese momento, hablando inglés como no lo hacía con él y compartiendo cosas de las que Khai no se había enterado. Él nunca le preguntaba sobre su día; las cosas no funcionaban así entre ellos. Él intentaba ignorarla, y ella forzaba la conversación con él. Pero ahora Khai deseaba haber pensado en preguntarle. Los datos sobre Esme estaban almacenados en un lugar especial de su mente, para no olvidarlos nunca, y le molestaba lo poco que sabía de ella.

El camarero se acercó a su mesa y dejó una bandeja gigante en medio. Contenía tres clases de fiambres y una ensalada de algas, y también había una medusa. Parecían fideos de arroz o cebollas salteadas, pero resultaba crujiente de manera desconcertante.

Esme apenas pudo contenerse mientras esperaba su turno para llenar su plato, y luego comió con un entusiasmo que hizo que Quan sonriera. Cuando ella se ruborizó, Quan esbozó una sonrisa incluso más amplia.

—¿Hambrienta? —preguntó él.

—Esto está delicioso —respondió Esme mientras se limpiaba con timidez la boca con una servilleta.

Quan soltó una risita.

—Apuesto a que es muy divertido salir a comer contigo. —Quan miró a Khai y le preguntó—: ¿La has llevado a ese lugar de fideos fríos de San Mateo?

Un sabor amargo invadió la boca de Khai mientras sacudía la cabeza. Él no había pensado en llevarla a comer fuera. Entre la comida casera de su madre y la de Esme, siempre había demasiada comida. Nunca había creído que fuera necesario salir. Hasta ahora.

—Ah, bueno, pues deberías llevarla —recomendó Quan—. Toda la comida es genial. Sería divertido ver cuánto puede comer.

—Mucho —acotó Esme con una risita, y sus ojos verdes brillaron con más intensidad que todas las circonitas que llevaba puestas. Se la veía feliz. Quan la estaba haciendo feliz.

El DJ comenzó a tocar la marcha nupcial. El novio, un primo lejano que Khai no conocía muy bien, y la novia avanzaron entrelazados del brazo entre las mesas y cruzaron la pista de baile hasta el escenario, donde intercambiaron los votos hablando solo en vietnamita. Después de eso, los padres de ambos pronunciaron sus discursos, y la atención de Khai siguió otro rumbo. Había escuchado innumerables variaciones de esa clase de parlamentos: «Muy feliz por la unión de estas dos familias, deseo que tengan un futuro prometedor, muy orgulloso de mi hija, blablablá». Esme, sin embargo, estaba atenta a cada palabra.

Ella estaba sonriendo, pero Khai detectó su tristeza —una proeza inusual para él—. Los ojos de Esme habían perdido su brillo y, cuando el padre de la novia abrazó a su hija, ella se enjugó una lágrima. Khai estaba extendiendo el brazo para tomarla de la mano cuando ella se apartó para cubrirse la boca y ahogar una risa. Quan le susurró algo al oído, y ella rio con más fuerza y sacudió la cabeza, como si fueran viejos amigos.

Khai exhaló con suavidad y miró su mano. No se le había ocurrido hacerla reír. Ni siquiera sabía cómo hacerlo. Era una suerte que existieran personas como Quan en el mundo.

Tras los discursos, los camareros sirvieron rápidamente los platos principales: pato pekinés y pescado al vapor; los típicos platos de bodas. Cuando llegó la langosta con salsa de cebolleta y jengibre, Esme se recogió el cabello, se abalanzó sobre ella, y abrió una de sus tenazas para comer la carne suave del interior. Era curioso lo hermosa que se veía incluso cuando estaba actuando como una carnívora desesperada.

Cuando ella lo atrapó mirándola, echó un vistazo a la langosta intacta de su plato y le preguntó:

—¿Quieres que te la abra? Se me da muy bien.

—No, gracias, puedo hacerlo yo. —Khai quería que ella estuviera enfocada en su propia cena. Le gustaba observarla disfrutar de su comida.

—¿Qué? ¿Cómo puedes rechazar esa oferta? —preguntó Quan. Luego le dijo a Esme—: Puedes abrir la mía.

Conteniendo una sonrisa, Esme colocó un trozo de langosta sobre el plato de Quan, y Khai tuvo el impulso despiadado de tomar la comida del plato de su hermano y engullirla. Era un sinsentido, así que tomó su copa de agua y bebió un gran sorbo. Un sabor floral le hizo fruncir el ceño. ¿Qué era eso?

Cuando alejó la copa de sus labios, vio que había pintalabios rojo en el borde. Había tomado por accidente la copa de Esme. «Transferencia de gérmenes». Él no era excesivamente fóbico a los gérmenes, pero con todas las bacterias nuevas que sin duda estarían invadiendo su boca, era como si la hubiera besado.

Excepto que él nunca lo había hecho. Ni siquiera una vez.

No conocía la suavidad de sus labios o el sabor de su boca. Al haber bebido de su copa, había sufrido todos los perjuicios sin obtener ningún beneficio. No le parecía nada justo. Su mirada se enfocó en los labios de ella: carnosos, rojos y húmedos, y lo estaban atrayendo.

Cuando Esme se chupó los dedos, Khai sintió la atracción en lo más profundo de su ser. El aire escapó de sus pulmones como si le hubieran propinado un puñetazo y su cuerpo se tensó de repente de manera vertiginosa. Bebió el resto del agua de Esme y se alejó de la mesa.

—Voy a por una copa. —Quizás el alcohol lo ayudaría a eliminar las bacterias y a despejar su mente.

Esme lo saludó con la mano manchada de salsa mientras él se escapaba con prisa al bar para pedir algo fuerte.

Sin embargo, no logró escaparse, pues Quan lo siguió y apoyó uno de sus brazos fuertes sobre la barra del bar; tenía un aspecto relajado y peligroso al mismo tiempo.

—¿Cómo estás? —preguntó Quan.

Khai no tenía ni idea de cómo expresar su estado actual, así que respondió como lo hacía siempre:

—Bien.

—No fuiste al entrenamiento de kendo de la semana pasada.

Eso era todo un acontecimiento. Khai nunca se había perdido un entrenamiento, ni siquiera cuando había estado enfermo, pero Esme le había pedido que la llevara a Berkeley y, si ella le pedía algo, él sabía que se lo daría todo; siempre que estuviera dentro de sus posibilidades.

—Lo siento, estaba ocupado —respondió.

Quan rio y se acarició la cabeza rapada.

—Dímelo a mí. Estoy tan ocupado con esta mierda de CEO que a duras penas tengo tiempo para otra cosa. Por eso no te he preguntado cómo estabas hasta ahora. No esperaba que mamá eligiera a alguien como ella para ti, pero es genial. Me sorprende que no te guste.

Khai se preparó para corregir a su hermano y decirle que *sí* que le gustaba, pero frunció el ceño y miró su bebida. Si admitía que le gustaba, Quan probablemente comenzaría a oficiar de casamentero y no quería; ya le resultaba suficientemente difícil mantenerse alejado de ella hasta el momento.

—¿Qué es lo que no te gusta de ella? —preguntó Quan—. Es divertida y sexi como pocas.

Khai no podía responder esa pregunta. No había nada que quisiera cambiar en Esme. Ni siquiera una sola cosa.

—Simplemente no estoy interesado.

Sin embargo, mientras pronunciaba esas palabras, se sintió incómodo; como si estuviera mintiendo. La relación que tenían ni siquiera era física, y él ya se sentía casi adicto a ella. Tenía que mantenerse alejado. Por el bien de ambos.

Tomó el libro que llevaba en el bolsillo interno de su chaqueta y hojeó las páginas con su pulgar antes incluso de darse cuenta de lo que estaba haciendo.

—Estás de broma, ¿no? —dijo Quan, mirando el libro con indignación—. ¿Te pondrás a leer con ella sentada allí?

—Sí. —Ese era el plan. Las bodas ya eran aburridas en sí mismas, pero observar cómo Esme y Quan interactuaban como buenos amigos era incluso peor. No se molestó en analizar por qué.

—¿Puedes al menos intentar ser amable con ella? Es evidente que las bodas no son algo fácil de digerir para ella. Creció sin una figura paterna, y tiene que ser terrible ver a la novia con su padre.

Khai frunció el ceño. Él no había hecho esa conexión antes; debido a su corazón de piedra, claro. Pero, ahora que comprendía la razón de la tristeza de Esme, se juró a sí mismo que revisaría la lista de Phils uno por uno si era necesario, y luego le enviaría a su padre envuelto en un lazo rojo, como un Lexus para el Día de la Madre. En cuanto a ser amable con ella, pensó en la debilidad de su hermano por los huérfanos (ya fueran perros, gatos, pequeños gánsteres del instituto... lo que fuera).

—Estará bien contigo.

—¿Acaso... me estás entregando a tu chica? ¿Estarías de acuerdo con que ella y yo estuviésemos juntos?

Le llevó un instante a Khai comprender lo que su hermano estaba diciendo, pero luego sus músculos se tensaron de manera involuntaria. No, no estaba nada de acuerdo. No quería tener a Esme para él mismo, pero tampoco quería que estuviera con nadie más. Él siempre los imaginaba a ambos separados, pero solteros.

—Porque estoy interesado —continuó Quan—. Solo sus ojos ya son increíbles, pero es que el resto de ella... —Quan hizo un movimiento de reloj de arena con las manos—. Dios.

Oír a su hermano hablar de Esme de esa forma era peor que oír cómo alguien masticaba con la boca abierta, y sintió el deseo desconocido de pegarle un puñetazo en la nariz. Cuando Khai se dio cuenta de que había formado puños con las manos, relajó los dedos, paralizado. Se deshizo de los pensamientos violentos y se obligó a actuar de manera racional. Cuando pensaba en las necesidades de Esme en lugar de las suyas, una cosa se volvía muy clara: Quan era perfecto para ella.

Su hermano podía darle a Esme cosas que Khai no podía. Quan podía hacerla feliz y comprenderla y, lo que era más importante, podía amarla. Khai quería eso para ella; ella se lo merecía.

—Estoy de acuerdo —se oyó decir a sí mismo. Luego se aclaró la garganta y se obligó a especificar—: Estoy de acuerdo con que estéis juntos. —Unas gotas de sudor frío bañaron la frente de Khai mientras las náuseas invadían su estómago, y bebió un trago de su bebida. No recordaba qué era, pero sabía fuerte. Deseó que lo fuera incluso más—. Iré a leer abajo. Hazle saber dónde estoy, ¿vale?

Quan lo observó durante unos instantes con la mirada fija e intensa.

—Sí, se lo haré saber.

Khai levantó su copa en dirección a Quan y salió con prisa del salón, sintiéndose como si estuviera dejando atrás algo de incalculable valor.

Capítulo quince

Cuando Khải abandonó el salón de banquetes con una bebida y un libro en las manos, la langosta que Esme estaba masticando se convirtió en tiza. Era la mejor langosta que había comido en su vida, la mezcla ideal de salado y dulce equilibrada con la frescura del jengibre, pero ya no tenía hambre. Él la estaba abandonando. Una vez más. Tragó con esfuerzo antes de limpiarse las manos y reclinarse contra la silla.

Quân se sentó a su lado mientras los camareros retiraban los platos de la mesa y colocaban porciones de esponjoso pastel delante de todos. Ella tomó su tenedor y observó su porción desde ángulos diferentes, intentando reunir el entusiasmo suficiente para comer.

—¿Qué estás buscando? —preguntó Quân.

—Es demasiado bonito para comérselo. —Las flores hechas de glaseado parecían haber sido pintadas con aerógrafo. Rosas, hibiscos, flores de loto, semillas... eran un estallido de colores. Por lo general, se hubiera sentido exultante de metérselos en la boca, pero no en aquel momento.

Quân rio y empujó su plato hacia ella.

—Yo ya he arruinado mi porción, puedes compartirla conmigo.

Su ofrecimiento dibujó una sonrisa en el rostro de Esme a pesar de su estado de ánimo. Él era una de las personas más amables que ella había conocido y se sentía increíblemente agradecida de que estuviera sentado a su lado.

—No está bien desperdiciar la comida. Me lo comeré. —Esme pinchó la cobertura perfecta del pastel con su tenedor.

Mientras ella daba el primer bocado del esponjoso pastel de vainilla y fresa, con su cobertura ligeramente dulce, Quân se inclinó hacia ella y le preguntó:

—¿Cómo va todo entre mi hermano y tú?

De repente, el pastel se sintió insípido en su boca y, al tratar de hacerlo pasar con agua, se dio cuenta de que tenía la copa vacía y tuvo que robar la de Khải.

—Bien.

—¿De verdad?

Esme pinchó su pastel con la punta de su tenedor, levantó un hombro y no dijo nada más.

—El baile comenzará pronto —indicó Quân—. ¿Quieres bailar conmigo?

Esme lo miró de pronto.

—¿Tú quieres bailar? ¿Conmigo?

—Sí, quiero bailar *contigo*. —Los labios de Quân se curvaron en una sonrisa e hicieron que su rostro pasara de ser serio y peligroso a maravillosamente apuesto. Ay, ese hombre.

—Yo, eh... —Esme dejó el tenedor—. Qué pensará la gente si...

—No me importa lo que piensen los demás. Es solo un baile, Esme —respondió Quân con una sonrisa despreocupada.

Pero no era solo un baile, era más que eso. Ella estaba allí para casarse, y la gente sería despiadada si la veía coquetear con ambos hermanos, y Cô Nga estaría decepcionada. Quân tenía que saberlo. A menos que...

¿Estaba *él* interesado en casarse con ella? No, la acababa de conocer. Era imposible que ya quisiera casarse con ella, ¿no?

Comenzó a restregarse el rostro, pero el aroma de la langosta la hizo detenerse.

—Necesito lavarme las manos. Vuelvo enseguida —anunció antes de alejarse de la mesa.

En el baño, ocupó el cubículo del fondo. Era curioso, pero los baños la relajaban. Probablemente porque le resultaban familiares; ella había limpiado muchos. Pero no podía quedarse allí toda la noche, tenía que tomar una decisión.

—Sabes que lo único que busca es su dinero y el visado —comentó una mujer desde otro de los cubículos.

—Por supuesto que sí —respondió otra.

Esme soltó una respiración contenida. Tenían que estar hablando de ella y Khải; sabía que estas conversaciones iban a suceder. De hecho, era sorprendente que no las hubiera oído hasta ahora.

—Para ser honesta, si él no fuera de la familia, *yo* también iría tras su dinero —dijo la primera mujer riendo.

—Bueno, en realidad, yo también. —Ambas mujeres rieron al unísono.

¿Estaban hablando de *Khải*? Lo hacían parecer un millonario; sin embargo, Esme estaba segura de que él no era ni tan solo rico. Aunque supuso que era perfectamente posible que esas dos mujeres estuvieran en una situación peor que la de Khải. Una antigua casa desvencijada era mejor que no tener casa en absoluto, por ejemplo.

—¿Y la has visto abalanzarse sobre Quân? —preguntó la primera.

—Sí, si no funciona con un hermano, intenta con el otro.

Esme frunció el ceño con enfado. Sin duda alguna, estaban hablando de ella, ¡pero ella no había coqueteado con Quân! ¿O sí? En todo caso, no a propósito. Sin embargo, él era realmente atractivo, divertido, atento y amable. Si nunca hubiera conocido a Khải, habría aceptado de inmediato bailar con él. Pero había conocido a Khải.

Oyó la descarga de los retretes, los pasos de los tacones contra el suelo de mosaico y luego el agua corriendo cuando las mujeres se lavaron las manos.

—La verdad es que es tan guapo... —comentó la segunda mujer.

—Sí, y un idiota.

—Estoy de acuerdo. Sé que es... ya sabes, pero he oído decir que se quejó a Sara de su boda. Justo allí, en la mesa, el mismo día de la celebración...

La tolerancia de Esme frente a esa malvada conversación secreta terminó cuando una fogata se encendió en su interior; abrió la puerta de su cubículo de un golpe y salió enfadada.

—No es un idiota. Es dulce.

No le importaba que pensaran lo peor de ella, no iba a preocuparse por ello, pero Khải era pariente de ellas. En lugar de esparcir rumores y condenarlo, deberían haber intentado comprenderlo.

Una de las mujeres se sonrojó y se dirigió con prisa hacia la puerta, pero la otra fulminó a Esme con la mirada.

—*Tú* no puedes reprender a nadie.

Esme levantó el mentón, pero no dijo nada mientras las mujeres se retiraban del baño. ¿Qué *podía* decir? Ambas habían juzgado a Esme y a Khải sin conocer sus historias. Khải no era malo. Era un incomprendido. Y, en cuanto a Esme, no era una cazafortunas. Sus razones para casarse con Khải no tenían nada que ver con el dinero. Era una lástima no poder hablarle a nadie de ello sin echarlo todo a perder.

Terminó de lavarse las manos, se miró en el espejo, y sus hombros se desplomaron. Sin importar cuánto lo intentara, algo en ella siempre se veía apagado. Hurgó en su bolso hasta que encontró su pintalabios y se aplicó una capa fresca, pero eso no solucionó el problema. Seguía sin ser Esme la Contable, la mujer con la que Khải soñaba.

Pero Quân la deseaba —quizás—, y parecía desearla tal como era, sin un diploma de contabilidad ni el de Bachillerato. A diferencia de Khải, él quería bailar con ella. Quizás no fuera nada de otro mundo para Quân, pero lo era para Esme. Él tenía un gran atractivo físico; sus cuerpos se tocarían, él la rodearía con sus brazos, se moverían juntos, y ella reaccionaría ante él. ¿Cómo podría no hacerlo? Era humana y estaba deseosa de afecto.

Si era inteligente, se quedaría con el hermano que le ofrecía la mejor opción. Y, en ese preciso momento, ese hermano parecía ser Quân. Sin embargo, cuando se trataba de cuestiones del corazón, ella nunca había sido buena en escuchar a la lógica. La pregunta real era: ¿a quién quería su corazón?

Khai no podía concentrarse en su libro. No tenía sentido seguir intentándolo, así que lo cerró de un golpe y se paseó por la planta baja del restaurante, recorriendo la esquina del libro con el pulgar y pasando las páginas. *Fliiip. Fliiip. Fliiip.*

Él ya no se paseaba de un lado al otro, ya no jugueteaba con las cosas. Aunque, evidentemente, sí lo hacía.

La recepcionista del restaurante y todo el personal se encontraban ocupados con la boda, y los pasos de Khai se sentían fuertes sobre la alfombra roja. El baile comenzaría pronto.

Khai no bailaba. Pero Quan sí. Y sospechaba que Esme también.

Las palabras de Quan resonaron en su cabeza: «Estoy interesado. Solo sus ojos ya son increíbles, pero es que el resto de ella...».

El restaurante retumbó con la música grave, y Khai sintió su piel fría y adormecida. El baile había comenzado. Primero sería el turno de la novia y su padre. Pero después de eso...

Esme. Con Quan. Sus cuerpos juntos. Moviéndose lentamente.

Iba a vomitar. Le ardía la piel. Cada respiración le dolía. Sus entrañas estaban a punto de estallar. ¿Por qué demonios quería destrozarlo todo?

Quan colocaría las manos en la parte baja de la espalda de Esme, ese lugar que Khai había reclamado para sí mismo un poco más temprano; le tocaría la cadera, los brazos, las manos. Y ella se lo permitiría; ella también lo tocaría.

Y debía hacerlo. Quan era el hombre perfecto.

Khai se dio cuenta de que podía irse. Quan cuidaría de Esme y la llevaría a casa. Quizás después de pasar tiempo con Quan, ella querría hacer la maleta y cambiar de hermano y de casa. Eso sería genial para Khai; no desarrollaría una adicción real si ella desapareciera.

Apretando la mandíbula, se dirigió hacia las puertas delanteras del restaurante y apoyó las manos sobre el pomo de metal. Pero sus brazos se negaron a empujar.

¿Qué sucedería si ella no quería bailar? ¿Y si quería regresar a casa ahora mismo? No tenía sentido que Quan la llevara si Khai iba a hacer el mismo trayecto; no sería práctico.

Dio la vuelta, planeando dirigirse al salón y enfrentar la música durante el tiempo suficiente como para asegurarse de que ella era feliz y anunciarle que volvía a casa. Y ahí estaba ella, al pie de las escaleras, con la mano apoyada sobre la barandilla. Tan hermosa, y ahí mismo.

Lo había venido a buscar una vez más. A él nadie iba a buscarlo nunca; todos sabían que quería estar solo. Aunque no siempre era así; algunas veces se quedaba solo por costumbre, algunas veces le resultaba difícil distraerse del vacío creciente de su interior.

—¿Te vas? —preguntó ella en voz baja.

—Iba a avisarte. —Oyó sus propias palabras de lejos, como si las hubiera pronunciado otro—. Si quieres bailar, deberías quedarte.

—¿Quieres que baile...? —Ella no pronunció las palabras, pero pendieron en el aire entre ellos: «sin ti».

Khai tragó saliva.

—Si te hace feliz.

Ella dio un paso hacia él.

—¿Y qué sucede si quiero bailar *contigo*?

—Yo no bailo.

—¿Puedes intentarlo? —Dio otro paso hacia él—. ¿Por mí?

Se le cerró el pecho.

—No puedo. —Nunca había bailado, en toda su vida. Sería terrible haciéndolo y terminaría lastimándola a ella y humillándose a sí mismo. Por no mencionar la música alta; no podía hacer nada con esos decibeles ensordecedores. Otra razón por la cual Quan era mejor para ella—. Si quieres quedarte, sé que a Quan le encantaría llevarte a casa.

—¿Quieres que yo... y él... bailemos? —Frunció el entrecejo—. ¿Te parece bien?

—Si eso es lo que quieres. —Y era verdad. Si eso era lo que ella quería, él quería que lo tuviera, incluso si eso lo hacía sentir como si le estuvieran pisoteando el pecho.

—Lo comprendo —respondió después de unos instantes. Luego sonrió, pero unas lágrimas le recorrieron el rostro. Se las enjugó, respiró hondo y esbozó una sonrisa más amplia antes de darse la vuelta.

Él la había hecho llorar.

—Esme...

Ella lo ignoró y regresó a las escaleras. Iría a buscar a Quan. Iría a ser perfectamente feliz.

Sin él.

Algo en su interior se desató, y la parte racional de su mente se apagó. En su lugar, una parte desconocida tomó el control: su piel se volvió abrasadora y la sangre le rugió en los oídos. Era consciente de que sus pies lo estaban haciendo cruzar el salón, vio su mano envolviendo el brazo de ella, haciéndola girar para que lo mirara.

Esas lágrimas.

Lo hicieron añicos. Las enjugó con los pulgares.

—Estoy bien —susurró Esme—. No te preocupes. Yo...

Él la tomó del mentón, apoyó los labios sobre los suyos mientras la sensación de tenerla tan cerca causaba estragos en su organismo. Suave. Seda. Dulce. Esme. Al darse cuenta de que ella estaba rígida, comenzó a retroceder horrorizado. ¿En qué había estado pensan...?

Entonces, ella se relajó, le devolvió el beso, y eso fue todo. Los pensamientos de Khai se chamuscaron. Y algo más se elevó de las cenizas, algo que él había mantenido encadenado durante tanto tiempo que ahora era pura fiereza y hambre animal. Pasó la lengua por sus labios y, cuando ella suspiró y los abrió, un sentimiento de victoria salvaje lo atravesó. Y se adueñó de sus labios, de su boca, del calor líquido de su interior que sabía a vainilla y a fresas y a mujer.

Esme se derritió bajo la intensidad del beso de Khải. Nunca la habían besado de esa manera, como si Khải fuera a morir si se detenía. Los movimientos de él habían sido indecisos al principio, como si estuviera descubriéndola, pero rápidamente había ganado confianza. Cada presión dominante de sus labios y cada movimiento de su lengua la debilitaban un poco más. Las rodillas amenazaron con ceder, pero ella temía aferrarse a él. Si se detenía, ella estallaría en llanto. Esme necesitaba más, mucho más. El deseo no la dejaba respirar.

Le devolvió el beso con mayor intensidad, y él gimió contra su boca y pasó las manos por su cuello, por sus hombros, por su espalda. Más abajo. Él la apretó por detrás, y los músculos de Esme se tensaron.

Khải la acercó más a él y movió las caderas para apoyar su firmeza sobre ella. Ella respiró agitadamente mientras una corriente eléctrica se disparaba directamente por su interior, y luego se arqueó contra él, aferrándose a las solapas de su chaqueta. Era eso o caer al suelo.

Más cerca, necesitaba estar más cerca. Intentó fundirse con él, restregar su cuerpo contra el suyo, pero no era suficiente. Le dolían las palmas por el deseo de tocarlo y explorarlo, de conocerlo. Reprimió el impulso y sujetó las solapas de su chaqueta con más fuerza mientras le besaba la mandíbula, le mordisqueaba el lóbulo de la oreja y le besaba el cuello. Sintió cómo unos escalofríos le trepaban por la piel.

El salón giró como un remolino embriagante, dejándolos a ambos sumidos en un mundo propio. Lo único de lo que Esme era consciente era de la seguridad que le brindaban los brazos de él, la calidez de su boca, y su aroma: jabón, loción de afeitar, hombre. Necesitaban una cama, una pared, una mesa, cualquier cosa. Ella lo quería en ese instante, y él estaba tan listo...

—Han puesto demasiado aceite a la sopa —dijo una voz familiar—, pero el pescado estaba... ¡ay!, por todos los cielos.

La madre de Khải y varias de sus tías los miraron fijamente desde la mitad de la escalera.

Esme y Khải se separaron de inmediato. Con un rubor intenso en el rostro, Esme se pasó las manos temblorosas por el vestido mientras las mujeres terminaban de bajar las escaleras.

—*Chào*, Cô Nga —dijo Esme antes de inclinar la cabeza hacia las tías. Juntó las piernas con firmeza, no estaba acostumbrada a estar excitada en un salón repleto de gente.

Khải se pasó una mano por el cabello.

—Hola, mamá, Dì Anh, Dì Mai, Dì Tuyêt. —Desviando la mirada, Khải se mordió el labio inferior, que ya se veía hinchado.

Ay Dios, tenía pintalabios por todos lados.

—Anh Khải, deja que... yo... —Esme se llevó una mano al rostro.

Viendo que ella dudaba tanto en tocarlo, él le llevó la mano hacia la mandíbula.

—¿Qué sucede? —preguntó.

—Mi pintalabios. —Ella pasó el pulgar sobre una mancha que Khải tenía en la comisura de su boca enrojecida, pero no salía—. Oh, no, Khải.

En lugar de molestarse como ella creyó que ocurriría, él sonrió y mostró sus hoyuelos, y una calidez le inundó el corazón. A él no le importaba que lo atraparan besándola.

—¡Ay, los jóvenes de hoy en día! —comentó una de sus tías, y las demás soltaron risitas con las bocas tapadas como niñas de primaria.

—Estos chicos... —Cô Nga intentó sonar seria, pero no pudo ocultar la sonrisa de su rostro—. Id a casa, venga, os va a ver todo el mundo. —Hurgó en su bolso enorme hasta que encontró un pañuelo desechable y se lo entregó a Esme. Luego se alejó junto con las tías.

Tan pronto como se cerraron las puertas delanteras, Esme llevó el pañuelo hacia la boca de Khải, pero él lo esquivó y la volvió a besar, una unión firme de labios contra labios. El pañuelo quedó apretujado en las manos de ella, olvidado, mientras él pasaba los dedos por su cabello y le inclinaba la cabeza hacia atrás para poder besarla mejor.

Alguien se aclaró la garganta.

Pero esta vez, cuando Esme intentó apartarse con rapidez, los brazos de Khải la envolvieron y la mantuvieron cerca de su cuerpo. Ella miró por encima del hombro y encontró a Quân observándolos con los brazos cruzados y una gran sonrisa en el rostro.

—Los mayores están comenzando a retirarse —anunció Quân—. Quizás deberíais... ir a otro lado. Ya sabéis, para no provocarles un infarto.

Khải miró primero a su hermano y luego a Esme, y aflojó un poco los brazos, que la rodeaban.

—¿Quieres venir conmigo... o quedarte?

—Quiero ir contigo —susurró ella.

Esa sonrisa hermosa volvió a extenderse por su rostro.

—Bien, vamos.

Se separaron, y Esme se guardó un mechón de cabello detrás de la oreja, sin saber muy bien cómo actuar en presencia de Quân. Pero él no parecía enfadado ni ofendido, más bien satisfecho. ¿Era posible que, de algún modo, hubiese planeado todo eso?

Quân le estrechó la mano a Khải y luego le dio uno de esos abrazos con palmadita en la espalda con la otra mano.

—Llámame si necesitas algo. Pasad una buena noche.

Le guiñó un ojo a Esme y volvió a subir las escaleras, y ella lo saludó de manera incómoda. Khải abrió la mano que su hermano había sujetado antes, y encontró un sobrecito reluciente sobre la palma.

Un rubor estalló en las mejillas de Esme, pero no pudo evitar sonreír. Quân era el mejor hermano del mundo.

Khải movió el sobrecito para sostenerlo entre su dedo índice y corazón, y observó a Esme con una mirada fija.

—¿Tendré la posibilidad de utilizar esto esta noche?

Ella se mordió el labio mientras la anticipación burbujeaba por sus venas. Después de tomar el libro que él había dejado caer al suelo un poco antes, miró a Khải y respondió:

—Eso espero.

Capítulo dieciséis

Khai condujo a su casa en un estado de completa locura. El latido de su corazón estaba tan fuera de control que era un milagro que no hubiera tenido ya diez accidentes. El condón que llevaba en su bolsillo le quemaba el muslo.

Tendría sexo con Esme.

Sexo.

Con Esme.

Incluso en medio de su frenesí, reconocía el hecho de que no debía hacerlo. Debía mantenerse alejado de ella. «Chica ama a chico ama a chica». ¿Qué sucedería si ella se enamoraba de él? Él no podía...

No, se dijo con firmeza. Él sí podía. Esme había dejado claro que no tenía ninguna expectativa, y él confiaba en que ella conociera sus propios sentimientos. En cuanto a él y su miedo a la adicción, lograría superarlo. Había llegado demasiado lejos como para detenerse ahora. Lo deseaba con muchas ansias. Además, los adultos lo hacían todo el tiempo. *Su hermano* lo hacía todo el tiempo, como lo evidenciaba su abastecimiento constante de profilácticos.

Después de que Khai aparcara fuera de casa, ambos caminaron hasta la puerta de entrada. Lo habían hecho innumerables veces, pero todo parecía diferente esa noche; irreal, en cierto modo. El aire olía más dulce a pesar de que el jazmín que florecía de noche siempre había estado allí. ¿Cómo era posible que él nunca hubiera oído el canto de los grillos como lo hacía en ese instante o notado cómo las estrellas titilaban entre las copas de los árboles?

Mientras abría la puerta, Esme abrazó el libro de él contra el pecho y lo miró batiendo las pestañas. Se humedeció los labios, y Khai sintió un deseo tan fuerte de besarla que los músculos de su abdomen se tensaron. Intentó regular la respiración, calmar el torrente de su sangre, recuperar su habitual estado de funcionamiento, pero luego recordó que tenía *permiso* para besarla.

Siempre que quisiera.

La apoyó contra la puerta y la besó en los labios, gimiendo mientras ella se aflojaba y le devolvía el beso. Él siempre esperaba que ella lo rechazara, pero ella nunca lo hacía. Era algo embriagante, su aceptación. ¿Qué otra cosa le permitiría hacer?

Le dio un último beso en la boca y luego recorrió su cuello con los labios. No había tenido la intención de hacerlo, pero le había dejado una marca allí. Una satisfacción cavernícola se desató en su interior, y no la cuestionó, sino que besó esa zona con devoción. Cuando ella inclinó la cabeza hacia un lado, ofreciéndose en silencio, Khai se rindió ante los instintos que no comprendía y mordisqueó su piel suave. Ella respiró de manera entrecortada, y él vio que se le había erizado la piel de los brazos. Él había provocado esa reacción.

Tan suave, tan sensible a él, solo a él. Por ahora.

Conteniendo la respiración, Khai hizo lo que había estado deseando hacer desde hacía mucho tiempo: puso las palmas sobre sus pechos, y ella se lo permitió. Sus pulgares encontraron los puntos duros de sus pezones a través de su vestido, y la acarició, exhalando temblorosamente cuando los ojos de ella se entrecerraron y luego se mordió el labio. Khai estaba seguro, en un noventa por ciento, de que a ella le gustaba.

¿Qué más le gustaba? ¿Podía hacerla sentir tan bien como se sentía él en ese instante? Estaba decidido a intentarlo. Necesitaba complacerla. Lo necesitaba más que cualquier otra cosa.

Khai volvió a encontrar su boca una vez más, y su mente se tornó borrosa. Ella abrumaba a sus sentidos, hacía que le fuera imposible pensar. Solo existía su sabor a fresa, la suavidad de su piel, las curvas que llenaban sus palmas y la suavidad que lo tocaba cada vez que él movía las caderas contra ella.

—Cama. Khải. Ahora —susurró ella entre besos.

Cama.

Sexo.

Esme.

El cuerpo de Khai se endureció dolorosamente, y él soltó los labios de ella y apoyó la frente contra la suya, tomándose un instante para calmarse y reaprender a utilizar su cerebro. La gente siempre le decía que era inteligente, debería ser capaz de descubrir cómo llevarlos a ambos a la cama. Era una tarea cotidiana, no podía resultar tan difícil; solo había que dividirla en pasos a seguir.

Abrió la puerta, se dio un punto extra por acordarse de guardar las llaves en el bolsillo, y luego cargó a Esme en brazos.

Ella rio mientras él la conducía por la casa.

—Puedo caminar. Estoy mejor.

—Me gusta llevarte en brazos.

Esme lo miró a los ojos. Los labios de ella no se curvaron, pero él sintió que estaba sonriendo. Ella se quedó en silencio durante todo el camino hasta la habitación. Después de que Khai la recostara en el centro de la cama, ella se sentó, dejó el libro en la mesilla de noche y luego se quitó los zapatos de tacón y los dejó caer sobre la moqueta mullida. También se deshizo de su collar y del resto de abalorios. Entonces se sentó sobre sus piernas y lo observó con ojos deseosos.

Transcurrido un instante, Khai se dio cuenta de que lo estaba esperando. A él.

Khai se quitó los zapatos, algo que nunca había hecho en su habitación porque lo hacía en la puerta delantera. Era probable que hubiera dejado un rastro de suciedad de la calle por toda la casa, pero, antes de que eso pudiera alterarlo demasiado, sacudió la cabeza, se quitó la chaqueta del traje y se sentó en la cama. Sin quererlo, se había colocado a un brazo de distancia de ella, una distancia segura.

Ella observó el espacio vacío durante un segundo antes de mirarlo a los ojos, tomar su vestido y quitárselo por arriba, lo que terminó de anularlo.

En tan solo un momento, ella había redefinido lo que era la perfección; ahora, los estándares de Khai se encontraban alineados con las proporciones y medidas exactas de Esme. Nadie podría superarla.

Hermosa mujer, hermosos pechos esculpidos y pezones oscuros, hermosos muslos. Llevaba las mismas bragas blancas de algodón que la noche de la primera boda. Se había dado cuenta por el pequeño lazo del centro; eso o ella tenía varias iguales. ¿Acaso las mujeres compraban bragas en paquetes de seis como hacían los hombres? La imagen de seis bragas blancas con seis pequeños lazos blancos cruzó por su mente.

El lacito le fascinaba. Quería tocarlo. Y también sus piernas, su piel y todo su cuerpo. Sus pechos; sin duda, sus pechos.

—Te toca. —El tono rasposo de la voz de Esme tenía casi una cualidad táctil, y la piel de Khai se erizó.

Él tenía la boca demasiado seca para formar palabras, así que asintió. Sentía como si estuviera temblando, pero mantuvo las manos firmes mientras se desataba la corbata y se desabrochaba la camisa.

Esa mirada que ella tenía en el rostro, cómo observaba cada uno de sus movimientos. Para él, su cuerpo era solo eso: su cuerpo, esa cosa en la que vivía. Verse a sí mismo a través de los ojos de ella era una experiencia nueva.

Cuando Khai se quitó la camisa, los labios de Esme se entreabrieron para tomar una respiración rápida. Cuando se quitó los pantalones y se quedó en calzoncillos, su mirada lo recorrió por completo. La piel de Khai ardía donde fuera que ella estuviera mirando, el pecho, los brazos, el abdomen, las piernas.

Esme se pasó una mano por su largo cabello y se mordió la yema de un dedo, y Khai dejó escapar el aire de los pulmones. Incapaz de seguir resistiéndose, se puso de rodillas y se acercó un poco más, y un poco más. A medio brazo de distancia. A un cuarto. Sus cuerpos se juntaron, piel con piel por primera vez.

Él había luchado contra hombres; era un contacto deliberado y firme con otros cuerpos, y le resultaba aceptable. Sabía, pues, lo que se sentía al tener a alguien contra él (dos fuerzas de igual tamaño que se golpeaban y peleaban; un desliz y te hacían una llave). Pero aquello no se parecía en nada a lo que estaba sucediendo ahora. Esme no olía a calcetines de gimnasia ni a sudor masculino, y sus curvas encajaban en su cuerpo, suave contra duro, liso contra áspero, el débito perfecto contra su crédito. No tenía sentido, ya que ella era mucho más pequeña que él y podría derribarla en dos segundos; pero nunca iba a hacerlo.

La respiración cálida de ella le provocó una sensación abrasadora en el cuello, y él le inclinó la cabeza hacia atrás para poder verle el rostro. Sus ojos verdes somnolientos lo miraron y sus labios rojos entreabiertos sellaron cualquier deje de resistencia que él hubiera podido presentar. Khai se acercó a su boca, le dio un beso profundo con lengua y ella se lo devolvió con la misma fiereza.

Él no podía acercarse lo suficiente, no podía respirar, no podía pensar. La tocó por todas partes mientras trazaba un mapa de su cuerpo en la mente. Las curvas perfectas de su trasero, la línea suave de su espalda, sus pechos... Él gimió cuando los pezones firmes de ella rozaron contra el centro de sus palmas; parecían estar deseando su boca. Y, cuando se quiso dar cuenta, estaba chupando una punta endurecida, recorriéndola con la lengua, tumbándola en la cama y perdiéndose en su cuerpo. Esme abrió las piernas para acoger su cadera, y él se estremeció al moverse contra ella. Esa fricción, el aroma que emanaba, sus murmullos... estaba en el cielo.

—Ahora, Khải.

Él no entendió lo que decía, no podía dejar de moverse contra ella.

—Khải —repitió con un jadeo—. *Ahora.*

Khai se echó hacia atrás, y el pezón de ella salió de su boca, húmedo, brillante. La imagen era tan erótica que tuvo que desviar la mirada antes de reordenar sus pensamientos.

—¿Ahora qué? —preguntó con una voz rasposa irreconocible.

Esme abrió los labios, pero no le salieron las palabras. Su pecho se elevaba con respiraciones agitadas que le movían los pechos de la manera más atractiva, y a sus costados, las manos se abrían y cerraban, abrían y cerraban, como si estuviera tomando algo que no estaba allí.

—El condón —dijo finalmente.

Y todo cobró sentido.

Él bajó de la cama y tomó el único preservativo del bolsillo de sus pantalones. Sin dejar de contemplarla, se bajó los calzoncillos y dejó al descubierto su pene. Cuando los ojos de ella se oscurecieron y la punta de la lengua pasó por su labio inferior, una oleada de pura lujuria casi lo desestabilizó. Se bajó por completo los calzoncillos y luego se los quitó antes de tumbarse en la cama junto a ella.

El sobrecito hizo ruido mientras lo abría, y luego hizo rodar el látex lubricado sobre su, ahora hipersensible, virilidad. Cuando terminó, dejó caer las manos a los lados.

Había llegado el momento, pero no sabía qué pasos seguir a continuación. Él siempre había creído que habría una voz interna dándole instrucciones. Los seres humanos habían estado apareándose durante miles de años. Les resultaba natural, instintivo. Pero lo único que Khai podía oír era su propia respiración. Iba a arruinarlo todo.

Manteniendo los ojos fijos en los de él, Esme se mordió el labio inferior y se quitó la ropa interior después de elevar la cadera de manera sutil. Mantuvo las piernas juntas, pero la nube de rizos que tenía entre los muslos distrajo a Khai, que tragó saliva con esfuerzo. Ella estaba desnuda, gloriosamente desnuda.

—Ven aquí —le pidió ella.

El cuerpo de Khai obedeció por decisión propia, avanzando entre las rodillas de Esme, cubriéndola, alineándolos de la manera correcta. La tentación de los labios de Esme era demasiado fuerte, y la besó con desesperación. Cuando movió la cadera, su pene se deslizó sobre ella, y la punta se alojó en su interior. Solo la punta. Khai sintió una fogata en todos lados: en la espalda, la nuca, la cabeza.

Eso estaba sucediendo. Él y Esme. Juntos.

La besó con más fuerza mientras empujaba lentamente. Cada centímetro lo cambiaba, lo desmoronaba y luego lo volvía a recomponer, hasta que finalmente se acomodó dentro de ella por completo, y ella arrojó la cabeza hacia atrás y gimió.

Durante un instante, él se sintió demasiado abrumado como para moverse. *Él le había provocado placer.* Él nunca había creído que sería tan fácil satisfacer a una mujer. Le apartó el cabello del rostro y le besó los labios, invadido por una sensibilidad y sensación totalmente nuevas. No había nada mejor que estar dentro de Esme. Ella se sentía tensa y encajaba con él como si ambos estuvieran hechos a medida, el uno para el otro, calientes y suaves.

Cuando ella levantó la cadera e hizo que él empujara un poco más, el placer lo atravesó, y aquellos instintos que él había creído no tener cobraron vida de pronto. Él salió y volvió a entrar con un gemido fuerte, afuera, adentro, más rápido. Demonios, el sexo era bueno. El sexo era *fantástico*, diez mil veces mejor que masturbarse en la ducha, un millón de veces mejor, mil millones de veces mejor.

Y lo sabía porque estaba con Esme; ella hacía que todo fuera diferente. Estaba tan feliz de que su primera vez hubiera sido con ella…

Esme apretujó las sábanas con las manos mientras luchaba contra el deseo de tocar a Khải, que tenía el rostro contraído como si estuviera sintiendo dolor. Ella quería aliviarlo y luego acariciarlo por todas partes. Era espléndido, todo músculos poderosos y líneas fuertes.

Y era bueno, muy bueno. Y, a pesar de que no la había tocado ni una vez donde ella lo necesitaba, estaba dolorosamente cerca. Ella arqueó la espalda y se retorció contra él, intentando encontrar el ángulo perfecto, pero sus movimientos solo lo excitaron más.

Los embates de Khai tomaron velocidad y se volvieron más superficiales; él abrió la boca cuando empujó con mayor intensidad y luego juntó las caderas de ambos durante un período de varios segundos. Con la respiración agitada, la besó en la sien. Entonces salió de ella, bajó de la cama y desapareció en el baño.

Ella se hundió en la cama con incredulidad. ¿Eso era todo? Sin duda volvería pronto. Su sexo le dolía y deseaba que él regresara a terminar lo que había comenzado.

Pero él encendió la ducha.

Ella se sentó derecha y se quedó mirando fijamente la puerta del baño mientras se le enfriaba la piel. Él ya estaba. Había sentido placer, y ahora se estaba quitando lo que le quedaba de ella en el baño. Ni siquiera había pasado un minuto desde que él había terminado. Los labios de Esme todavía estaban húmedos de sus besos.

Se le llenaron los ojos de lágrimas, pero las contuvo. No supo cuánto tiempo se quedó mirando la puerta del baño. Quizás fueron horas o segundos, pero en algún momento salió de la cama, recuperó sus cosas y las dejó caer en el suelo de su habitación. Luego se desplomó sobre el sofá y envolvió con firmeza los brazos alrededor de su cuerpo. Ella había querido estar con él, y lo había conseguido; ya había satisfecho su curiosidad. Ella le había dicho que no esperaba nada de él, y eso es lo que él le había dado: nada.

El dolor y el enfado se abrieron camino por su cuerpo; y se centró en el enfado.

Cuando oyó que la ducha se apagaba, fue hacia el baño. Él levantó la mirada mientras se secaba el cuerpo con la toalla y, después de un instante incómodo, levantó la toalla de su muslo y se secó el cabello, lo que dejó expuesto su hermoso cuerpo desnudo. Músculos definidos en los brazos que se marcaron cuando se secó la cabeza: los hombros amplios, el estómago firme, esa parte de él y las piernas fuertes; todo era perfecto, pero nada estaba destinado a ella. Él le sonrió, revelando sus hoyuelos, pero la sonrisa se desvaneció cuando ella lo observó con una expresión pétrea.

Esme entró en la ducha y presionó con violencia los botones. ¿Qué sucedía con ella que él con su sola sonrisa todavía la derretía? Parecía no tener respeto por sí misma. Cuando se limpió entre las piernas, su piel sensible palpitó de la necesidad. Él la había besado y tocado hasta que ella se había vuelto salvaje del deseo y luego la había abandonado. Otra vez.

Siempre la abandonaría, porque ella no era lo que él quería. Ella ya lo sabía, pero aun así se había entregado a él.

Qué estúpida había sido.

Mientras el agua caía sobre ella y el calor se fundía con su piel, juró que todo terminaba allí. Ya bastaba. Ya bastaba de desearlo en secreto, de seducirlo, de cuidarlo. Todo había terminado ya. Ella no era rica, ni inteligente ni educada, pero no era algo de usar y tirar. Tenía valor. Quizá no podía verse en su ropa, en sus inexistentes títulos o en su manera de hablar, pero ella lo *sentía*, incluso aunque no comprendiera por completo de dónde venía, golpeteaba dentro de su pecho, grande, fuerte y brillante: ella se merecía algo mejor que eso.

Envalentonada por la fuerza de su convicción, cerró el agua, se llevó una toalla limpia hacia el pecho y salió de la ducha.

Khải se estaba cepillando los dientes, y se detuvo para girar y mirarla, y recorrió con los ojos su piel desnuda. Era imposible no notar que estaba firme otra vez, y el cuerpo traicionero de Esme sintió una ola de calor como respuesta. Qué cuerpo más estúpido.

Pasó por delante de él y se encerró en su habitación sin pronunciar ni una sola palabra. Si intentaba hablar, lloraría o le gritaría. Después de colocarse otro par de bragas blancas y su pijama, tomó las sábanas y las colocó sobre el sofá. Se había terminado lo de compartir cama.

Mientras se estaba tapando las piernas, se oyó un golpe en la puerta, y Khải entró en la habitación, vestido con un par de calzoncillos limpios.

Se restregó el cuello mientras observaba las sábanas en el sofá.

—¿No dormirás en mi... habitación como siempre?

—El sofá está bien.

Khải frunció el ceño, pero, después de un instante, asintió.

—Muy bien, entonces. Buenas noches. —Esbozó el atisbo de una sonrisa, cerró la puerta y sus pasos se desvanecieron mientras regresaba a su habitación.

Ella le pegó un puñetazo a la almohada antes de quitársela de debajo de la mejilla y abrazarla junto a su cuerpo como si fuera una persona. No necesitaba dormir con él. Su enfado le haría compañía.

Capítulo diecisiete

Lo primero que Khai vio a la mañana siguiente fue la mitad vacía de su cama. No a Esme, ni siquiera una arruga en las sábanas. ¿Era normal querer espacio después de tener sexo? Él no lo comprendía, en especial cuando ella tenía pesadillas cuando dormía sola, pero no sabía qué otra cosa hacer excepto dejarla en paz.

Se sentó, apoyó los pies en el suelo y se pasó los dedos por el cabello corto. Había dormido como un tronco —el buen sexo probablemente tenía ese efecto—, pero todo era extraño. Las paredes le parecían demasiado grises; la habitación, demasiado sucia; su cama, demasiado grande. Incluso la moqueta le resultaba extradesagradable alrededor de sus pies desnudos y su suavidad no alcanzaba para compensar su fealdad.

Esperando que la rutina enmendara las cosas, comenzó a cumplir con sus habituales tareas matutinas del fin de semana. Se vistió, devoró una barra proteica y levantó pesas, y Esme no abandonó su habitación en ningún momento; lo sabía porque él la había esperado durante todo ese tiempo.

Después de darse una ducha, la encontró sentada en el sofá leyendo un libro de texto, con una película animada de fondo en la televisión. Él tomó su portátil y se unió a ella en el sofá, teniendo la intención de trabajar mientras ella estudiaba. Sin embargo, en cuanto se sentó, ella se levantó y desapareció en su habitación.

¿Qué demonios estaba sucediendo? ¿Se había cansado de él ahora que habían tenido sexo? Él no estaba cansado de ella. De hecho, la deseaba incluso más, no menos. Frunciendo el ceño, dejó su portátil y la siguió. Delante de la puerta de su dormitorio, respiró hondo para armarse de valor, estiró las manos y llamó.

La puerta se abrió de golpe un corto tiempo después, y Esme lo enfrentó. Llevaba puesta su camiseta amarilla de «Em yêu anh yêu em» sobre unos pantalones cortos que le llegaban a la rodilla, tenía el cabello recogido en una coleta desaliñada y un lápiz detrás de la oreja. Se veía tan hermosa que hacía que le doliera el pecho.

—¿Estás enfadada conmigo? —preguntó Khai. Ella apretó los labios y lo miró fijamente—. ¿Por qué actúas así? —Él quería que ella volviera a ser como era antes.

Esme levantó el mentón, desafiante y terca, y el deseo obstinado de besarla se incrementó. Casi respondió ante el impulso, pero ella parecía estar a punto de morderlo; excepto que luego sus ojos se volvieron vidriosos y respiró de manera más agitada.

—Yo hago lo que quiero.

—¿Tienes hambre? Puedo...

—No, gracias. —Le cerró la puerta en las narices.

Khai se quedó mirando la puerta durante un minuto entero. ¿Qué demonios estaba pasando? ¿Acaso él... había hecho algo malo? No se le ocurría nada. Habían tenido sexo —lo cual había sido fantástico—, y luego él se había duchado de inmediato para no derramar todo su sudor sobre ella, lo que le había costado un esfuerzo sobrehumano, ya que había sentido como si alguien le hubiera disparado un tranquilizador para hipopótamos. ¿Qué podía ser? Cómo deseaba poder entender a la gente... Pero conocía a alguien que sí lo hacía, porque era el ser humano ideal.

Tomó las llaves y salió de casa.

Le llevó cuarenta y cinco minutos llegar al vecindario de Quan en San Francisco y, luego, quince minutos más encontrar aparcamiento. Cuando finalmente tocó el timbre del edificio en el que vivía su hermano, no recibió respuesta.

Volvió a intentarlo.

Nada todavía.

Una vez más con esperanza de que respondiera.

Nada de nuevo.

Refunfuñando para sus adentros, tomó su teléfono del bolsillo y marcó el número de Quan.

Este le respondió después del primer tono.

—Ey, ¿cómo estás? —preguntó, la voz rasposa del sueño.

—Estoy aquí abajo, en tu edificio.

—Eh, ¿qué? ¿Ha pasado algo? Espera, ya bajo. Espera un segundo. —Una suave voz femenina murmuró algo en el fondo, y él respondió—: Es mi hermano. Regresaré enseguida. —La llamada se cortó.

Khai pateó una piedrecita sobre el asfalto de la calle mientras esperaba. Al parecer, él no era el único que había tenido una noche ajetreada. Sin embargo, no creía que la cita de Quan hubiera estado ignorándolo y evitándolo durante todo el día.

La puerta delantera se abrió de pronto, y Quan apareció exhibiendo sus tatuajes y unos jeans antiguos.

—Ey.

Durante un instante, Khai se vio tan distraído por los tatuajes de Quan que olvidó el motivo de su visita.

—¿Cuándo te hiciste estos? ¿Tienes algún plan para ese parche vacío?

Quan rascó la caligrafía arremolinada de su costado derecho, que se mezclaba con el tatuaje al estilo japonés que tenía en el sector izquierdo.

—Lo dejaré en blanco. Los excesos no son buenos y todo eso.

—¿No crees que ya has cruzado la línea del exceso? —preguntó Khai.

—Cállate. Mi trasero todavía está en blanco. Ven, entra.

Khai entró en el edificio, y ambos subieron en el ascensor.

—Y bien, ¿qué sucede? —preguntó Quan mientras los números del tablero digital aumentaban—. Tú nunca me visitas.

Khai volvió a estirar los dedos antes de relajarlos.

—Anoche tuve sexo. Con Esme.

Una sonrisita enorme se dibujó en la boca de su hermano.

—Tu primera vez, ¿no?

Khai asintió de manera cortante. Él nunca le había contado a nadie que era virgen, pero por supuesto que Quan, que tenía una intuición excelente, lo sabía.

—Buen trabajo, hermanito. —Quan sostuvo el puño en alto, y Khai lo chocó con el suyo por costumbre. Luego se sintió ridículo.

—¿No te molesta? Sé que dijiste que estabas interesado, y yo...

—No, no me molesta —respondió Quan con una risita—. Eres mi hermano. Siempre te elegiré a ti primero. Además, ella me gusta para ti. Me alegra que lo hayas hecho.

Khai infló el pecho con una respiración profunda, aliviado por no haber arruinado la relación con su hermano debido a su indecisión, pero también extrañamente orgulloso de que Esme lo hubiera elegido a él en lugar de a Quan. Si Khai fuera mujer, hubiera elegido a Quan, sin duda alguna.

—Lo que pasa es que ahora actúa de un modo muy extraño, y no sé qué hacer.

—¿Te refieres a que está muy aferrada a ti y quieres que se detenga? Eso sucede algunas veces. Tienes que ponerle un límite con amabilidad. Lo que yo hago es...

—No, no es eso. —A él no le importaría que ella se aferrara a él. Eso sería mucho mejor de lo que estaba sucediendo en realidad—. Creo que está enfadada conmigo, pero no puedo descifrar cuál es el problema. Ella no me lo dice.

Quan enarcó las cejas.

—¿Cuándo comenzó a actuar de un modo *extraño*?

—Creo que... —Khai miró hacia un costado mientras buscaba entre sus recuerdos—. Creo que justo después de que nosotros... eh, después de tener sexo.

Quan enarcó aún más las cejas antes de que su expresión quedara en blanco.

—Quizás sea eso, entonces. ¿A ella... ya sabes, le gustó?

—Sí, esa parte fue fácil.

—¿De verdad? —preguntó Quan con tono serio—. ¿En tu primera vez?

—Sí.

Quan le dedicó una mirada escéptica a Khai.

—¿Qué eres, el Rey Midas de los Orgasmos? Yo he estado perfeccionando mi arte desde el octavo curso, y algunas veces todavía sigo sin saber qué estoy haciendo allí abajo. Las mujeres son complicadas.

—¿Qué arte? Es sexo. Colocas dos cuerpos juntos y pasan cosas. Es como un documental sobre naturaleza. —Él no era hábil con las emociones, pero había tenido éxito en ese sentido, maldita sea.

—Estoy bastante seguro de que he descubierto cuál es el problema —dijo Quan.

Khai metió las manos en los bolsillos.

—Entonces, cuéntame. —Estaba casi completamente seguro de que Quan se equivocaba.

—¿Cómo sabes que ella acabó?

El ascensor emitió un pitido y, mientras caminaban por un pasillo estrecho hacia el apartamento de Quan, Khai se aclaró la garganta.

—Hizo sonidos. *Esa* clase de sonidos. —Sonidos muy buenos.

—¿Algo más? —Quan se detuvo en su puerta y metió la llave en la cerradura.

—¿Quién está en el apartamento?

—Ay, por Dios, entra y siéntate. —Quan abrió la puerta de su apartamento de soltero.

Khai entró con cuidado, casi convencido de que encontraría esperma en las paredes, pero todo estaba bastante en orden. Definitivamente, no había esperma; que él pudiera ver, claro. Si analizaba los sillones de cuero negro con detenimiento, quién sabe lo que descubriría. No se quitó los zapatos antes de seguir a Quan a la cocina.

—Toma asiento. Necesito solucionar mi resaca. —Quan se movió por su cocina moderna, rompió algunos huevos en una licuadora y añadió zumo de naranja. Una vez que lo hubo mezclado todo por cuarta vez, vertió la mezcla en un antiguo y gigantesco vaso de propaganda y se sentó junto a Khai en la mesa de la cocina—. ¿Quieres un poco? —Extendió el batido en dirección a su hermano.

Khai hizo una mueca.

—No, gracias. ¿Tienes ibuprofeno?

—No, me quedé sin nada. —Quan bebió la mitad de su brebaje, dejó el vaso y se enjugó la boca con el dorso de la mano—. Ok, volviendo al sexo. Lo que yo creo es que ella no llegó al orgasmo.

—¿Cuáles son los síntomas del orgasmo?

Quan estalló en risas y bebió más de su cura para la resaca.

—Solo tú hablarías de orgasmos como si fuera una enfermedad.

Khai tamborileó los dedos sobre la mesa.

—¿Puedes terminar con el asunto?

—Ok, ok, ok. —Quan respiró hondo antes de soltar una risita, sacudió la cabeza y se rascó la barba incipiente de la mandíbula—. Primero, ella... espera, ¿no sería maravilloso que Michael estuviera aquí? Él es un profesional con estas cosas. Ya sé, *llamémoslo*.

—¿Qué? No. ¿No puedes simplemente contármelo?

Quan movió los dedos en dirección a los bolsillos de Khai.

—Toma tu teléfono y llámalo. Él puede verificar lo que yo digo, así que deja de mirarme como si estuviera haciendo trampa con las respuestas de un examen.

—Llámalo *tú*.

—Él no responderá si yo lo llamo. Es sábado y ni siquiera son las ocho. Si tú lo llamas, pensará que es una emergencia. Tú nunca llamas a nadie.

Poniendo los ojos en blanco, Khai tomó su teléfono, marcó el número de su primo y presionó el botón de altavoz. De ninguna manera iba a tener esa charla él solo.

Michael respondió después del cuarto tono.

—Hola, Khai, ¿cómo estás?

Khai sostuvo el teléfono en dirección a su hermano, y Quan dijo:

—Michael, necesitamos de tu experiencia. Se trata de orgasmos.

—¿Qué demonios? ¿Es una broma? —Un sonido de frustración chisporroteó en el teléfono—. Seguiré durmiendo.

—No estamos bromeando —se apresuró a decir Khai.

Sobrevino una pausa prolongada antes de que Michael respondiera:

—¿Qué queréis saber?

Khai respiró hondo y luego exhaló de manera tensa antes de preguntar:

—¿Cómo sabes cuando una mujer está teniendo un orgasmo? ¿Cuáles son los sínt... señales?

—Guau, ok. Orgasmos. Eh... —Se aclaró la garganta—. Hay muchas señales, pero las mujeres no son todas iguales. En general, ellas... —Volvió a aclararse la garganta—. ¿Por qué esto es tan difícil? —Rio un poco.

—Muy bien, ya que eres tan maduro como un niño de nueve años, yo comenzaré —dijo Quan—. Los sonidos son verdaderamente engañosos. En general, cuando tienes a una mujer ruidosa, está fingiendo, y quiere que el sexo se termine porque no le está gustando. Es más efectivo observar su cuerpo. Cuando una mujer está a punto de acabar, se tensa y levanta las caderas. Se ruboriza. Y cuando llega el orgasmo, convulsiona, fuerte y rápido. Quizás todo su cuerpo comience a temblar. Si prestas atención, lo sentirás en tu pene, dedos o lengua, lo que sea que estés utilizando. Es espectacular.

Tras otra pausa prolongada, Michael intervino:

—Así es.

Una sensación de incomodidad trepó por la piel de Khai mientras observaba el teléfono y luego el rostro de su hermano.

—No sé si ella hizo todo eso. Yo estaba distraído por lo bien que sentía todo.

—¿Estabas dentro de ella? —preguntó Quan.

—Bueno, sí. Así es como se practica el sexo, ¿no? —respondió Khai. Se lo habían enseñado en la clase de salud de quinto curso.

Quan le dedicó una mirada de impaciencia.

—¿Le tocaste el clítoris siquiera?

—¿Qué es eso?

—Ay, demonios —maldijo Michael.

Quan se dio una palmadita en la frente.

—Su clítoris. Es donde tienes que estimularla para hacer que llegue al orgasmo.

—¿Y dónde está eso?

Quan restregó ambas manos contra su rostro mientras Michael repetía:

—Ay, demonios.

—¿Qué? —preguntó Khai—. No nos enseñaron nada sobre *el clítoris* en la clase de salud del instituto. —Ni siquiera sonaba real. Hasta donde él sabía, era un mito urbano, como el chupacabras o los extraterrestres del caso Roswell.

—Pues deberían hacerlo —comentó Michael con tono afligido.

—¿Por qué no lo hacen? —Michael y Quan se quedaron en silencio—. Muy bien, así que quizás no tuvo un orgasmo. ¿Es esa una razón suficiente para enfadarse conmigo? —preguntó Khai.

—¿De quién estamos hablando? —preguntó Michael.

—Esme —respondió Khai.

—Ah —dijo Michael.

—¿Quién querías que fuera? —dijo Quan—. A ver, al final de todo, ¿la abrazaste? Ellas necesitan algunos minutos de eso.

—¿Por qué?

—¡Joder, Quan! —protestó Michael—. ¡Debiste haberlo preparado mejor!

—¿Prepararme para qué? —preguntó Khai.

Quan se pasó una mano por la cabeza rapada.

—Mierda.

—Yo... yo estaba todo sudado, y temía que el condón se rompiera y la dejara embarazada, así que me di una ducha. Me pareció apropiado. —¿No lo había sido?

Quan siguió tomándose la cabeza.

—Mierda, mierda.

—¿Por qué sigues diciendo eso? —exclamó Khai.

Quan bajó las manos de la cabeza y observó a Khai con una mirada fija.

—Imagina que eres una chica y, estoy hablando en serio, no es gracioso, dejas que un tipo te toque. Sin embargo, cuando las cosas comienzan a ponerse realmente interesantes y estás empezando a disfrutar de verdad, él se detiene. Y luego te dices a ti misma que está bien, te alegras de que él lo haya pasado bien, pero entonces te deja justo allí, se retira a ducharse y te deja sola en la cama. ¿Cómo te sentirías?

—Sexualmente frustrado.

Quan miró al techo.

—Sí, y utilizada, triste y abandonada. Ellas se ponen muy sensibles después de tener sexo y tienes que asegurarte de que se sientan cuidadas.

—Estoy de acuerdo —asintió Michael.

Khai soltó una respiración pesada y derrotada. Cuando se trataba de mujeres, lo que Michael decía valía oro. Khai lo había arruinado todo de la peor manera, debido a las deficiencias del programa de salud de quinto curso y a su corazón de piedra.

—¿Y qué hago ahora? —preguntó Khai, completamente perdido.

Michael y Quan hablaron al unísono.

—Pedirle disculpas.

—¿Podríais darme un ejemplo de lo que debería decir? —preguntó. Un guion sería lo mejor. Podría memorizarlo y repetírselo a ella.

—No digas nada, Michael —ordenó Quan, y luego se dirigió a Khai—. Es mejor que se te ocurra algo a ti. Solo así será auténtico. Pero, antes, tengo algunos libros para ti.

—¿Qué libros? —preguntó Michael.

—Libros de educación sexual. ¿Qué? Sí, leo. Sorprendente, lo sé. —Quan sacudió la cabeza hacia el teléfono—. Creo que ahora puedes volver a dormir o a tener sexo con tu chica. Tengo que hablar algunas cosas con Khai.

—¿Qué libros? Tengo... —Se oyó el susurro apenas audible de una voz femenina seguido por algo que fue inequívocamente un beso—. Hablaré con vosotros más tarde, chicos. Llamadme si necesitáis algo.

La pantalla del teléfono de Khai se apagó, y Quan se puso de pie.

—Regresaré enseguida. Están en mi habitación.

Khai observó cómo su hermano se alejaba por el pasillo. No pasó mucho tiempo antes de que regresara con una pila de libros bajo el brazo.

—¿De verdad? ¿*Sexo para tontos*? —preguntó Khai—. ¿*Tú* lees esto?

—Ofrece un buen resumen del tema, pero este me gusta más. Toma. —Quan apoyó los libros sobre la mesa y ubicó *Ella va primero* sobre la pila—. No todo lo de este libro son reglas inquebrantables, son solo sugerencias. No estoy de acuerdo con todo lo que dice, pero es un buen punto de inicio.

Khai extendió la mano hacia el libro, pero luego dudó cuando sus dedos estuvieron a punto de tocarlo.

—¿Es seguro tocar estos libros?

—Claro que sí, idiota, por supuesto que sí. Prefiero masturbarme con porno, no con manuales. Quédatelos. Yo ya no los necesito.

—Ok, gracias. —Khai tomó *Ella va primero*, lo hojeó y enarcó las cejas ante los diagramas. Él no había hecho *eso*.

Pero quería hacerlo.

—Hay videos que enseñan cosas con fruta en YouTube. Deberías mirarlos. Pero yo los guardaría para más adelante. Tienes que apresurarte a leer este libro y luego disculparte lo más pronto posible.

Khai recogió todos los libros.

—Bien, lo entiendo. Gracias otra vez.

Quan curvó la comisura de su boca.

—No hay de qué, Khai. Debí haberte preparado antes, pero...

—Yo no te hubiera escuchado. No estaba listo. —Es probable que nunca hubiera estado listo si no fuera por Esme—. Ahora sí.

Quan se quedó mirándolo durante un momento prolongado hasta que finalmente dijo:

—Ten cuidado, ¿vale? Sois adultos y podéis tomar vuestras propias decisiones y demás, pero solo... ten cuidado. Contigo y con ella. De verdad creo que es una gran mujer para ti, y...

—Quan —dijo alguien desde el otro extremo del apartamento—. Tengo frío.

Quan juntó las manos de pronto y las frotó como si todo se hubiera solucionado.

—Creo que hemos terminado. Llámame si tienes preguntas. Pero no antes las diez, como muy temprano. Buena suerte. Ah, y quizás quieras comprar una caja de condones de camino a casa. Te daría algunos de los míos, pero solo me quedan dos.

Khai se dirigió a la puerta.

—Lo haré. —El consejo de su hermano le pareció demasiado optimista, teniendo en cuenta cómo estaban las cosas entre él y Esme en ese momento, pero era mejor estar preparado.

—No te olvides de disculparte. Primero con palabras. Y luego con la lengua —oyó decir a Quan mientras salía del apartamento.

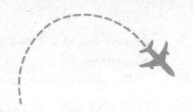

Capítulo dieciocho

Esme puso todo su empeño en concentrarse en estudiar, pero los pensamientos sobre Khải seguían interponiéndose entre ella y la Historia Estadounidense. ¿Por qué se había mostrado tan confundido? ¿Acaso trataba así a todas las mujeres? ¿Se suponía que debía estar agradecida porque él se hubiera acostado con ella y suplicarle más?

Hizo una mueca de desdén. No en esta vida. Ni siquiera en su próxima vida cuando fuera un bagre.

Después de leer la misma página tres veces, cerró el libro. Ya no quería impresionarlo, así que no estaba segura de por qué seguía estudiando; esa información no la ayudaría a limpiar mejor los retretes.

Una oleada de nostalgia la asaltó. Miró la hora, pero era demasiado temprano para llamar a casa. Cuando no podía hablar con su familia, lo mejor que podía hacer era comer fruta; la fruta y su hogar estaban conectados en su mente. Todo lo que Cô Nga le había comprado ya se había terminado hacía tiempo, así que hurgó en la despensa. La fruta fresca era lo mejor, pero la enlatada era mejor que nada. Abrió una lata grande de lichis, los sirvió en un tazón con hielo, se dirigió a la sala de estar y puso *El jorobado de Notre Dame* en Netflix.

Estaba sentada con las piernas cruzadas en la moqueta delante de la televisión, metiéndose lichis en la boca con una cuchara sopera, cuando Khải apareció por la puerta. Él echó un vistazo rápido en su dirección antes de concentrarse en quitarse los zapatos con el ceño fruncido. Llevaba puestas sus gafas de lectura y tenía toda la pinta de un contable asesino, con su camisa y pantalones negros. Mente maravillosa, cuerpo maravilloso.

La noche anterior ese hombre la había besado como si no hubiera un mañana.

Y luego la había desechado tan pronto había terminado con ella.

Un lichi se le trabó en la garganta, y ella lo obligó a bajar tragando con fuerza. Tomó su tazón de lichis a medio terminar y se preparó para escapar.

—No. No te vayas. —Khải dio un paso hacia ella, y unas bolsas de plástico se balancearon a su lado—. Por favor. Quiero hablar contigo.

Ella consideró salir corriendo de todas formas, pero la súplica en los ojos de él la mantuvo inmóvil. Jugueteó con la cuchara con un lichi que estaba flotando en el tazón mientras esperaba a que él dijera lo que necesitaba decir. No tenía ni idea de qué esperar, él nunca había sido predecible.

En lugar de hablar de inmediato, Khải cruzó la habitación y se sentó sobre los talones delante de ella. Las bolsas de plástico crujieron cuando las dejó en el suelo.

—Te he comprado esto.

La inconfundible cáscara roja espinosa de los rambutanes asomaba desde lo alto de una de las bolsas, y ella soltó un grito ahogado y los acercó hacia ella.

—¿Para mí? ¿Dónde los has conseguido? —No tenían esa clase de frutas en la tienda que había cerca de la casa de Khải.

Él esbozó el atisbo de una sonrisa.

—He tenido que dar algunas vueltas con el coche, pero los he encontrado en San José.

—¿Has estado dando vueltas todo el día?

—No, no todo el día. —Inclinó la cabeza y rio un poco. ¿Era ella o Khải tenía las mejillas sonrojadas?—. También he estado leyendo. —Se quitó las gafas y las dejó en la mesilla de café.

—Gracias —dijo ella, más conmovida de lo que deseaba admitir. Pero luego vio la caja que había dentro de la segunda bolsa de plástico; sabía qué clase de caja era.

Puso los ojos en blanco. Si él creía que ella volvería a tener sexo con él después de la noche anterior, tenía algunas cosas que aprender. Esas frutas irían con ella a su habitación, y ojalá que a él se le llenara la casa de hormigas. Las alimentaría en secreto y las conduciría a la habitación de Khải para que lo picaran mientras dormía.

Levantó el tazón y la bolsa del suelo y extendió las piernas para ponerse de pie, y en ese momento él la miró de manera directa y dijo:

—Lo siento.

Las palabras le resultaron tan inesperadas que no supo qué hacer. Lo miró sin parpadear.

—Anoche lo estropeé todo. No me di cuenta; yo no sabía... —Khải hizo un sonido de frustración y se miró las rodillas—. Juro que lo he ensayado, pero no me está saliendo nada bien. —Sus ojos se volvieron a encontrar con los de ella, ahora con determinación—. Anoche fue... mi primera vez.

Ella sacudió la cabeza, sin comprender.

—Mi primera vez. De todas. Con una mujer. Con cualquiera.

—¿Tú nunca...? —dijo ella antes de que se le secara la garganta.

—Sé que no es una gran excusa. Debí haberme preparado de antemano para hacerlo bien para ti, pero... —Su expresión se suavizó—. Me alegra que fuera contigo.

Ella no supo qué responder. Nunca había soñado con ser la primera experiencia de alguien, y ser la primera para ese hombre tan reservado significaba algo.

—Supongo que es algo muy egoísta decir esto, teniendo en cuenta que a ti no te gustó —dijo Khải, esbozando apenas una mueca—. ¿Me darías otra oportunidad? ¿Para compensarte?

Ella abrió la boca para responder, pero no salió ningún sonido.

—¿O lo he estropeado todo? —Cuando ella siguió sin responder, él desinfló el pecho. Sus labios se curvaron con una media sonrisa, sin hoyuelos, y desvió la mirada y se arrodilló—. Iré a la oficina. Te veré...

—Si te doy otra oportunidad, ¿qué harás? —preguntó ella.

Los ojos de Khải buscaron los suyos antes de detenerse en sus labios y se oscurecieron.

—Más besos. Muchos más besos.

—¿Y luego?

—Tocarte más.

Ella se estremeció cuando él recorrió su cuerpo con la mirada.

—¿Quién puede tocar? ¿Solo tú?

Khải frunció el ceño.

—Tú también puedes tocarme si quieres.

—¿En cualquier sitio?

Él estaba terminando de asentir cuando dijo:

—Excepto en uno.

—Tu rostro.

—¡Ja! No. Puedes tocarme allí. Ya lo has hecho.

—Entonces, ¿dónde? —preguntó.

Una expresión pensativa cruzó el rostro de Khải.

—No es importante a menos que decidas darme otra oportunidad. ¿Me la darías?

Ella se mordió el interior del labio antes de responder:

—Quizás.

—¿Cómo puedo ayudarte a decidir?

Esme dejó la fruta a un lado y se puso de rodillas para que ambos estuvieran casi al mismo nivel.

—Bésame como la primera vez.

Durante un segundo interminable, Khải se quedó completamente inmóvil. Después, sus brazos la envolvieron, atrayéndola hacia él, inclinándole la cabeza hacia atrás. Los labios de ambos se encontraron, y ella soltó un jadeo cuando la calidez invadió su cuerpo. Él se relajó de inmediato, como si tuviera miedo de hacerle daño, y los besos se volvieron lentos, adictivos.

Ella lo agarró de la camisa mientras luchaba por no tocarlo, y él retrocedió y dijo:

—Lo siento, yo...

—Más.

Él la besó como si ella fuera su mundo entero y, si ella ya no hubiera estado de rodillas, se hubiera desplomado al suelo. Aferrada a su camisa, le devolvió con anhelo cada beso, cada roce de lengua.

Se besaron hasta que estuvieron entrelazados en el suelo con los labios hinchados, sin aliento, y luego se besaron más, cada uno perdido en el cuerpo del otro. Sin embargo, cuando Khải deslizó la mano por debajo del pantalón de ella, Esme salió de su estupor, y su cuerpo entero se tensó. Rompió con el beso mientras una ola de pánico inexplicable le enfriaba la piel.

—¿Qué sucede? —preguntó Khải. Tenía las mejillas sonrojadas, pero sus ojos la miraban con confusión y preocupación—. ¿Has cambiado de opinión?

Ella sacudió la cabeza rápidamente. Quería esto, lo quería a él. Pero ese era el problema. Ella lo había querido desde el principio, se había abierto a él una y otra vez, ¿y qué había conseguido con eso?

—Estoy asustada —susurró.

El rostro de Khải se arrugó con algo que pareció dolor.

—¿De mí?

Ella volvió a sacudir la cabeza.

—No, me asusta que me rechaces otra vez cuando te toque de la manera equivocada, me asusta que me dejes otra vez. —En contra de su voluntad, se le humedecieron los ojos, y derramó algunas lágrimas. Desvió el rostro del de él y se enjugó las lágrimas con una de sus mangas, ahora avergonzada. Incluso ante sus propios oídos, sonaba patética.

Él ahuecó la palma contra su mejilla y con suavidad la incitó a mirarlo.

—No lo haré —aseguró con voz ronca—. Al menos, intentaré no hacerlo.

Ella asintió e intentó sonreír a modo de respuesta, pero se sintió rara. «Intentaré no hacerlo» no sonaba muy convincente.

Khải la sorprendió cuando la tomó de las manos, cerradas en puños, y le besó los nudillos.

—Ayer también hiciste esto. —Hizo que los dedos rígidos de Esme se relajaran y se abrieran, y cuando vio las marcas profundas que se había dejado en las palmas con las uñas, frunció el ceño—. Deja de hacerlo.

Tras un breve momento de duda, Khải volvió a sentarse sobre los talones y se quitó la camisa, y reveló la extensión amplia de piel suave que cubría sus músculos esculpidos.

—El lugar que te pido que no me toques es... —Respiró hondo, enderezó los hombros y dijo—: El ombligo.

Ella no pudo evitar que una sonrisa se extendiera por su rostro y una risa amenazó con escapar de su boca.

—¿El ombligo?

—Sí, mi ombligo. Sé que parece una broma.

—Un poco. —Intentó contener la sonrisa, pero eso solo la volvió más amplia.

—Lo digo de verdad —insistió con una mirada seria—. No puedo tolerar que me toquen aquí. Si lo intentas, quizás te hiera sin querer. No puedo controlar mis reacciones cuando se trata de este lugar. Ni siquiera me gusta *pensar* en ello.

—No lo tocaré, te lo prometo. Pero... —Se acercó a él—. ¿Puedo tocarte en el resto de los sitios?

Khải asintió una vez.

—Sí, siempre y cuando...

—Nada de roces suaves, lo sé.

Esme acercó una mano al pecho de Khải, y él se mantuvo quieto, no hizo ningún movimiento para detenerla. Antes de establecer contacto, ella retiró la mano, se detuvo durante un instante, y se quitó la camiseta tal y como él había hecho antes. Como era habitual, no llevaba puesto sujetador —los odiaba— y él la devoró con la mirada, haciéndola sentir como la mujer más deseada del planeta. Ella juntó sus cuerpos desde el pecho hasta las rodillas, apoyó la mejilla contra su hombro y cautelosamente lo envolvió en un abrazo. Conteniendo la respiración, apoyó con firmeza las palmas sobre los músculos duros de su espalda, a pesar de que sabía que él no podía ver sus movimientos.

Esme sintió que el corazón le latía con tanta fuerza que pudo sentir su esternón temblando con cada latido. Era la primera vez que se atrevía a abrazarlo desde que se había metido en su cama a causa de la pesadilla. Si él iba a rechazarla, aquel era el momento.

Pero no lo hizo. En cambió, le besó la cabeza y le devolvió el abrazo, y, segundo tras segundo, Esme se aflojó contra él mientras el temor se evaporaba lentamente de ella.

Finalmente, dejó que sus manos lo exploraran con libertad. Recorrió sus hombros fuertes, sus grandes bíceps, y todo lo demás, desde los músculos que tenía entre los omóplatos hasta las marcas gemelas que tenía en la parte baja de la espalda, y él se lo permitió; confiaba en ella.

Tal vez ella le besó el cuello. Y la mandíbula. El mentón. Cuando él se acercó a ella, los labios de ambos se encontraron, y múltiples sensaciones la atravesaron. El beso comenzó suave, pero muy pronto escaló hacia algo intenso mientras ambos intentaban acercarse cada vez más al otro. Ella a duras penas podía respirar, pero eso no le importó.

De manera osada, lo acarició por encima de los pantalones, y disfrutó de cómo él gimió y la besó con más fuerza. Y luego estaba sucediendo. Manos ansiosas desabrocharon botones, bajaron cremalleras, quitaron prendas de ropa. Ella lo tocó allí por primera vez, y se deleitó por lo deliciosamente diferente que él era de ella, y él también le devolvió el gesto. La tocó moviendo la punta de los dedos entre sus rizos húmedos y pliegues mojados y luego se detuvo allí, allí, *allí*. Ella abrió con dedos temblorosos la caja que él había comprado y extrajo un sobrecito.

—¿No quieres sexo oral? —preguntó—. Los libros que leí lo recomiendan mucho... y quiero intentarlo.

A Esme le llevó algunos segundos descubrir a lo que se estaba refiriendo Khải, y luego se ruborizó tanto que sintió cómo el calor emanaba de su cuerpo en oleadas. Eso no era algo que ella conociera, y su abuela sin duda no lo aprobaría. La idea de él besándola entre los muslos era escandalosa.

E intrigante.

—Más adelante —respondió ella, y lo incitó a apresurarse. Una vez que Khải se hubo puesto el condón, ella lo atrajo hacia el suelo con ella. Sus cuerpos se alinearon entre sí de manera perfecta, y él presionó su mejilla contra la de ella como si estuviera saboreando estar a su lado.

—Por favor, no me permitas hacerte llorar —le susurró al oído—. Si algo está mal, dímelo para que pueda arreglarlo. Por favor.

El corazón de Esme se contrajo, y lo abrazó con fuerza.

—Lo haré.

Khải tragó saliva una vez antes de mover las caderas, y ambos se unieron con respiraciones entrecortadas y suspiros prolongados. Con él dentro, ella no pudo evitar arquearse, intentar acercarse un poco más, hasta que Khải extendió la mano y la tocó. Esme se tensó con fuerza mientras una ola de calor emanaba desde el lugar donde los dedos de él la estaban acariciando.

—Enséñame cómo hacer que esto también sea fascinante para ti —pidió él mientras la miraba de manera directa, ni un atisbo de vergüenza en el rostro—. Porque necesito que te sientas tan bien como me estoy sintiendo yo ahora mismo.

Al principio, ella se paralizó con una mezcla de humillación y timidez, pero luego apoyó la mano sobre la de Khải y le enseñó cómo darle placer. Ella siempre había creído que era impropio que una mujer participara de esa manera en la cama, pero los prejuicios no importaban cuando se trataba de ellos dos; ella sería lo que él necesitara.

Cuando él comenzó a mover las caderas mientras la acariciaba con los dedos, ella no pudo evitar que los sonidos escaparan de su garganta. Acariciada por dentro y por fuera, atesorada, amada. Esme lo rodeó con los brazos, conteniéndolo de todas las formas con las que podía mientras sus cuerpos encontraban un ritmo.

Él estaba allí. Era suyo. Y no se iría a ningún lado.

Besos en todas partes, en sus labios, cuello y hombros. Las cabezas juntas, pesados suspiros íntimos, susurros al oído, respuestas: «¿Así?». «Así y así y así».

Las caderas de Esme se elevaron de manera abrupta del suelo y se pegaron lo más cerca posible contra él, arriba, más arriba. La cabeza hacia atrás. Demasiado, demasiado bien, tan bien. Un gemido tembloroso. Convulsiones fuertes, una y otra vez.

«¿Y tú?».

«Lo único que necesito eres tú».

Su nombre, su nombre, su nombre, su nombre.

Pura quietud.

En la mente y corazón de Esme.

Calidez. Satisfacción. Sentir seguridad en los brazos de Khải. Él, a salvo en los de ella. Esme lo abrazó con más fuerza. Él era más corpulento y fuerte, pero ella lo protegería con todo su ser.

Capítulo diecinueve

Khai se despertó del sueño más profundo de su vida y parpadeó hasta que logró enfocar su habitación. Cuando vio lo iluminada que estaba, echó un vistazo al reloj: 10:23 a. m. ¿En serio? Nunca había dormido hasta tan tarde. Intentó sentarse, pero un peso cálido lo mantenía contra la cama. Levantó las manos y encontró una larga cabellera sedosa y una piel suave.

Esme.

Los recuerdos invadieron su mente. Besarla. Tocarla. Que ella lo tocara. Estar dentro de ella. Observar cómo ella se derretía de placer.

Mientras yacía allí mirando el techo, Khai reconoció que debía de estar perdiendo la cabeza; su plan de domingo había quedado en ruinas y había una mujer en su cama, durmiendo sobre él como un perezoso en un árbol. Pero el peso de ella lo calmaba, había conseguido dormir ocho horas y, por primera vez en un largo tiempo, no le dolían los testículos. Se sentía... bien.

Analizó esa rara sensación de bienestar, ya que no confiaba en ella. ¿Se debía a la oxitocina y a las endorfinas liberadas durante el sexo? ¿Acaso ahora era adicto al sexo... o era peor que eso? ¿Era adicto a Esme? ¿Debía librarse de ella antes de que fuera demasiado tarde?

La idea de perderla hizo que el estómago le diera un vuelco y su cuerpo se tensara a modo de rechazo, y le apartó un mechón de cabello de la mejilla y le besó la cabeza, ya que necesitaba asegurarse de que ella todavía se encontraba allí.

Bueno, eso lo explicaba todo.

Khai Diep, contable, adicto a Esme.

De manera sorprendente, esa idea lo hizo sentir bien. Era difícil sentirse molesto cuando la tenía entre sus brazos. Pero llegaría el día en el que ella tuviera que partir, y él no sabía qué tendría que hacer para reacomodar su vida sin ella. Sin embargo, por ahora, no tenía que pensar en eso. Se encontraban apenas a mitad del verano.

Su teléfono vibró, y él lo tomó al instante, agradecido por la distracción. Un e-mail del amigo de Quan sobre la lista de Phils. Antes de que pudiera abrirlo, Esme se movió.

—Oh, estoy encima de ti —dijo—. ¿He dormido así toda la noche?

—Eso creo.

—Lo siento. —Se hizo a un lado. Él estuvo a punto de protestar, pero en cambio se quedó observando su cabello. Parecía como si ella lo hubiera peinado hacia atrás, aplicado espray mientras se encontraba cabeza abajo, o ambas cosas. Esme se alisó los mechones despeinados y extra voluminosos y con timidez guardó el único mechón dócil detrás de la oreja—. ¿Te duele algo? Por haber dormido encima de ti, quiero decir.

Ella tanteó el pecho de él con las manos como si estuviera buscando algo (él no sabía qué, síntomas de hemorragia interna o quizás huesos rotos), y Khai le cubrió las manos con las suyas. Si ella lo seguía tocando, terminarían teniendo sexo matutino con mal aliento, y él no estaba seguro de cómo funcionaba eso.

—Estoy bien. Tienes el tamaño perfecto para mí —aseguró él.

Ella sonrió.

—Piensas que soy hermosa y que soy del tamaño perfecto.

Eso era evidente, así que él cambió de tema.

—El amigo de Quan me acaba de enviar una lista más reducida. —Khai se sentó y abrió el e-mail—. Al parecer, la redujo a... ¡nueve! Son nombres completos, información de asistencia a clases, números de teléfono y las fotos de sus antiguos carnés de estudiante. ¿Quieres verla?

—¡Claro que quiero! —Esme tomó el teléfono y de inmediato se acurrucó junto a él y tiró las sábanas sobre sus pechos; una verdadera pena. Ajena a la decepción de él, Esme le dedicó una mirada de entusiasmo antes de observar las fotografías. Cuando llegó al número ocho, tomó el brazo de Khai que estaba más lejos de ella e hizo que la rodeara por la cintura, y luego sonrió.

A él le gustaba eso, estar acurrucados, sus sonrisas, el hecho de que lo ayudara a estar allí para ella. Él no había sabido que ella necesitaba que la abrazaran, y era increíblemente liberador que, en lugar de enfadarse con él o estar triste, ella le comunicara y enseñara qué hacer.

—Es él —susurró Esme—. El número ocho.

Khai miró la fotografía con escepticismo. El hombre tenía ojos verdes, pero a él todos le parecían más o menos iguales. ¿Por qué se había detenido en ese en particular?

—A juzgar por su código de área, 650, es de por aquí.

Esme se cubrió la boca.

—¿Es demasiado temprano para llamar ahora?

—No es temprano. Ya son pasadas las diez.

Esme agrandó los ojos y miró por la ventana como si justo se diera cuenta de la hora del día.

—Nos hemos quedado dormidos, ¿verdad?

—Así es. —Mientras los recuerdos de la noche anterior se sucedían en su cabeza, Khai dejó que su mirada recorriera el perfil de ella, la línea elegante de la mandíbula, la curva grácil de su cuello. Se aclaró la garganta y tocó con la punta de los dedos las pequeñas marcas color púrpura que él le había dejado en la piel—. Yo, eh, quizás te haya dejado algunas marcas...

Mierda, ¿eran permanentes? Él no lo había hecho a propósito, aunque tenía que admitir que la imagen le resultaba increíblemente satisfactoria. Al parecer, él era como un perro y sentía la necesidad de marcar su territorio, pero no con pis.

Ella posó una mano sobre su cuello y sonrió mientras se ruborizaba.

—Desaparecerán.

Él asintió, aliviado y desilusionado al mismo tiempo.

Tras observar nuevamente las fotografías, ella volvió a concentrarse en la número ocho. Su dedo merodeó sobre el número que había marcado en el teléfono, respiró hondo y luego lo presionó y puso el teléfono en altavoz. Se mordió el labio inferior mientras el teléfono sonaba una, dos, tres veces.

Cuatro veces, cinco, seis...

Siente, ocho, nueve...

—Hola, se ha comunicado con Phil Jackson. Es probable que esté ocupado en el quirófano. Por favor, deje un mensaje y le devolveré la llamada.

Cuando el buzón de voz comenzó a grabar, ella cortó la comunicación, y Khai la miró confundido.

—¿No quieres dejarle un mensaje? —preguntó.

Ella sacudió la cabeza con rapidez. Durante unos instantes, continuó mordiéndose el labio mientras observaba la fotografía de la pantalla.

—¿Piensas que él es... médico?

—Quizás. Podemos averiguarlo. —Él le quitó el teléfono y buscó en Google «Phil Jackson médico». Y allí estaba, un Phil Jackson de Palo Alto especializado en cirugía cardiovascular y torácica.

Esme le quitó el teléfono e hizo *zoom* en la fotografía del hombre. Lucía bastante bien con su elegante cabello blanco y sus gafas; y tenía una sonrisa agradable, como si Santa Claus se hubiera afeitado y ejercitado.

—Es médico —susurró Esme, pero no parecía feliz. Había arrugado la frente y seguía mordiéndose el labio inferior.

—¿Es un problema?

Ella pasó una mano por su cabello despeinado y levantó un hombro.

—Un hombre como ese... ser su hija... yo no... —Esme calló y miró por la ventana.

—¿No crees que le puedas gustar?

Los ojos de ella buscaron los suyos.

—¿Crees que lo haré?

—¡Por supuesto que sí! —¿Cómo iba ella a no gustarle a alguien?

Esme lo sorprendió cuando se abalanzó sobre él con un abrazo y enterró el rostro contra su cuello. Después de un momento de confusión, él la abrazó con fuerza y apoyó su mejilla contra la de ella. ¿Estaba triste?

¿Feliz? ¿Llorando? Él no tenía ni la más mínima idea, así que la contuvo y esperó.

Pero, mientras esperaba, no pudo evitar darse cuenta de que tenía a Esme desnuda sobre su cadera, con los senos sobre su pecho, y su sexo se encontraba *justo allí*. A su cuerpo le llevó una décima de segundo reaccionar de la manera esperada, y él hizo una mueca. No le parecía la manera correcta de reaccionar cuando había una mujer sentimental entre sus brazos. Estaba deseando que su erección desapareciera cuando ella rozó su pene, se quedó inmóvil cuando se dio cuenta y se restregó contra él de manera deliberada mientras le mordía la oreja.

—¿Otra vez? —preguntó ella con un susurro.

Había solo una forma de responder a esa pregunta. Parecía que, después de todo, tendrían sexo matutino con mal aliento.

Capítulo veinte

El mes siguiente fue el mejor mes de la vida de Esme. Ahora que se había acostumbrado al trabajo, ser camarera encajaba bien con ella, y había ahorrado lo suficiente como para arreglar la casa de su abuela o comprarle algo mejor. Además, sus notas en el instituto se mantuvieron altas; no podía convertirse en Esme la Contable, pero se estaba *acercando*. Lo mejor de todo, sin embargo, era que su tiempo con Khải era como un sueño. Las cosas se habían vuelto fáciles entre ellos. Ella encendía la campana extractora cada vez que cocinaba con salsa de pescado, y él había aprendido a besarla cada mañana cuando ella se iba al trabajo y a darle un abrazo cuando la recogía del instituto. Todavía no hablaba mucho a menos que ella le hiciera preguntas específicas, pero estaba bien. Ella hablaba lo suficiente por ambos, y él era bueno escuchando. Un día ella hizo un comentario de pasada, sobre querer dar una vuelta en velero algún día, y él la había sorprendido llevándola a un *brunch* de domingo en el agua de la bahía de San Francisco. Había sido maravilloso. Su primera cita.

Ahora estaban descansando en el sofá de la casa de Khải. Esme tenía que estudiar, y el trabajo de él parecía interminable. Ella había subrayado algunas páginas de sus libros de texto antes de tomar la mala decisión de mirarlo. Llevaba puestas sus gafas de lectura otra vez y, como de costumbre, estaba vestido con prendas negras y entalladas, y se cernía sobre la pantalla de su portátil como si estuviera planificando el ataque de un francotirador de elite. Aunque, cuando espió la pantalla, vio unas hojas de cálculo en lugar de planos de batalla.

En cualquier caso, le pareció sexi. Y no pudo evitar apartar sus deberes y acurrucarse junto a él. Khải no pareció notarlo al principio, y ella le besó los músculos fuertes del cuello y de la mandíbula.

—Khải —susurró—. ¿Qué te parece...?

Los labios de él encontraron los de ella, y el resto de las palabras no importaron. Como siempre, él la besó entregándole su absoluta atención e intensidad, y no pasó mucho tiempo antes de que ella le quitara el portátil y ocupara el espacio sobre su regazo, el plan que había ideado desde un principio.

Las gafas de él se torcieron, y él las tomó como si se las fuera a quitar.

—No —dijo ella con rapidez y se las recolocó en el rostro—. Me gustan.

Él le dedicó una mirada de confusión.

—¿Mis gafas de lectura? ¿Quieres que las lleve puestas... ahora?

Ella se mordió el labio mientras sonreía.

—Me parecen sexis.

—¿Las gafas? —Sacudió la cabeza mientras soltaba una risita, pero no se las quitó—. ¿Qué más es sexi?

—Tú. Desnudo. —Ella le sujetó el dobladillo de la camisa y tiró hacia arriba, pero luego su teléfono sonó y vibró.

Era esa adorable cancioncita que sonaba cada vez que recibía una llamada del teléfono de su madre; la había escogido porque había pensado que a Jade le gustaría.

Khải extendió la mano hacia el bolso de Esme, que ella había dejado a su lado del sofá, y los pensamientos la asaltaron con más rapidez que los relámpagos: él sabía dónde ella guardaba su teléfono. Se lo alcanzaría. Vería las fotografías de Esme y Jade en la pantalla. La *descubriría*.

Ella se abalanzó sobre su bolso, pero, en lugar de interceptar a Khải, tropezó, se cayó del sofá y casi se rompió la cabeza con la mesilla de café.

—¿Te encuentras bien? —Las manos fuertes de él la ayudaron a incorporarse y le acarició la cabeza solo para estar seguro.

El teléfono de ella continuó sonando.

—Estoy bien. Solo que... la llamada, quizás sea Phil Jackson. —Hizo una mueca. No era Phil Jackson.

Khải tomó el bolso y, cuando comenzó a abrir el bolsillo externo donde ella guardaba el teléfono, Esme se lo quitó de las manos.

—Yo me encargo —dijo con una voz demasiado aguda, pero, cuando finalmente tomó el teléfono, había dejado de sonar.

La culpa le contrajo el estómago. A juzgar por la cantidad de llamadas, probablemente había sido Jade.

—¿Devolverás la llamada? —preguntó Khải, mirando el teléfono con curiosidad.

Ella se mordió el labio.

—Eh, quizás después. Yo...

El teléfono volvió a sonar. El mismo tono de llamada. La boca de Esme se secó, y el sudor comenzó a bañarle la frente. Ella llevó el teléfono a su pecho.

Debía decírselo. Ahora mismo. Las cosas estaban yendo bien, quizás se tomaría las noticias con calma.

—Es mi madre —se oyó a sí misma decir con el corazón latiéndole al galope.

—Deberías responder. A mí no me molesta.

Pero ¿era así? ¿Qué sucedería si era demasiado pronto? ¿Y si lo arruinaba todo?

—Hablaré en la otra habitación para que puedas trabajar —anunció ella, perdiendo todo el coraje durante el último segundo. Corrió a su habitación, cerró la puerta y se apresuró a responder el teléfono—. ¿Hola?

—*Má.* —La voz inconfundible de Jade se oyó al otro lado de la línea, y el sentido de culpa de Esme empeoró. ¿Qué clase de madre mantenía a su hija en secreto? Esme no se avergonzaba de su hija, pero haberla tenido siendo tan joven no daba una buena imagen. Ella ya tenía demasiadas desventajas. ¿Cómo podría agregar otra?

—Hola, mi niña.

—Te he llamado porque te echo de menos —dijo Jade.

Esme sintió un nudo en la garganta, y le escocieron los ojos.

—Yo también te echo de menos, cariño.

—Eso es todo lo que quería decirte. Ngoại dijo que no desperdiciara minutos de teléfono. Ah, y si tienen caballos de juguete allí, puedes comprarme uno si quieres. Te quiero mucho. Adiós.

Cuando se cortó la comunicación, ella dejó escapar de sus labios un sonido que fue mitad risa y mitad sollozo, y enterró el rostro en las manos. Tenía que hablar con Khải.

Pronto.

Pero no todavía.

El lunes, Esme estaba sentada en una de las mesas del restaurante después de la ajetreada hora del almuerzo intentando decidirse entre dos tiendas de juguetes que había encontrado con su teléfono —una quedaba a cuarenta y cinco minutos a pie y la otra a media hora a pie y media hora más en autobús— cuando Cô Nga apareció desde la cocina.

—Ey, ¿qué estás haciendo aquí sola? —preguntó Cô Nga.

Esme se apresuró a apagar el teléfono y lo escondió debajo del muslo, por si acaso, antes de fingir una sonrisa.

—Almuerzo. —Ella deseaba haberle hablado a Cô Nga de Jade desde un principio.

Cô Nga miró el plato de rollitos fritos que había sobre la mesa.

—¿Otra vez rollitos fritos? Ya van cinco días seguidos. Te obstruirás el corazón hasta morir.

Esme se encogió de hombros con incomodidad. La obstrucción del corazón era justo lo que necesitaba, aunque deseaba que eso no la matara. Si podía tolerar el colesterol alto y dolores de pecho, quizás podría conocer a Phil Jackson como paciente. Eso era mucho mejor que llamarlo y colgar cuando saltaba el buzón de voz.

—Bueno, todavía eres joven. Deberías comer todas las cosas malas mientras puedas —dijo Cô Nga mientras se deslizaba en el asiento al otro lado de la mesa—. Cuéntame, ¿cómo va todo entre vosotros? Os veo felices.

Esme no pudo contener la sonrisa que se extendió en sus labios.

—Nunca había estado tan feliz en toda mi vida. Espero poder hacer que Anh Khải...

Las campanillas tintinearon en la puerta, y Khải entró al restaurante, vistiendo su sospechosa ropa negra y como si estuviera a punto de cometer un robo. El corazón de Esme dio un salto de emoción, y corrió a su encuentro. Él la abrazó de inmediato.

—¿Qué haces aquí? —preguntó ella—. ¿Tienes hambre? ¿Sed? Puedo traerte lo que quieras.

Él le respondió con un beso, lo que hizo que su sangre se volviera cálida y espesa.

—Hemos tenido una reunión fuera de la oficina y he terminado temprano. No quiero nada.

—Vienes para ver a tu mujer, pero no a tu madre. Ya veo cómo son las cosas —comentó Cô Nga.

Hubo un tono mordaz en su voz, y tanto Esme como Khải se encogieron. Era verdad. A Khải no le gustaba visitar a su madre porque ella siempre le pedía que hiciera recados. Él había ido solo por Esme.

Sabiendo que no debía tocarlo por sorpresa, Esme lo sujetó por la manga y pasó los dedos por su palma, y él la tomó de la mano con firmeza.

Cô Nga suspiró.

—Estos chicos... Venid, venid, sentaos. —Ella les hizo un gesto señalando la mesa en la que se encontraba y, después de que ambos se sentaran, señaló el plato de rollitos fritos de Esme—. Ha estado comiendo esto durante toda la semana. ¿Tenéis que decirme algo?

Khải observó sin expresión los rollitos, las verduras de guarnición y la pequeña tacita de salsa de pescado.

—¿Que le gustan los rollitos fritos? Son los mejores de la ciudad.

—Son los mejores *de toda California* —corrigió Cô Nga antes de centrar su atención en Esme—. Así comen las mujeres cuando están embarazadas. ¿Acaso tengo un nieto en camino?

Esme se quedó boquiabierta cuando madre e hijo la miraron fijamente. Khải parecía estar a punto de tener el infarto que Esme había estado deseando sufrir.

—¡¡No!!, no estoy embarazada, lo juro.

—¿Estás segura? —preguntó Cô Nga con los ojos entrecerrados—. Estás cansada todo el rato.

—Estoy segura —afirmó Esme. Estaba cansada porque se quedaba toda la noche despierta estudiando. Y jugueteando con Khải.

Khải soltó un suspiro de alivio, pero una mezcla incómoda de emociones tomó por asalto el estómago de Esme. Ella no estaba embarazada, pero *tenía* un bebé.

«Cuéntaselo ahora», le ordenó una voz en el interior de su cabeza; ahora era el momento perfecto.

—No quiero presionarte, pero el verano ya casi está terminando —comentó Cô Nga mientras miraba a Khải y entrelazaba pacientemente las manos sobre la mesa—. Es hora de que empieces a pensar en el futuro.

El corazón de Esme dio tumbos en el pecho mientras observaba cómo se tensaban los músculos de la mandíbula de Khải.

¿En qué estaría pensando? No podía querer que se fuera, no después del mes perfecto que habían pasado juntos. Pero ¿la querría lo suficiente como para desear casarse con ella?

—Todavía tengo ese salón de eventos reservado para el ocho de agosto. Si ella no se casa contigo, se marchará el nueve. ¿Qué eliges? ¿Una boda o un viaje al aeropuerto? Comunícame tu decisión en la boda de tu primo Michael este fin de semana, así tendré tiempo para organizar las cosas —pidió Cô Nga—. Dejaré que lo habléis, ¿de acuerdo? Quizás podéis ir a dar una vuelta, el clima es agradable afuera, y en este momento no tenemos ningún cliente. —La madre de Khải se levantó y desapareció tras las puertas de la cocina.

Antes de que Khải pudiera decir algo, Esme se puso de pie, se desató el delantal verde oscuro de la cintura y tomó su teléfono.

—Quiero salir. —En realidad, quería demorar la conversación. Estaba aterrada por lo que él pudiera decir.

Khải la siguió desde el oscuro restaurante hasta el sol que brillaba fuera, y ella sostuvo el teléfono contra el pecho mientras caminaba a ciegas hacia la acera que bordeaba la transitada calle. El aire olía a gases de tubos de escape y a hormigón, casi como en su hogar. ¿Regresaría allí pronto?

Odiaba todo eso; no quería que su vida —y la de su hija— dependiera tanto de las elecciones de alguien más. Por milésima vez desde que había llegado, deseó realmente ser Esme la Contable, esa mujer educada que no necesitaba a nadie y no tenía nada que temer.

—¿Por qué vas tan rápido? —pregunto Khải.

Ella aminoró la marcha y le dedicó una mirada de disculpa.

—Lo siento, Anh.

Él metió las manos en los bolsillos mientras caminaba, fijándose en el tráfico que pasaba por allí.

—Se supone que deberíamos estar hablando sobre nuestro futuro —dijo.

—No tenemos que hacerlo. —Ella no estaba lista para tener esa conversación.

Aferró con más fuerza el teléfono, pero eso no evitó que le temblaran las manos. Al cabo de unos segundos, se dio cuenta de que se trataba de su teléfono; alguien la estaba llamando. Echó un vistazo a la pantalla: «Doctor papá».

El pánico la atravesó y le hizo escocer las palmas, y un sudor frío le recorrió el rostro.

—Mi padre. —Extendió el teléfono hacia Khải.

Él sacudió la cabeza y agrandó los ojos.

—¿Por qué me lo das a mí? Contesta. Apresúrate, antes de que cuelgue.

Ella extendió un dedo hacia el botón de aceptar llamada, pero no logró hacerlo.

—¿Qué pasa si está enfadado conmigo por llamar demasiado? ¿Y si piensa que soy una estafadora? Dirá que lo único que quiero es la residencia y su dinero. Es verdad que quiero una vida distinta, pero también...

Khải le quitó el teléfono y presionó el botón de respuesta, seguido por el del altavoz. Luego sostuvo el teléfono hacia ella para que hablara.

Ella se cubrió la boca. No podía hablar. Ni siquiera podía moverse. Por todos los cielos, ¿qué había hecho? ¿Podía colgar? Quería colgar.

—¿Hola? —dijo una voz grave y amable. *Su padre*—. Tengo algunas llamadas perdidas de este número. ¿Se trata del paquete que no logran entregarme? La verdad es que me gustaría tenerlo ya. Mi nombre es Phil Jackson.

Khải miró primero a Esme, luego al teléfono y viceversa, incitándola en voz baja a que hablara.

—¿Hola? —dijo una vez más Phil—. ¿Es el servicio de envíos?

De alguna manera, Esme recuperó la voz y respondió con su mejor inglés:

—Ho... hola. No soy del servicio de envíos.

—Ah, ok. Entonces... ¿a qué vienen las llamadas?

—Yo, eh, creo que... —Tragó con esfuerzo una profunda bocanada de aire—. Me llamo Esmeralda, y creo que usted es mi padre.

Sobrevino una pausa prolongada y luego él dijo:

—Guau. Déjeme sentarme. —Otra pausa larga. Ella lo imaginó caminando por su oficina del hospital y sentándose en su escritorio—. Muy bien. Cuéntemelo todo. Comience por el principio, con su madre, por favor.

—Trần Thúy Linh. La conoció hace veinticuatro años durante un viaje de negocios, pero usted partió antes de que...

—Espere, espere un segundo. ¿Dónde se llevó a cabo ese viaje de negocios?

Una sensación inquietante la atravesó.

—En Việt Nam.

Él se aclaró la garganta.

—Me sabe mal decirle esto, pero yo nunca he estado allí. Creo que... —Se volvió a aclarar la garganta—. Se ha equivocado de persona.

El corazón de Esme se contrajo. El estómago le dio un vuelco. Todo se desplomó, y sus esperanzas se hicieron añicos.

—Ah.

—Estoy seguro de que usted es completamente encantadora y, ahora que de alguna manera ha superado la conmoción, puedo decir que me encantaría tener otra hija. Pero no soy su padre. Lo siento mucho... ¿cómo dijo que se llama?

—Esmeralda —respondió ella.

—Lo siento mucho, Esmeralda —dijo él, sonando como si le estuviera dando malas noticias al primer paciente de una larga lista—. ¿Puedo ayudarla de alguna otra manera?

—No, gracias... Espere, sí. Mi padre fue a Cal Berkeley. Como usted. ¿Conoce a un Phil que hubiera ido a Việt Nam hace veinticuatro años?

—Ay, dios. —El hombre, Phil, soltó un gran suspiro—. Yo... quizás... Pero su nombre no es Phil, es *Gleaves*. Así que, no. Lo siento mucho Evange... Esmer... Esmeralda.

—Gracias... Phil. Por su tiempo —dijo ella.

—No hay de qué. Buena suerte. Adiós.

La línea quedó en silencio, y ella se quedó parada allí, observando cómo los coches pasaban a toda velocidad y los semáforos cambiaban de color. Verde, amarillo, rojo y luego de nuevo verde.

Khải la envolvió con un abrazo firme, y ella rompió en llanto. Hundió el rostro contra su pecho y le empapó la camisa con sus lágrimas, pero él no protestó. Siguió conteniéndola durante lo que parecieron años.

Cuando por fin se tranquilizó y se separó de él, Khải le apartó unos mechones húmedos del rostro. No tuvo que decir nada; ella lo veía todo en sus dolidos ojos tristes, y eso la consolaba más que cualquier palabra.

—Creí que sería él. —La voz de Esme sonó mucho más débil de lo que ella había esperado.

—¿Por qué?

—Tenía un presentimiento. —Apoyó la mano sobre su estómago.

—Los presentimientos pueden ser muy poco precisos. Para estar seguros, te recomendaría volver a revisar la lista y llamar a cada uno de ellos —propuso—. Puedo ayudarte si quieres.

Teniendo en cuenta lo mucho que odiaba las llamadas telefónicas, eso parecía un ofrecimiento muy generoso, y ella lo besó mientras su corazón se desbordaba.

—Yo los llamaré. Gracias. —Un coche entró en el aparcamiento y se detuvo justo al lado del Porsche de Khải, un cliente—. Debería regresar. Podemos hablar del otro tema... más tarde.

Él asintió.

—Muy bien.

Caminaron de regreso al restaurante tomados de las manos y, después de un abrazo y un beso rápidos, ella corrió hacia dentro. *Más tarde* llegaría demasiado pronto, pero le alegraba que no fuera ahora.

Khai caminó de regreso a su coche y se sentó dentro, pero no encendió el motor. No podía dejar de pensar en lo que ella había dicho: «Dirá que lo único que quiero es la residencia y su dinero. Es verdad que quiero una vida distinta, pero también...».

¿Cómo no lo había visto antes? *Ese* era el objetivo principal del viaje de Esme: una vida diferente; no una relación romántica. Tenía todo el sentido del mundo. Si él estuviera en su lugar, hubiera hecho lo mismo; excepto que no habría puesto tanto esfuerzo en un solo candidato para el matrimonio... en él. Habría tenido muchas más citas para incrementar sus posibilidades de éxito. ¿Por qué no lo había hecho ella? ¿Quizás porque creía que encontraría a su padre y que conseguiría la ciudadanía de esa manera?

En realidad, era la mejor opción. Si encontraba a su padre, eso le otorgaría la ciudadanía automáticamente y no necesitaría casarse con nadie para lograrlo; el proceso también sería más rápido. Pero si no lo encontraba...

Tomó su teléfono y buscó en Google: «Ciudadanía de los Estados Unidos a través del matrimonio». De acuerdo con los resultados de la búsqueda, el gobierno otorgaba visados transcurridos tres años de matrimonio con un ciudadano estadounidense.

Khai era estadounidense.

Si eso era lo único que ella necesitaba —y parecía que ese era el caso—, él podría casarse con ella. Podría prolongarlo todo más allá del verano. La cabeza le dio vueltas mientras lo visualizaba. Él y ella, juntos, sexo y televisión, y compartir la cama y sus sonrisas y risas, para siempre.

No, no le parecía correcto; eso sería aprovecharse de ella. Un visado no valía una sentencia de por vida, pero se requerían tres años de casados... *Tres años con Esme.*

La fuerza de su deseo se volvió tan intensa que la piel le ardió. Comparados con las exiguas tres semanas que él creía que le quedaban, tres años eran una cantidad lujosa de tiempo. Podría dar rienda suelta a su adicción por Esme durante *tres años enteros*, y luego la liberaría para que encontrara el amor. Ambos saldrían ganando.

Pero solo si ella no encontraba a su padre. Sin embargo, la madre de él quería una respuesta para el sábado, así que Esme se estaba quedando sin tiempo.

Eso lo decidió. Si Esme no encontraba a su padre esa misma semana, Khai le pediría matrimonio.

Capítulo veintiuno

El sábado por la tarde, Esme se estaba poniendo su vestido negro por la cabeza cuando su teléfono vibró con una llamada entrante. Tiró del vestido hacia abajo y se apresuró a contestar.

«Número desconocido».

Presionó el botón de respuesta.

—¿Hola?

—Eh, hola, habla Phil Turner. Recibí un mensaje de este número —dijo un hombre—. ¿De qué se trata?

Ella respiró hondo para aquietar sus nervios y repitió las frases que durante la última semana se habían vuelto familiares mientras había revisado la lista de Phils uno por uno.

—Hola, mi nombre es Esmeralda. ¿Ha estado usted en Việt Nam?

—Sí, claro que sí. Si esta es una propuesta de vacaciones gratis o algo por el estilo, no estoy...

—Estoy buscando a alguien que estuvo allí hace veinticuatro años —anunció Esme.

—Ah. Pues... —Lo oyó exhalar de manera sibilante y prolongada como si estuviera hurgando en su memoria—. No. La primera vez que estuve allí fue en Hanói a principios del 2000.

Ella suspiró mientras la decepción se asentaba en su interior. Eso significaba que solo quedaba un Phil, y no había garantías de que él fuera el Único y Verdadero Phil. Si él tampoco había estado en Việt Nam, eso la dejaba al comienzo de su búsqueda.

—Usted no es la persona que busco —dijo ella—. Gracias por devolverme la llamada.

—Faltaría más, no hay problema. Buena suerte. Espero que lo encuentre. Adiós.

El hombre colgó, y Esme dejó el teléfono sobre el escritorio con cuidado. El último Phil de la lista era un Schumacher; o *Shu-mo-quer*, como lo pronunciaba Khải. Ella probó el apellido con su nombre —Esmeralda Schumacher— y frunció el ceño. Le llevaría un tiempo acostumbrarse, aunque le gustaba el significado, *zapatero*. Había muchos pies en este mundo.

Eso le recordó que tendría que volver a llevar unos tacones que la torturarían durante toda la noche. Se colocó los condenados zapatos en cuestión, tomó un puñado de joyería barata y observó su imagen en el espejo de cuerpo entero que había en el baño. Sostuvo el collar brillante contra su cuello, pero decidió no llevarlo y lo hizo a un lado. Una vez que terminó de colocarse los pendientes, un brazalete y el maquillaje, se encontró con una mujer nueva que la miraba desde el espejo.

Esta vez lo había conseguido. Lucía elegante como la hermana de Khải, y eso le confirió la confianza que tanto necesitaba.

Esa noche era la noche. Le hablaría a Khải de Jade y, si él no se mostraba completamente sobrepasado, le propondría matrimonio.

El solo hecho de pensarlo hizo que le temblaran las manos, y corrió hacia el lavabo por si vomitaba. Mientras respiraba para deshacerse de las náuseas, Khải entró en el baño con su esmoquin negro; parecía un guardaespaldas del servicio secreto.

—No soporto estas cosas. —Retorció los extremos de su pajarita, los enlazó y dejó caer las manos con exasperación.

—Yo me encargo. —Agradecida por la distracción, Esme deshizo el desastre que él había hecho y le hizo el lazo con calma—. Ya está.

—Gracias —respondió él mientras sacudía los brazos y respiraba como si estuviera preparándose para la batalla.

Ella sonrió y le alisó las solapas con las manos, satisfecha de cómo se veía en su traje entallado.

—De na... No lo llevas. —Esme palpó con las manos el sector donde creía que se encontraban los bolsillos internos de su traje.

Él frunció el ceño.

—¿El qué?

—El libro que siempre llevas contigo.

Él observó su rostro.

—¿Me estás diciendo que debería llevarlo?

—¡No! —respondió ella con rapidez—. Bueno, si así lo deseas. —Se encogió de hombros. Más bien prefería que él hablara con ella, en especial esa noche que estaba tan nerviosa, pero si él en verdad odiaba tanto las bodas, no quería torturarlo.

Khải sonrió.

—Vamos, entonces. Tenemos una hora de viaje hasta llegar a Santa Cruz, y no quiero llegar tarde.

Ella lo siguió fuera de la casa, y ambos recorrieron el camino hasta la acera, donde él aparcaba su coche. En lugar de entrar directamente, Khải miró con el ceño fruncido las salpicaduras blancas que decoraban el techo y el parabrisas.

—Esto es estadísticamente improbable. ¡Ni siquiera aparco debajo de un árbol! —agregó.

Los labios de Esme quisieron esbozar una sonrisita, pero los contuvo con esfuerzo.

—Los pájaros te están diciendo que aparques en el garaje. Hay sitio de sobra. Solo mueve la moto a un lado.

Luego se mordió la parte interna del labio. Las cosas se habían vuelto tan fáciles entre ellos que había olvidado que ese era un tema tabú. Se le contrajo el estómago mientras lo observaba, no sabiendo cómo reaccionaría. ¿Se enfadaría como el día en el que ella había ido a la tienda 99 Ranch?

Después de una pausa breve, él respondió:

—No me gusta aparcar en el garaje.

—¿Por qué?

Él parpadeó, y su rostro se contrajo mientras pensaba.

—¿Cómo que por qué?

—¿Cuál es la razón? —preguntó Esme, porque para ella no tenía ningún sentido.

—Porque allí está la moto —respondió él de manera cortante antes de abrir la puerta del acompañante para ella.

Esme entró en el coche y observó cómo él cerraba la puerta, rodeaba el coche y se acomodaba en su asiento. Encendió el motor y salió a la calle como si la conversación hubiera terminado. Pero no era así.

—Si no te gusta la moto, ¿por qué no...?

—Yo no he dicho que no me guste —aclaró Khải.

Ella exhaló un suspiro tenso, todavía más confundida.

—Entonces, ¿por qué...?

Él la miró durante un instante antes de regresar su atención a la carretera, cambiar la marcha y pasar junto a un convertible.

—Así es como me gustan las cosas. Es como tú y... ¿Por qué enrollas los calcetines de esa manera?

Ella bajó la mirada e hizo girar su brazalete en la muñeca.

—Tú no dejabas de ignorarme; lo hice para que pensaras en mí.

—¿Así que no enrollas tus calcetines de esa manera?

—No —respondió ella con una risita.

Él inclinó la cabeza a un lado.

—Funcionó.

Esme sonrió.

—Lo sé.

Aunque él no giró para mirarla, sus labios se curvaron mientras seguía conduciendo, y se produjo un silencio agradable entre ellos. Ella observó cómo pasaban los edificios de oficinas, maravillada por sus exteriores relucientes y cuidados jardines.

—Ese es el mío. —Khải señaló un edificio que tenía una fachada de vidrios azules y un letrero de enormes letras blancas, DMSoft, en la parte superior.

Esme se enderezó en su asiento y lo observó con interés.

—¿En qué piso se encuentra tu oficina?

—Arriba de todo. La comparto con otros.

—Como un jefe —dijo ella con una sonrisa a modo de broma, imaginándolo apiñado en un armario diminuto mientras toda la gente importante disfrutaba de la vista de las ventanas.

Khải le dedicó una sonrisa divertida.

—Algo así.

—Muchos de los Phils son jefes. Uno de ellos pensó que yo era su empleada —comentó Esme a falta de algo mejor que decir.

Khải mantuvo un silencio inusual antes de preguntar:

—¿Has vuelto a saber algo de los últimos dos?

—De uno de ellos.

—¿No era él?

Ella apretó los labios y ladeó la cabeza.

—¿Crees que parezco una Schumacher?

Khải la miró pensativo antes de volver a concentrarse en la carretera.

—Tal vez.

—Quizás estas dos sirvan para hacer zapatos —dijo ella, extendiendo las manos y haciendo una mueca—. Tan feas.

—¿A qué te refieres?

Ella esbozó una sonrisa incómoda y se cruzó de brazos para ocultar las manos, pero él extendió su palma.

—Déjame ver —pidió.

—Estás conduciendo.

Él le tiró del brazo hasta que ella cedió. Sin embargo, en lugar de inspeccionarle la mano, llevó el puño de ella hacia su boca y le besó los nudillos.

—No me importa lo que estas manos hagan siempre y cuando sean tuyas.

Era una tontería y él no era un poeta, pero sus palabras hicieron que a Esme se le llenaran los ojos de lágrimas. Cuando Khải volvió a posar la mano sobre la palanca de cambios, ella colocó la suya encima de la de él. No era una mano hermosa, pero al menos era pequeña en comparación. ¿La gente pensaría que hacían buena pareja?

Ella se relajó en su asiento y lo observó de vez en cuando durante el resto del viaje, reconociendo la emoción que estallaba en su corazón. Había estado invadiéndola poco a poco, creciendo cada día, y ahora no podía ignorarla. Cuando tenías esos sentimientos por alguien, no escondías secretos. Sin importar lo atemorizada que estuviera, esta noche se lo contaría todo.

Asistir a una boda vestido de esmoquin y con los pies descalzos era algo nuevo para Khai. No podía liberarse de la sensación de que le faltaba algo —sus zapatos—, pero Esme parecía encantada. Hundió los dedos de los pies en la arena como una niña mientras caminaban de la mano por la playa hacia las sillas plegables blancas y el altar de boda dispuesto a la orilla del agua. Nuevamente, ella llevaba puesto el vestido negro sin forma, pero aun así se veía tan hermosa que obnubilaba la mente de Khai. Era su sonrisa. Ella era feliz. Todo estaba bien en el mundo.

—¿Solo veinte personas? —preguntó Esme.

Hubo una breve pausa mientras él dejaba de admirarla y se concentraba en sus palabras.

—Sí, querían algo íntimo. A Stella no le van las multitudes. —Igual que a él—. ¿A ti te gustan las bodas a lo grande? —Él le ofrecería una boda muy concurrida si ella así lo deseaba, pero algo como eso era más su estilo. Aunque con menos arena.

—Pequeña o grande, cualquier cosa está bien. —Esme levantó los hombros con indiferencia, pero luego le brillaron los ojos cuando dijo—: Lo divertido son las flores, el vestido y el pastel.

Khai asintió y de inmediato memorizó esos detalles.

Si ella accedía a casarse con él, conseguiría las mejores flores, vestidos y pasteles. Un camión lleno de flores. Un vestido de novia de alta costura. Diez pasteles, o cien, si fuera por él. Siempre y cuando ella dijera que sí. Demonios, se le hizo un nudo en el estómago.

—No es necesario que sean así —agregó Esme con una sonrisa—. Estas parecen muy caras. —Señaló los ramos gigantes de rosas blancas, orquídeas y lirios que decoraban los extremos del sector de asientos—. Tu primo se ha gastado mucho dinero...

Él observó las flores y decoraciones.

—Eso creo.

—Yo misma puedo encargarme de las flores. Sé cómo hacerlo. —Luego se mordió el labio y se apartó el cabello del rostro—. También puedo confeccionar mi vestido. Y no sé cómo hacer un pastel, pero puedo aprender. —Sus ojos verdes encontraron a los de Khai, y pareció vulnerable—. Puedo hacer que todo luzca increíble, sin que sea caro.

Él no supo qué responder. Ella no tenía que hacerlo todo por sí misma a menos que así lo deseara. A él no le importaba si la boda era costosa. No planeaba casarse una y otra vez; con una vez sería suficiente. Él nunca querría a otra persona que no fuera Esme. Su adicción era muy específica.

—Hola, hola, Jovencita Preciosa e hijo mío —saludó la madre de Khai, acercándose a ellos con un *áo dài* negro que tenía flores de color azul brillante en la parte delantera. Sin la altura que proporcionaban los tacones, los pantalones de seda blanca que acompañaban su vestido rozaban la arena, y ella los tiró hacia arriba con impaciencia—. Nunca pensé que asistiría a una boda sin zapatos. Es una experiencia diferente. ¿Tenéis alguna noticia para mí?

La mano de Esme se tensó sobre la de él, y lo miró un instante antes de desviar la mirada.

—Todavía no, Cô Nga. Todavía tenemos que hablarlo.

—Estaba pensando que después de la cena sería un buen momento —le dijo Khai a Esme.

Esme asintió y esbozó una sonrisa breve.

—Me parece bien.

La madre de Khai observó con detenimiento sus manos unidas.

—Haced lo que tengáis que hacer. Pero, antes de iros de la boda, tenéis que hablar conmigo, ¿de acuerdo?

—Lo haremos, Cô Nga —aseguró Esme.

Cô Nga asintió, tranquila.

—Disfrutad de la boda —zanjó, y se retiró para conversar con la hermana de Khai, sus tías y primos.

Khai y Esme estaban dirigiéndose hacia sus asientos cuando Michael apareció, estrechó la mano de Khai y lo rodeó con un brazo. Su esmoquin de tres piezas lo hacía parecer recién salido de una pasarela, incluso sin zapatos.

—Me alegra mucho que hayas venido —dijo Michael. Sonrió, pero sus movimientos eran abruptos y repentinos, y la respiración, tensa. Debía de estar nervioso. Como Khai. Excepto que la novia de Michael ya había dicho que sí. ¿Qué era lo que lo ponía nervioso?

—¿Te encuentras bien? —preguntó Khai.

—Sí, genial. ¿Ya te he dicho que me alegra que hayas venido? Porque es así. A Stella le caes realmente bien. —La mirada de Michael se posó en Esme, y dibujó una sonrisa torcida—. Tú debes de ser Esme. Me alegra conocerte al fin. —Le estrechó la mano, y ella le devolvió la sonrisa con una expresión embelesada.

Genial, ella también había caído bajo el hechizo de Michael, aunque él se casara dentro de una hora; maldito Michael y sus rasgos apuestos.

—A mí también me alegra conocerte a ti. Stella es una mujer muy afortunada —respondió con una fantástica sonrisa, típica de Esme, y en inglés, como hacía con todos excepto con Khai.

Michael intentó sonreír, pero en cambio tomó una bocanada de aire mientras sacudía las manos y enderezaba los hombros.

—Gracias por decir eso. Nunca había estado tan nervioso. Estoy tan enamorado de ella que, si no aparece, yo... —Sus palabras se desvanecieron mientras se concentraba en un grupo de siluetas a la distancia, y su rostro adoptó una expresión romántica. Apretó el hombro de Khai sin siquiera mirarlo—. Tomad asiento. Esto va a empezar.

Todos se apresuraron a acomodarse, y las conversaciones cesaron. Esme prácticamente vibraba del entusiasmo.

—¿Stella es hermosa? Tu primo... —Una mirada soñadora le inundó el rostro, y Khai estuvo seguro de que ella diría «es tan guapo». En cambio, lo que dijo fue peor—: Está tan enamorado.

Enamorado. El estómago de Khai se convirtió en un gran nudo, y se obligó a recordar que estaba haciendo lo correcto. Ella quería el visado. Él podía conseguírselo. La boda los beneficiaría a ambos... durante tres años.

Una guitarra comenzó a tocar un *cover* de una canción pop, y Khai observó la ceremonia con detenimiento. Si todo salía bien, él estaría haciendo todo eso muy pronto. El cortejo nupcial caminó por el pasillo en parejas formadas por las hermanas de Michael, un grupo de amigos y Quan. Y entonces apareció Stella ataviada con un vestido blanco diáfano, que seguramente había diseñado el propio Michael. Cuando el padre de ella le dedicó una sonrisa llorosa, ella le devolvió el gesto y le besó la sien antes de tomar su brazo y caminar hacia el altar, donde la esperaba Michael, quien la observaba con la misma mirada romántica de antes, pero multiplicada por mil. Tenía los ojos enrojecidos como si estuviera al borde del llanto. Mientras Stella caminaba por la arena, su mirada nunca se desvió de él. Lo que fuera que Michael sintiera por ella, era recíproco.

«Chica ama a chico ama a chica».

Mientras los novios intercambiaban los votos y se besaban, el sol se zambulló en el horizonte, y el cielo resplandeció sobre el océano. Fue un momento mágico. Las cámaras destellaron en numerosas ocasiones, una decena de teléfonos brillaron y ningún bebé lloró. El pequeño grupo de invitados se enjugó las lágrimas, Esme incluida, y Khai se sintió como un impostor.

Hasta que Esme le dio un apretón en la mano para llamar su atención, le dio un beso por sorpresa en los labios y luego le sonrió. Si no estuvieran en público, la hubiera acercado a él y le habría dado otro beso hasta que ella se derritiera. Sabía cómo hacerlo. Pero, dada su situación actual, Khai simplemente la devoró con la mirada, deseándola con toda la fuerza de su adicción descontrolada, y, a juzgar por cómo se dilataron las pupilas de Esme, a ella no le importó.

Khai se estaba acercando a ella para besarla a pesar de todo cuando los invitados se pusieron en pie para observar cómo Michael y Stella pasaban junto a ellos.

El personal de un hotel cercano los guio a un jardín para disfrutar de una relajada fiesta de cócteles. Khai y Esme compartieron un *Sex on the*

Beach mientras todos comían aperitivos y conversaban. Ella no tenía ninguna tolerancia al alcohol y, después de tan solo algunos sorbos, se estaba inclinando sobre Khai y le estaba dedicando esa mirada que, según la experiencia de él, indicaba «llévame a la cama y haz lo que quieras conmigo». Esa mirada era una de las mejores cosas del mundo entero.

Khai estaba decidido a disfrutarla durante los tres próximos años.

Tras los cócteles, la celebración se trasladó a un comedor exterior ubicado debajo de una carpa hecha de vigas de madera, telas blancas semitransparentes y luces navideñas doradas. Mientras la cena —de estilo fusión asiático— y los discursos se sucedían, él ensayó su propuesta mentalmente. La lógica indicaba que a ella le encantaría. Diría que sí. No tendría sentido que no lo hiciera.

Cuando todos estaban comiendo pastel y helado de menta con chispas de chocolate, Khai tomó la mano de Esme.

—¿Darías una vuelta conmigo?

Ella se comió un último bocado de pastel, retiró el tenedor de entre sus exquisitos labios y apoyó el utensilio en el plato.

—Claro.

Abandonaron la carpa y caminaron tranquilamente por la orilla de la playa, con las manos entrelazadas con firmeza y los pies hundiéndose en la arena. Casi había luna llena, que arrojaba una luz plateada sobre el agua, y el aire olía a sal, mar y algas. Una vez que estuvieron a una distancia adecuada, él aminoró la marcha hasta detenerse.

Había llegado el momento. Mierda, estaba temblando por dentro. Nunca le había pedido una cita a una chica; nunca había querido hacerlo. Y ahora haría una propuesta de matrimonio.

—¿La oyes? —preguntó Esme.

—¿El qué?

—La música.

Él inclinó la cabeza, y luego los oyó. Unos compases de guitarra suaves que viajaban con la brisa desde la carpa. Reconoció la melodía: «Claro de luna», de Debussy.

—Están bailando.

Ella sonrió, pasó los brazos alrededor del cuello de Khai y comenzó a balancearse de un lado al otro.

—Nosotros también.

—Tú lo estás haciendo. Yo no sé hacerlo.

—Tienes que moverte así —respondió ella con una risa.

Él se sentía completamente ridículo, pero le siguió el juego y se movió con ella. Y luego, de alguna manera, dejó de sentirse ridículo. Solo estaban ellos dos; solo la luna, el océano, la arena, la música y dos corazones latiendo.

Y ella estaba sonriendo.

Él apoyó los labios sobre esa sonrisa, se la robó y, cuando su lengua entró en su boca, los sabores a fruta, vainilla y champán hicieron que le diera vueltas la cabeza. Nunca más comería pastel sin pensar en ella, nunca bebería champán sin pensar en ella. Cada triunfo de su vida tendría sabor a Esme. No pudo evitar recorrer su cuerpo con las manos, intentar encontrar un camino hacia sus partes favoritas, pero el vestido suelto de ella se lo hizo casi imposible.

Cuando él soltó un sonido de frustración, ella rio, lo besó una última vez, se apartó y le limpió el pintalabios que había en su boca.

—Tenemos que hablar.

—Tienes razón. —Khai respiró hondo para deshacerse de la lujuria de su mente y la tomó de las manos. Cuanto antes se lo propusiera, antes terminaría todo, y estaría mucho más cerca de casarse con ella.

—Esme...

—Anh Khải...

Khai dudó, sorprendido por el temblor de las manos de ella. A diferencia de él, ella en verdad temblaba cuando estaba nerviosa, y le acarició los nudillos con los pulgares, esperando tranquilizarla.

—Habla tú primero si quieres.

Ella levantó el mentón y dijo:

—Muy bien, yo primero.

Se relamió los labios y acomodó las manos para sostener las de él mientras él sostenía las suyas. Comenzó a hablar en varias ocasiones, pero se detuvo antes de que le salieran las palabras.

—¿Quieres que yo hable primero, entonces? —preguntó él.

—No, yo puedo. —Tomó otra respiración profunda y se mordió el labio inferior antes de decir—: Cuando llegué aquí, tenía razones para casarme contigo; muchas razones. Y me acerqué a ti por esas razones. Pero luego... —Su mirada encontró la de él—. Luego llegué a conocerte. —Sus dedos aferraron con más fuerza los de él—. Y me acerqué a ti porque *quería* estar cerca. A menudo, me olvido de mis razones. Porque soy feliz. Contigo. *Tú* me haces feliz.

Khai infló el pecho, su corazón latió a toda velocidad, y no pudo evitar sonreír. Había un número infinito de motivos para existir en esta tierra, pero ese parecía el más importante de todos, hacer feliz a Esme.

—Me alegra —dijo Khai.

—Quizás sea demasiado rápido, quizás no sea la decisión más inteligente, pero... —Ella sonrió lentamente, los ojos suaves y líquidos a la luz de la luna, y dijo con un inglés claro—: Te amo.

Los pulmones de Khai dejaron de respirar. Su corazón dejó de latir.

Esme lo amaba.

La calidez burbujeó sobre él con oleadas avasallantes. ¿Qué había hecho él para que ella lo amara? Estaba dispuesto a hacerlo un millón de veces más. Khai se llevó las manos de Esme a los labios y le besó los nudillos. No podía hablar, no tenía ni idea de qué decir.

Luciendo mucho más hermosa que la luna, las estrellas y el agua detrás de ella, Esme esbozó una sonrisa coqueta y preguntó:

—¿Tú me amas? ¿Aunque sea solo un poquito?

Él se quedó paralizado.

Esa pregunta, no. ¿Por qué había hecho *esa* pregunta?

Él podía darle cualquier *cosa* que ella deseara, el visado, diamantes de verdad, su cuerpo... pero ¿amor?

Los corazones de piedra no amaban.

Él no quería responder esa pregunta. Todo su cuerpo se rebelaba contra ello.

Pero se obligó a admitir la verdad.

—No.

Ella se quedó parpadeando y sacudió la cabeza antes de volver a son-reír.

—Me amas *más* que un poquito.

—No, Esme. —Él retrocedió y la soltó—. Lo siento... pero no te amo ni mucho ni poco. No te amo en absoluto. —«No puedo».

El rostro de Esme se desencajó y sus ojos se abrieron de par en par, llorosos.

—¿En absoluto? —susurró.

`—No te amo. —Khai sintió cómo le dolía todo su ser como si estuviera implosionando—. Y nunca lo haré.

—Esto no tiene ninguna gracia, Anh Khải.

—No estoy bromeando. Estoy hablando completamente en serio.

Ella no dijo ni una sola palabra. Solo se quedó mirándolo mientras unas lágrimas gruesas se derramaban por su rostro.

Él quería retractarse. Quería borrar la tristeza de ella. Haría casi cual-quier cosa para hacerla sonreír de nuevo. Pero no podía mentir sobre eso. Ella le había hecho la pregunta, y se merecía saber la respuesta.

«No te amo. Y nunca lo haré».

El corazón de Esme se partió en dos, y las astillas filosas la apuñalaron desde el interior. Al mismo tiempo la invadió la vergüenza; una vergüenza pesada y sofocante. Ella sabía por qué él no podía amarla. Podía ir al insti-tuto, cambiarse de ropa y cambiar su forma de hablar, pero nunca podría cambiar de dónde venía: del fondo del fondo. Era tan pobre que no podía costear terminar la secundaria, tan diferente que incluso otras personas pobres la despreciaban, tan pequeña que no podía trepar para ser libre, al menos no en Việt Nam. Con todo lo que él había hecho por ella, Esme ha-bía creído que él veía más allá de las cosas que ella no podía cambiar y que la valoraba por lo que era en su interior. Pero él no podía hacerlo. Teniendo en cuenta sus palabras, nunca lo haría.

—Siento haberte molestado. Me voy —dijo alejándose de él.

Él sacudió la cabeza, la expresión atenta pero inescrutable.

—Tú no me molestas.

Una risa que rozó la histeria escapó de los labios de Esme.

—No te entiendo. —Se dio la vuelta para salir corriendo, pero él la detuvo sosteniéndola del brazo con firmeza.

—No hemos terminado. —Ella respiró hondo y se armó de valor para enfrentar lo peor, casi temerosa de mirarlo por temor a lo que él fuera a decir—. Deberíamos casarnos.

El cuerpo de Esme se aflojó de la confusión.

—¡¿Qué?!

—No me importaría que te quedaras conmigo lo suficiente para poder conseguir tus papeles de ciudadanía. Después podríamos divorciarnos con rapidez. Creo que eso funcionaría para ambos —dijo, y luego apretó los labios con firmeza formando una línea arrugada. Quizás había intentado sonreír.

Ella sacudió la cabeza. Había escuchado sus palabras, pero no tenían ningún sentido.

—¿Por qué te casarías conmigo si no me amas?

—Me he acostumbrado a que estés en mi casa y en mi cama y...

Cuando mencionó su cama, una ola de calor ardiente le invadió el rostro a Esme, y bajó la cabeza. *Sexo*. Quería más sexo, claro; él había sido virgen antes de todo eso, y eran realmente buenos en la cama. Pero ella no podía hacerlo cuando para ella significaba hacer el amor y para él era solo sexo.

—No. —Esme apartó la mano de él y retrocedió—. No puedo casarme contigo.

Khải frunció el ceño.

—No comprendo por qué.

—Porque me hará mucho daño. —Porque ella lo amaba. Si fuera solo un acuerdo frío entre extraños, quizás ella podría haberlo hecho. Ese matrimonio podría hacer mucho por Jade; pero no si destruía primero a su madre.

Khải no era la solución. Tenía que seguir buscando y encontrar otra manera.

Él miró al suelo.

—Lo siento. —Unas lágrimas cálidas cayeron por el rostro de Esme. Ella también lo sentía—. Esme, no llores. Yo...

Sin pronunciar ni una sola palabra, ella giró y trastabilló por la arena de regreso a la recepción de la boda. Tenía que alejarse de ahí y, para hacerlo, necesitaba su teléfono y dinero. Entró de pronto en la romántica carpa y mantuvo los brazos cerca del cuerpo mientras esquivaba con rapidez a las parejas que se balanceaban lentamente en la pista de baile arenosa, sintiéndose como una intrusa.

Allí estaba su bolso de imitación, en el respaldo de su silla. Se lo colgó del hombro y puso todo su empeño en evitar el contacto visual con el resto de los invitados.

—¿Te encuentras bien, Esme? —preguntó Vy, que dejó de mezclar azúcar en su taza de té. Su cabello se veía perfecto; su maquillaje, perfecto; su vestido negro, perfecto; ella había nacido para esas ocasiones.

Esme se obligó a esbozar una sonrisa radiante y asintió. Khải entró por el extremo más alejado de la carpa y observó a los invitados con el ceño fruncido como si estuviera buscando a alguien. Su mirada se fijó en ella. Esme no oyó lo que él dijo, pero supo que era su nombre.

Khải caminó en su dirección, y el pánico se apoderó de ella. Tenía que salir de allí. Todas esas personas creían que ella estaba trepando en la escala social al casarse con Khải y no quería estar allí cuando todos descubrieran que él pensaba lo mismo.

Se alejó corriendo de la mesa. Y chocó contra algo firme. Levantó la mirada y vio el rostro de Quân.

—Ey, ¿adónde vas con tanta prisa? —preguntó con su alegría característica.

—Lo siento, yo... —Esme echó un vistazo por encima de su hombro y vio a Khải avanzando hacia ella con paso decidido—. ¡No! Por favor, déjame ir. Por favor...

—¿Qué sucede? ¿Acaso os habéis peleado? —preguntó Quân.

Esme sintió cómo se le nublaba la visión mientras sacudía la cabeza.

—No, no nos hemos peleado. —Khải se estaba acercando. Ella esquivó a Quân y salió corriendo. Mientras salía fuera, casi resbalando, vio que

Quân detenía a Khải y hablaba con él con una mirada de preocupación en el rostro.

Esme corrió a toda velocidad por una extensión larga de arena, sintiendo cómo los granos ásperos le raspaban los pies, y finalmente se topó con el pavimento. No sabía adónde se dirigía, pero se estaba alejando y eso bastaba por ahora.

Su teléfono sonó y sonó, pero ella lo ignoró y siguió corriendo a ciegas, escapando de él y de la vergüenza horrible que sentía. Cuando ya no pudo seguir ignorando el tono de llamada, se detuvo, tomó el teléfono de su bolso y lo apagó.

Mientras estaba allí parada, con los pulmones ardiendo, la boca seca y los pies posiblemente sangrando, se dio cuenta de que no tenía ni idea de dónde se encontraba. De alguna manera, había terminado en una calle tranquila bordeada de pequeñas casas de playa y palmeras altas.

Sin Khải, sin Cô Nga, sin su madre, sin su abuela ni Jade, nadie. Solo Esme.

Y no tenía adónde ir. La rodeaba un mundo enorme, y ninguna parte era suya.

¿Adónde se podía ir cuando no tenías ningún lugar?

Khai recorrió la playa durante lo que le parecieron horas, pero no pudo encontrar a Esme. Había desaparecido en medio de la noche.

Intentó volver a llamarla, pero se comunicó directamente con el buzón de voz.

El peor sentimiento trepó por su piel. El aire era frío, pero él no podía dejar de sudar. Se aflojó la pajarita de un tirón, se despeinó y se quitó la chaqueta. Casi la arrojó al mar, pero luego recordó la cajita de terciopelo que llevaba en el bolsillo. Esa cajita pertenecía a Esme. Bueno, le pertenecería una vez que él tuviera la oportunidad de entregársela.

¿Cómo podía haberse ido de esa manera?

Quan se acercó corriendo desde el extremo opuesto de la playa.

—Por allí no está. ¿Tú la has visto?

Qué pregunta más frustrante. Si él la hubiera visto, no estaría allí solo.

—No.

Quan se restregó la cabeza rapada.

—¿Qué demonios ha pasado entre vosotros? ¿Por qué ha salido corriendo?

Khai pateó la arena.

—Le he propuesto matrimonio.

Incluso en la oscuridad, Khai vio que su hermano agrandaba los ojos.

—Guau, ok. Me sorprende que ella no se haya alegrado. Creía que en verdad estaba enamorada de ti.

Khai apretó tanto la chaqueta arrugada de su esmoquin que la tela emitió un chillido.

—Lo está. Bueno, lo *estaba*. Esta noche me ha dicho que me amaba. —Aún no podía creerlo.

Quan lo miró confundido.

—¿Y?

Khai ignoró la pregunta y comenzó a caminar hacia la calle. Quizás ella estaba sentada en un banco por ahí, esperándolo. Quizás su enfado momentáneo ya se le había pasado, había pensado mejor las cosas y quería cambiar su respuesta.

—¿Y qué, Khai? —insistió Quan, que lo alcanzó y caminó junto a él.

Khai volvió a ponerse la chaqueta y metió las manos en los bolsillos.

—Y yo le he dicho la verdad.

—Y esa verdad es...

Khai caminó más rápido, dejó atrás la arena para llegar al pavimento, y observó la calle Santa Cruz sumida en la oscuridad de la noche. Había un banco junto a un poste de luz solitario, pero estaba vacío. Echó un vistazo al aparcamiento donde se encontraba su coche; no había señales de vida.

Ella no estaba por ningún lado.

Quan lo sujetó del brazo con firmeza.

—Khai, ¿qué le has dicho? ¿Por qué estaba llorando?

Khai intentó tragar saliva. No funcionó al primer intento, ni al segundo, pero, para el tercer intento, recordó cómo hacerlo.

—Le he dicho que yo no la amaba.

—Eso es una tontería —estalló Quan—. ¿Qué demonios...?

—Se lo he dicho porque es verdad —insistió Khai.

—Tú estás loco de amor por ella. Mírate —dijo Quan, haciendo un gesto con las manos hacia Khai como si fuera algo evidente.

—No. Es. Verdad —soltó Khai de manera mordaz.

—¡No fastidies, Khai!, claro que es verdad. Tú eres un hombre de todo o nada, así que siempre supimos que la primera chica que te llamara la atención sería la elegida. Esme es tu elegida.

—Yo no tengo una «elegida». No soy bueno para las relaciones. —Avanzó por la calle mirando a todas partes. ¿Dónde estaba Esme?

Mierda, ¿estaría a salvo? No parecía una zona peligrosa, pero eso no era ninguna garantía. Sintió una descarga de adrenalina y su corazón chocó contra las costillas mientras tomaba su teléfono y volvía a llamarla.

Otra vez directo al buzón de voz.

¡Demonios!

—¿Por qué no responde? —murmuró, más para él mismo que para Quan.

—No quiere hablar contigo —respondió su hermano de todos modos—. No le dices a una chica que no la amas y luego le pides que se case contigo. No sé en qué estabas pensando.

Khai volvió a guardar su teléfono en el bolsillo con impaciencia.

—Necesita un visado y yo puedo darle uno. Es así de simple. Incluso le he dicho que estaría dispuesto a divorciarme de ella tan pronto todo quedara oficializado. ¡Tendría que haberse sentido feliz, en vez de decir que no y salir corriendo!

En lugar de responderle de inmediato, Quan exhaló y se pasó una mano por el rostro mientras sacudía la cabeza.

—*Mieeeeerda.*

Al menos estaban de acuerdo en algo. Esta situación era exactamente una mierda.

—¿Por qué estás dispuesto a hacer todo eso por ella si no te interesan las relaciones? —preguntó Quan con los ojos entrecerrados.

Khai desvió la mirada de su hermano y se encogió de hombros.

—Me he acostumbrado a estar con ella y estamos bien viviendo juntos. Entonces, ¿por qué no?

Quan levantó las manos.

—Razones geniales para contraer matrimonio. Regresaré a la boda. Si sabes algo de ella, házmelo saber.

Mientras Quan regresaba decidido a la carpa de la boda, Khai se dirigió a su coche y se metió dentro. Los zapatos de tacón alto de Esme estaban apoyados sobre el asiento del pasajero formando ángulos irregulares, y él revisó el interior del coche con entusiasmo; hasta que recordó que ella los había dejado allí desde un principio.

Khai condujo sin rumbo, buscando por las calles, aceras, bancos y tiendas a una mujer que llevaba un vestido negro suelto y que andaba descalza. No la encontró por ningún lado.

Cuando se detuvo en el mismo semáforo por cuarta vez, reconoció que era el momento de rendirse. Ella tenía su teléfono y su bolso, y sabía cómo cuidarse. Si no quería que la encontraran, no tenía sentido seguir buscándola. Aun así, se mantendría cerca solo por si acaso.

Detuvo el coche en una plaza de aparcamiento que había junto a la playa, puso el freno de mano y apagó el motor. Luego se quedó allí sentado esperando, golpeteando los dedos sobre el volante mientras observaba el cielo oscurecido.

Capítulo veintidós

Una luz brillante fue a parar sobre los párpados de Esme; ella hizo una mueca, se frotó el rostro e hizo caer las pequeñas botellas del minibar al suelo. La televisión todavía estaba encendida, y el techo de la habitación de hotel no dejaba de dar vueltas.

O quizás era ella la que estaba dando vueltas.

Se incorporó con esfuerzo, y la bilis subió por su garganta mientras el dormitorio se inclinaba. ¡Ay, no! Corrió presa del pánico hacia el baño, y tocó el suelo con las rodillas justo cuando empezó a vomitar en el retrete. Una y otra vez, hasta que sintió que le estallaban los ojos. Cuando finalmente pudo parar, se limpió la boca y observó adormecida su rostro en el espejo. Había vomitado con tanta fuerza que le habían salido unos puntitos rojos en los pómulos y alrededor de los ojos. Y para empeorar las cosas, su cabello era un caos enredado, todavía llevaba puesto el vestido negro del día anterior y olía fatal.

Si su madre y abuela pudieran verla en ese momento, seguro que estarían muy decepcionadas y le ordenarían regresar a la casa de Khải, donde estaría a salvo, agradecerle su propuesta de matrimonio y firmar los papeles lo antes posible antes de que él cambiara de opinión. Jade lo necesitaba.

Pero una historia de amor unilateral destruiría a Esme, por no mencionar que le estaría dando un ejemplo terrible a su hija. Esme *no* iba a volver con él.

Tomó su teléfono, buscó el número de Phil Schumacher y lo volvió a llamar. Sonó varias veces hasta que se cortó sin entrar en el buzón de voz, así que llamó de nuevo. Antes de llegar al primer tono, se oyó una grabación: «La persona a la que usted llama no se encuentra disponible en este momento». ¿Qué significaba eso?

Volvió a intentarlo. Y, una vez más, antes de llegar al primer tono, se volvió a oír el mensaje: «La persona a la que usted llama no se encuentra disponible en este momento».

Él debió haber bloqueado el número. Quizás era su padre, y la había bloqueado. Eso hizo que el estómago le diera un vuelco y su orgullo se quebrara, pero se convenció de que todo estaba bien.

Ella no lo necesitaba.

No necesitaba a nadie.

Quizás todavía estaba ebria debido a las bebidas del minibar, y quizás estaba demasiado sensible; sin embargo, allí sola en esa habitación de hotel barato —verdaderamente sola— se juró que, desde ese momento en adelante, haría las cosas por sí misma. No era suficiente para Khải o para ese misterioso Phil Schumacher, pero era suficiente para ella misma.

No necesitaba a un hombre para nada. Solo necesitaba sus propias manos. Mientras se lavaba el cabello y se quitaba la arena de la boda de los pies bajo la ducha barata, una fogata ardió en su corazón. No sabía cómo, pero probaría su valía. Frente a todos.

Pasó el día planeando una nueva vida independiente: tomó un autobús a Milpitas, recorrió la zona cercana al restaurante de Cô Nga en busca de apartamentos, encontró un lugar que ofrecía un alquiler mensual, firmó el contrato y salió a comprar cosas para la casa y ropa nueva. Prefería andar desnuda que llamar a Khải para recuperar sus cosas. Él podía quedárselas.

Esa noche, mientras dormía en un saco de dormir en el suelo de su apartamento de un solo ambiente, soñó que el padre de Jade se la llevaba lejos, y se despertó llorando; se acurrucó contra la pared y oyó cómo crujía el edificio y pasaban los coches en el exterior. Como siempre solía sucederle, su miedo se convirtió gradualmente en culpa: si ella le hubiera entregado a su hija al padre y a su esposa, ahora mismo Jade tendría una familia completa con una madre y un padre, por no mencionar que viviría en una casa lujosa y con sirvientes. Pero, como no lo había hecho, su niña estaba atrapada en una casucha de una habitación mientras su madre llevaba una vida aparte al otro lado del océano. ¿Acaso una mejor madre hubiera entregado a su bebé? ¿Era egoísta quedarse con Jade? ¿Era el amor suficiente para ella?

Una ferocidad se apoderó de su cuerpo. El amor tendría que ser suficiente. Era lo único que ella tenía.

Cuando el cielo empezó a aclararse, dejó de intentar dormir e hizo una búsqueda en su teléfono sobre visados de trabajo. Tenía que haber oportunidades para alguien como ella en un lugar como ese. Era muy buena sorteando las dificultades, pero leyó múltiples páginas de internet y todas decían lo mismo: necesitaba tener un título universitario, doce años de experiencia laboral especializada o una clase de mezcla sorprendente de ambos requisitos. Ella tenía experiencia laboral, pero algo le decía que limpiar retretes no era la clase de especialización que los anuncios solicitaban.

Todavía estaba luchando por asimilar esa información cuando, un poco más tarde, esa misma mañana, entró en el restaurante de Cô Nga.

—Ah, mi Jovencita Preciosa ha llegado. —Cô Nga corrió a su encuentro y la abrazó con fuerza—. Me tenías tan preocupada. ¿Por qué te escapaste sin avisar a nadie, eh? Todos estaban muy preocupados por ti.

Un poco conmocionada, Esme le devolvió el abrazo.

—Lo siento. —No había creído que alguien se preocupara por ella después de haber rechazado la propuesta de Khải. Se apartó, esbozó una sonrisa forzada y extendió los brazos—. Como puede ver, estoy bien.

—Khải te buscó por todos lados. Me dijo que te llamó muchas veces. ¿Por qué no respondiste? —preguntó Cô Nga.

Esme se concentró en colocar su bolso en su lugar habitual junto a la caja registradora y mantuvo la respiración controlada. Esa era la única manera de evitar desmoronarse.

—No tenía nada que decirle.

Cô Nga desestimó las palabras de Esme con un gesto de la mano.

—¿Cómo se supone que vais a resolver vuestros problemas si no os comunicáis? Dile qué sucede, y él lo arreglará. Es así de fácil.

El corazón de Esme latió con un golpe sordo; pero, por fortuna, había llorado tanto durante los últimos días que ahora sus ojos se mantuvieron secos.

—No hay nada que arreglar. No somos el uno para el otro, Cô.

Su certeza debió haberse manifestado en todo su cuerpo, porque Cô Nga la miró y la decepción se hizo evidente en su rostro.

—¿Estás segura?

Esme asintió.

—¿Dónde has estado? ¿Es seguro? ¿Necesitas dinero? —preguntó Cô Nga, y le dio unas palmaditas en el rostro y un apretón en los brazos como si necesitara asegurarse de que Esme en verdad estaba allí.

—Tengo todo lo que necesito, gracias. Me alojo en ese sitio al final de la calle, el que alquila habitaciones por mes. Es agradable —informó Esme con una sonrisa amplia. En comparación con su hogar en Việt Nam, era un lujo. Sin embargo, no se necesitaba mucho para que un alojamiento fuera más agradable que su casa.

—¡Estás aquí!

Esme se giró de pronto y vio a Khải parado en el umbral de la puerta del restaurante. Llevaba puesto su clásico uniforme de agente secreto, traje y camisa negros, pero se veía diferente de lo habitual. Parecía cansado, pero aun así tan apuesto que Esme sintió una punzada aguda en el pecho. Desesperada por encontrar una distracción, tomó la bandeja de sobrecitos de azúcar del estante y comenzó a agregar la cantidad adecuada de sobres a las pequeñas cajas de las mesas.

—Hola, Khải.

—No respondiste a ninguna de mis llamadas —dijo mientras entraba a grandes zancadas en el local.

—Lo siento. —Ella podía hacerlo, mantendría la compostura. Tres sobres blancos de azúcar común. Dos sobres color café de azúcar moreno. Tres sobres amarillos de...

Él la atrajo hacia sus brazos y la contuvo con firmeza.

—Estaba preocupado por ti.

Durante un tiempo prolongado, él simplemente la abrazó, y ella se lo permitió. Tenía razones para no hacerlo, pero en ese instante no pudo recordarlas. Era tan agradable y olía tan bien que la parte solitaria de Esme se fundió con él. Algo desconocido le pinchó la mejilla, y pasó los dedos por el rostro de Khải y luego se apartó para mirarlo mejor. ¿Qué era eso?

—No te has afeitado...

Él la besó, y una sensación punzante le atravesó el corazón como una flecha. Tan pronto como ella se aflojó contra él, Khải la besó con mayor intensidad, buscando su boca con roces tan repletos de deseo que la hicieron sentir mareada. Era imposible no reaccionar cuando él la besaba de esa manera, como si hubiera estado enfermo de preocupación por ella, como si estuviera apasionadamente enamorado.

La madre de Khải tosió ruidosamente. Esme dio por finalizado el beso e intentó separarse, pero los brazos de Khải se cerraron a su alrededor.

—¿Dónde has estado? —preguntó.

—Conseguí un apartamento cerca de aquí.

Él se quedó inmóvil.

—¿Te... mudarás? —Esme dudó durante un instante antes de asentir—. No sé por qué no puedes quedarte conmigo. Como antes. No tenemos que... —Soltó un suspiro de frustración, miró por la ventana e hizo una mueca—. Este no es el mejor vecindario.

Su desdén por la zona hizo que los músculos de Esme se tensaran.

—Está bien. —Las personas no eran tan ricas allí, pero eso no significaba que fueran malas. A decir verdad, se parecían mucho a ella. Esme empujó el pecho de Khải, y él la soltó a regañadientes.

—En realidad no lo está. Las estadísticas delictivas en mi vecindario son más bajas. Deberías regresar.

Ella sacudió la cabeza.

—No puedo.

Khải pasó una mano por su cabello y dio medio paso hacia ella.

—Estabas muy bien en mi casa hasta hace poco. ¿Por qué no puedes...?

—¿Me amas? —preguntó ella con suavidad, dándole una oportunidad para cambiarlo todo.

Él apretó la mandíbula con fuerza y la tomó de las manos.

—Puedo mantenerte a salvo, cargarte cuando estés herida, y... —Su mirada se posó en la boca de ella—. Puedo besarte *siempre* como si fuera la primera vez. Puedo... puedo... —Su expresión se volvió decidida—. Puedo trabajar contigo en el jardín. Incluso puedo hacer que lo cuide un profesional. Puedo arreglar la casa para ti si tú lo deseas. La clase de boda que tú quieras, yo puedo...

—Khải —dijo ella con firmeza—. ¿Me amas?

Khải cerró los ojos, y luego bajó la guardia.

—No, no te amo.

Ella contuvo las lágrimas, alejó las manos de él y continuó organizando los sobres de azúcar. Tres sobrecitos rosas. Tres azules. No se desmoronaría. No se desmoronaría.

—Deberías irte. Llegarás tarde al trabajo.

Él tomó una respiración profunda e irregular.

—Adiós entonces.

Ella se obligó a sonreír.

—Que tengas un buen día.

Khải se inclinó hacia delante como si tuviera toda la intención de besarla y, por un momento, ella se lo iba a permitir; casi podía sentir la suavidad de sus labios sobre los de ella, casi podía sentir su sabor. Pero echó la cabeza hacia un lado en el último segundo y, después de dudar brevemente, él retrocedió.

—Adiós, mamá. —Saludó con la mano a Cô Nga.

Y se fue.

Los hombros de Esme se encorvaron de pronto, y observó con ojos llorosos cómo el Porsche plateado salía del aparcamiento a toda velocidad. La tristeza creció y la debilitó, y se vio ligeramente sorprendida de que hubiera conseguido mantenerse de pie. Así de fuerte era. Podría soportarlo; Khải era simplemente un hombre más.

Cô Nga se acercó y se sentó en el banco, aturdida y derrotada.

—No entiendo por qué actúa así. A él le gustas, te lo aseguro. Está más claro que el agua. ¿Por qué dijo eso? No lo sé.

Sin decir ni una palabra, Esme se concentró en los sobrès de azúcar. Metió un último sobrecito en la caja negra, la ubicó contra la pared junto a las salsas *sriracha*, *hoisin* y picante, y continuó con la siguiente mesa. Sin embargo, mientras tomaba los sobres blancos de azúcar, unas gotitas cayeron sobre el papel. Ella se enjugó las lágrimas con la camisa y tomó un sobre nuevo, pero también lo humedeció.

—Ven, ven, ven. —Cô Nga la abrazó—. Ven, ven, Jovencita Preciosa.

La compostura de Esme se resquebrajó, y unos sollozos repentinos la asaltaron. Ella no era fuerte, después de todo.

—Lo siento —dijo Esme—. Ya no soy su «jovencita preciosa». Lo intenté. Pero luego me enamoré de él, y no puedo vivir a su lado así. Me romperé.

Todo el mundo merecía amar y ser amado. *Todo el mundo.* Incluso ella.

Cô Nga le acarició la espalda como si estuviera rallando zanahorias.

—Ven, ven, tú siempre serás mi Jovencita Preciosa. Siempre.

Esme la abrazó con más fuerza antes de pasarse una manga por el rostro.

—Me hubiera gustado tenerla de suegra.

Cô Nga le dio una palmadita en la mejilla y la observó con ojos tristes y sabios. Luego tomó el teléfono de su delantal y lo sostuvo tan lejos de ella como le fue posible mientras miraba la pantalla con los ojos entrecerrados, seleccionaba un número de teléfono para llamar y apretaba el botón de altavoz.

Tras una serie de tonos, Quân respondió y dijo con tono distraído:

—Hola, mamá, ¿cómo estás?

—Tienes que hablar con tu hermano —dijo.

—¿Tiene que ver con Esme, con Mỹ? ¿La has encontrado?

Cô Nga asintió brevemente, aunque Quân no podía verla.

—Sí, sí, ella está aquí.

—Ah, bien, eso es genial. Yo... —Unas voces de fondo lo interrumpieron, y se oyeron unos sonidos ahogados, como si él hubiera tapado el teléfono para hablar con alguien—. Sí, me tengo que ir. Lo llamaré esta noche.

—Esta noche no. Ahora —insistió Cô Nga—. Y, si no responde, debes ir a verlo.

—No puedo. Estoy en Nueva York intentando conseguir los fondos para el próximo...

Cô Nga habló por encima de su hijo:

—Vuelve a casa. Esto es *importante*. Él es tu único hermano y necesita tu ayuda.

Quân soltó un suspiro.

—Algunas veces no quiere mi ayuda.

—Debes intentarlo. Es tu responsabilidad. Tienes que ser mejor que el desgraciado de tu padre.

Se produjo un silencio prolongado al teléfono antes de que Quân dijera:

—Yo me encargo. Ahora de verdad que me tengo que ir. Adiós, mamá.

Se cortó la llamada; Cô Nga murmuró algo para sí misma y volvió a guardar el teléfono en el delantal.

Esme tomó un puñado de sobres de azúcar, pero dudó antes de colocarlos en la caja.

—No sé qué puede hacer Anh Quân, Cô Nga. Parece ocupado. —Estos problemas entre ella y Khải no deberían ser una prioridad.

Cô Nga no hizo caso al comentario de Esme.

—Uno tiene que ser firme con Quân. Créeme, soy su madre. Pero suele hacer lo que tiene que hacer si yo lo presiono. Ya verás.

—Parece que se las arregla bien solo. Es un CEO, ¿no? Eso es todo un logro. —Esme no se imaginaba haciendo algo como eso.

—Suena bien, pero es una empresa pequeña. Nada que ver con Khải —dijo Cô Nga de manera despectiva.

Una vez más, a Esme le dio la sensación de que no estaban hablando del mismo Khải. ¿Por qué la gente hablaba de él como si fuera megaexitoso si no lo era? Sacudió la cabeza y continuó trabajando. No tenía importancia.

Ella debía ocuparse de sus propios asuntos. Quedaban tres semanas antes de que tuviera que partir, y el reloj corría.

En ese país de personas empoderadas, justicia e igualdad, las oportunidades estaban al alcance de todos. El matrimonio y el nacimiento no podían determinar las únicas formas de pertenecer aquí; no era posible. Tenía que existir algo que ella pudiera hacer para ganarse un lugar, alguna forma de probarse a sí misma. Tenía que seguir buscando.

Khai se sentó delante de su escritorio en su oficina y, honestamente, no recordaba haber conducido hasta allí, entrado al edificio o al ascensor. Lo había hecho todo en modo automático.

Había estado demasiado ocupado asimilando que Esme se encontraba sana y salva. El día anterior había transcurrido en una nebulosa blanca. A pesar de que la lógica lo había intentado convencer de que lo más probable era que ella estuviera bien, unos escenarios horripilantes se habían apoderado de su mente de manera constante y se había sentido devastado, sin dormir ni comer, y había mirado las noticias en caso de que ella apareciera en la camilla de una ambulancia.

Ahora que sabía que ella se encontraba a salvo, finalmente estaba relajado, y se permitió considerar el hecho de que ella no solo se estaba negando a casarse con él, sino que también se estaba mudando antes de tiempo. Allí, en el restaurante, él había hecho todo lo posible para que se quedara con él. Y ella lo había rechazado; y así debía ser.

No había más que verlo ahora: él había creído que sufriría de una terrible abstinencia cuando Esme lo dejara para siempre, pero estaba sorprendido por lo bien que se sentía. Todo le parecía perfecta, incorrecta y sorprendentemente *bien*. No se sentía triste, enfadado o deprimido. Sentía... nada.

Mientras encendía su portátil y observaba cómo la pantalla cobraba vida, las tareas laborales rutinarias se alinearon ordenadas en su cabeza: e-mails, proyectos, basura importante. Él era como una maldita máquina. De nuevo en línea, listo para la producción.

Sin embargo, cuando abrió su primer correo electrónico, a sus dedos les llevó tres intentos escribir «Hola, Sidd» correctamente (Sidd Mathur, la M de DMSoft), e incluso, cuando lo logró, no estaba seguro de haber escrito «Hola» correctamente. ¿Era solo una *H* seguida por *ola*? No parecía una palabra muy sofisticada para un concepto tan importante.

Como fuera, él seguiría adelante. La gente decía que era inteligente. Lo único que tenía que hacer era concentrarse. Era muy hábil para concentrarse, demasiado hábil algunas veces. Cuando por fin terminó de redactar el e-mail, miró el reloj y se quedó anonadado de ver que había pasado dos horas enteras escribiendo un párrafo corto.

Suspiró y se llevó una mano a la frente para masajearla, y entonces se metió un dedo en el ojo por accidente. ¡Mierda! Ahora que prestaba atención, la cabeza le latía, le dolía el rostro y tenía una sensación rara en las extremidades, como si se las hubieran quitado a otra persona y se las hubieran pegado a él. Probablemente se estaba poniendo enfermo. Había pasado mucho tiempo desde la última vez, así que sin duda sería algo horrible. Ahora que lo pensaba, no se había puesto la vacuna contra la gripe desde hacía años.

Abrió el cajón de su escritorio, tomó el frasquito de ibuprofeno que guardaba allí, le quitó la tapa y dejó caer un par de píldoras en su palma. Al menos, eso fue lo que imaginó en su mente. Lo que realmente sucedió fue que las píldoras cayeron sobre él, sobre su escritorio y por el suelo.

Cuando quiso limpiar el caos, las píldoras se partieron debajo de sus pies y rodillas y se le escurrieron entre los dedos. Cuando hubo terminado de guardar la mayoría en el frasco y accidentalmente pulverizado el resto, se golpeó el codo con la silla y la cabeza con el escritorio.

Salió al pasillo con la intención de dirigirse a la cocina para buscar agua y se dio cuenta de que la oficina se encontraba vacía de manera inquietante. Era como trabajar en Navidad.

En ese momento recordó que ese día tenían un encuentro fuera de la empresa para fomentar el trabajo en equipo en el que participaban todos los empleados. ¡Mieeeeerda! Su socio lo reprendería por ser antisocial una vez más. Cuando su teléfono comenzó a sonar, lo tomó del bolsillo y respondió la llamada sin ver de quién se trataba.

—Ey, soy yo. ¿Cómo estás? —preguntó una voz familiar que *no* era la de su socio.

—Hola, Quan. Todo está... —Echó un vistazo a los trozos de píldoras que había desperdigados por el suelo de su oficina, y descubrió que uno de los cordones de sus zapatos se había desatado—. Todo está bien. ¿Por qué me llamas?

—Mamá dice que tengo que regresar de Nueva York para verte porque es una emergencia. ¿Qué sucede?

—No hay ninguna emergencia.

—¿Cómo está Esme? —preguntó Quan con tono neutral.

—Bien. —Quan se quedó en silencio y esperó. Cuando Khai no pudo contenerse más, agregó—: No volverá. Ha encontrado un apartamento junto al restaurante que le gusta más que mi casa.

—¿Y cómo lo llevas?

—Bien. Solo estoy... bien. —Y deseaba no estarlo. Si lograra tener alguna clase de brote emocional, probaría que tenía el corazón roto ante su pérdida y, por lo tanto, que estaba enamorado, y podría quedarse con Esme. Pero no. Se encontraba bien.

—¿Quieres que vuelva a casa antes? —preguntó Quan—. Podemos pasar el rato juntos. No sé, ir a coquetear con chicas en una convención tributaria o algo así.

—No, gracias. —Khai no quería hacer nada que involucrara a ninguna mujer durante un largo tiempo, y la idea de «coquetear con chicas» empeoraba su dolor de cabeza, aunque fuera para asistir a una convención tributaria.

—¿Estás seguro?

—Sí.

—Muy bien. Pero, si necesitas algo, me puedes llamar en cualquier momento. Si no respondo, te devolveré la llamada tan pronto como pueda —aseguró Quan.

—No tienes que decirme todo esto. Ya lo sé. —Quan era la persona más cumplidora que Khai tenía en su vida.

—Solo te lo recordaba. Bien, ahora te dejo. Adiós, hermanito.

—Adiós.

Tan pronto se cortó la comunicación, Khai miró a su alrededor a la oficina vacía, dio un paso y casi terminó con el rostro en el suelo. Suspirando, se inclinó sobre una de sus rodillas y tomó sus cordones, pero, después de múltiples intentos, no logró atarlos. ¿Qué demonios le estaba sucediendo? Seguro que había agarrado una gripe. Harto de todo el proceso, se quitó los zapatos y los llevó en la mano mientras abandonaba el edificio y caminaba de regreso a casa. De ninguna manera conduciría o iría a ningún encuentro laboral en ese estado.

El paseo fue largo, caluroso y raro, por ir descalzo, y estaba bastante seguro de que la gente reducía la velocidad cuando pasaba junto a él. Hoy no se sentía como Terminator, o no como uno en buenas condiciones, en todo caso. Cuando llegó a casa, estaba bañado en sudor y deshidratado, y necesitaba con urgencia un baño; sin embargo, después de abrir la puerta, se quedó allí parado, incapaz de entrar. Todo su cuerpo se negaba a moverse. La cabeza le daba vueltas, el corazón le golpeaba el pecho, y tenía un nudo en el estómago. La casa estaba demasiado oscura, y el aire olía a humedad y le dieron ganas de vomitar. No tenía sentido. Había estado allí esa misma mañana. Pero había estado demasiado ocupado pensando en las posibles catástrofes que le podían suceder a Esme como para notar algo más.

Se sentó en los escalones de hormigón del exterior y se secó el sudor de su rostro pegajoso. Esa fiebre era realmente odiosa. Se sentía exhausto. Podría dormir durante siglos. Pero primero tenía que ducharse y ventilar la casa. Ese aire mohoso o lo que fuera tenía que desaparecer. Quizás una de las frutas de Esme se estaba pudriendo en la basura y había esporas de moho flotando por todos lados.

Apretando los dientes, se puso de pie, entró en casa y arrojó los zapatos al suelo, sin importarle dónde aterrizarían. No podía respirar. El aire se sentía denso y opresivo, todo iba mal.

«Esporas de moho, esporas de moho».

Caminó hasta la cocina con pasos decididos y de un tirón sacó la bolsa de basura del mueble de cocina. Vacía. ¿Qué demonios? Buscó otros lugares en la cocina donde la fruta podría estar pudriéndose, pero no encontró nada. Todas las superficies estaban inmaculadas.

Lo único que estaba fuera de lugar era un vaso de agua medio lleno sobre la encimera. El vaso de Esme. Sintió una ola de calidez en su fría piel. No se dio cuenta de que estaba a punto de agarrar el vaso hasta que vio su mano acercarse a él, y se detuvo antes de tocarlo. Formó un puño y retrocedió. No quería colocar su vaso en el lavavajillas como siempre hacía. Quería que estuviera... justo allí.

Ese aire sofocante... Recorrió con prisa la casa, y abrió todas las ventanas y puertas, pero fue en vano. Sus náuseas se volvieron tan intensas que pasó algunos minutos inclinado sobre el retrete, aunque tampoco logró vomitar. La cama, debía ir a la cama, pero no cuando estaba sudando tan profusamente.

De alguna manera logró ducharse sin causarse ninguna herida y se vistió con un suéter del revés (para evitar que las costuras le tocaran la piel) y unos pantalones cortos deportivos; quería capas, muchas capas, y deseaba cubrirse con sus pesadas mantas. Sin embargo, cuando llegó el momento de meterse en la cama, sus extremidades se paralizaron y no pudo hacerlo.

Ahora era oficial. Esme nunca más volvería a dormir ahí.

Esme ya no lo recibiría desnuda, dentro de su cuerpo, llamándolo mientras se aferraba a él. Esme ya no treparía sobre él como un perezoso en un árbol, cálida, suave y perfecta. Esme ya no sonreiría de noche, de mañana y cada vez que él la mirara.

Tomó una de las mantas de la cama y la llevó a la sala de estar, donde se envolvió en ella y se desplomó sobre el sofá. Mierda, ellos habían practicado sexo en ese sofá. Y también sobre la mullida moqueta verde. En todos lados. Y había otro de sus vasos medio lleno sobre la mesilla de café. Él no podía escapar de ella —ni siquiera sabía si quería hacerlo—, y sentía que le explotaría la cabeza.

Se cubrió el rostro con la manta. E inspiró el aroma a Esme. Al principio, creyó que las náuseas empeorarían, pero sus músculos se relajaron. Por todos los cielos. Si cerraba los ojos, casi podía imaginar que ella estaba allí, rodeándolo con los brazos, y el sueño lo arrastró hacia un lugar donde ya no sentía dolor.

Gracias a la condenada manta. Nunca más la lavaría.

Khai se despertó en intervalos extraños durante toda la noche y al día siguiente: 0:34 a. m., 3:45 a. m., 6:07 a. m., 11:22 a. m., y luego 2:09 p. m. La última vez, la falta de lógica de los horarios lo molestó, y estaba mirando el teléfono con el ceño fruncido cuando Quan entró por la puerta, que Khai había dejado cerrada sin llave, vistiendo unos jeans y una vieja camiseta negra.

Quan observó los zapatos desperdigados por el suelo, las ventanas abiertas y la silueta de Khai envuelta en una manta sobre el sofá y preguntó:

—¿Qué ocurre? ¿Has quemado una pizza en el horno o algo así? ¿Por qué estás ventilando toda la casa?

Khai se incorporó, pero la sangre se le agolpó en la cabeza debido al movimiento repentino, así que volvió a desplomarse contra el respaldo del sofá.

—El aire se notaba raro.

—¿Te encuentras bien?

Khai se restregó las sienes, donde sentía dolor.

—¿No deberías estar en Nueva York obteniendo tu ronda de financiación de serie B?

Quan se quitó los zapatos y cruzó la sala para apoyar una mano sobre la frente de Khai.

—Hice los trámites importantes ayer y reprogramé el resto. Estaba preocupado por ti, por la ruptura y porque se acerca el aniversario de la muerte de Andy.

Khai apartó la mano de su hermano.

—Es solo esa gripe que anda merodeando. Vuelve a Nueva York. Estoy *bien*.

Mierda, «el aniversario de la muerte». Un sudor frío le bañó el cuerpo y le hizo sentir un cosquilleo en la piel mientras el latido de su corazón se volvía errático. Él había bloqueado deliberadamente ese dato de su mente porque odiaba esa clase de cosas, pero ese aniversario era uno importante, diez años. Habría una ceremonia, más cantos de monjes y ríos de lágrimas. La cabeza le latía al borde de la explosión.

—No hay ninguna gripe merodeando. Es verano. —Quan frunció el ceño y volvió a apoyar la mano contra la frente de Khai—. Y no tienes fiebre.

—Entonces estoy en la etapa prefiebre —murmuró Khai, porque los sonidos le causaban dolor.

Quan se sentó en la mesilla de café y observó el rostro de Khai como un astrólogo leyendo las estrellas. Cuando cambió de posición para ponerse más cómodo, el vaso de vidrio se interpuso en su camino. Extendió el brazo hacia él, pero Khai lo detuvo.

—*No* lo hagas.

Quan lo miró parpadeando y preguntó:

—¿Por qué no?

—Me gusta que esté aquí.

Quan observó el vaso de agua antes de centrar los ojos en Khai y finalmente comprender lo que estaba sucediendo.

—Mierda, es *suyo*, ¿no? ¿Sabes lo adorable que resulta eso? —Quan se frotó la mandíbula y agregó—: Aunque también parece el gesto de alguien un poquito inestable emocionalmente... No estás actuando como un pervertido, ¿verdad? Acechándola y vigilándola con prismáticos y llamándola de noche para asegurarte de que está durmiendo sola y cosas así, ¿no?

—¿Qué? No. —Pero ¿con quién demonios estaría durmiendo? Si Quan se refería a otro hombre, le resultaba suficientemente inquietante como para considerarlo detenidamente.

—¡No eran sugerencias! —aclaró Quan—. No lo hagas.

—¡No estoy actuando como un pervertido! —respondió Khai con exasperación.

Quan asintió y, después de una pausa poco natural, agarró su teléfono del bolsillo y lo sostuvo en alto como si estuviera tomando una fotografía.

—¿Qué estás haciendo? —preguntó Khai.

—Enviando una fotografía de tu barba a Vy. Te pareces un poco a Godfrey Gao en este momento.

Khai puso los ojos en blanco y se restregó el rostro. ¿Cuánto tiempo había pasado desde que se había afeitado? No lo recordaba. Los últimos días habían sido un caos para su mente.

—No estoy bromeando. Mírate —insistió Quan, sosteniendo su teléfono en alto con la foto de Khai en la pantalla. Según Khai, se parecía más a un drogadicto que a una estrella de cine, pero ¿qué sabía él?

Justo en ese instante aparecieron unos mensajes de Vy en la pantalla: «Ay, por favor». «Dile que se la deje crecer». «Guau».

Khai hizo una mueca y se pasó una mano por la nuca.

—No estoy seguro de querer que mi hermana me mire y diga *guau*.

Quan rio antes de que su expresión se tornara seria.

—Solo Esme puede hacerlo, ¿verdad?

Khai pensó en ello durante algunos segundos antes de asentir una vez. La atracción, el sexo, la lujuria y el desearlo todo giraban para él alrededor de un único punto focal, y ese punto focal era Esme.

—He estado pensando en lo que dijiste en la boda de Michael, eso de que no estás enamorado, y... no sé. Quizás no lo estés, pero esto... —Quan hizo un gesto hacia las ventanas abiertas, el vaso lleno de polvo que había sobre la mesa, y la silueta de Khai en el sillón antes de apoyar los codos sobre las rodillas e inclinarse hacia él—. Este eres tú cuando estás triste, Khai.

Khai miró a su hermano con el ceño fruncido.

—¿De qué mierda hablas? No estoy triste. Tengo gripe.

Quan movió la cabeza de lado a lado hasta que le crujió el cuello de manera audible.

—Sabes que has estado así antes, ¿no? Es un comportamiento predecible en ti.

—Sí, he tenido gripe antes.

—Estoy hablando de tener el corazón roto —especificó Quan, con la mirada penetrante sobre Khai de manera incómoda.

El cuerpo de Khai se tensó.

—No tengo el...

—¿Recuerdas cuando éramos pequeños y mamá y papá se separaron? —preguntó Quan en voz baja.

—Un poco. Estaban juntos, y luego un día ya no lo estuvieron. Sin más. Fue todo bien. —Se encogió de hombros.

—Excepto que tú no lo estabas. Dejaste de hablar, y te volviste tan torpe que te quedaste en casa sin ir a la escuela durante dos semanas. —Una sonrisa irónica se dibujó en los labios de Quan—. Lo recuerdo porque no había nadie que cuidara de ti, así que yo también tuve que quedarme en casa. Un día cociné ramen en el microondas y te molestaste porque no había huevo escalfado como cuando lo hacía mamá.

—No recuerdo nada de eso. —Y lo que sí recordaba era neutral, descolorido y soso. Le habían dicho que le diera un último abrazo a su padre antes de que él abandonara la ciudad para siempre y recordaba haber abrazado a una persona que solía serlo todo para él y sentir... nada.

—Quizás eras demasiado pequeño. ¿Y recuerdas... lo que sucedió después del funeral de Andy? ¿Eso sí lo recuerdas?

Una sensación de irritación trepó por la espalda de Khai, y apartó la manta de una patada, sintiendo la necesidad repentina de estar libre. Quería cepillarse los dientes y darse una ducha, cerrar todas las ventanas y quizás colocar ese vaso en el lavavajillas. Un momento, no, todavía no estaba listo para guardar el vaso.

—Sí, lo recuerdo. Estaba bien. —Demasiado bien—. ¿Podemos evitar hablar de esto?

—¿Por qué?

—No tiene sentido. En aquel momento no tenía el corazón roto, y ahora tampoco. —Los corazones de piedra no se rompían. Eran demasiado duros—. Soy como Terminator, que tiene una lógica programada y ningún sentimiento. —Esbozó una sonrisa plástica.

Quan puso los ojos en blanco.

—Y una mierda. ¿Estás diciendo que no sientes amor en absoluto? Yo sé que sientes amor por mí. —Khai inclinó la cabeza a un lado. Nunca había pensado en eso antes—. Y te aseguro que no hay nada que puedas decir para hacerme creer lo contrario —añadió Quan con una confianza absoluta—. Vamos. Inténtalo.

—Casi nunca hago cosas contigo, y no tenemos intereses en común, y...

—Y nunca olvidas mi cumpleaños, y siempre compartes tu comida conmigo, incluso cuando es tu favorita, y sé que, cada vez que yo necesite algo, puedo contar contigo sin importar lo que suceda —agregó Quan.

—Bueno... sí. —Esas eran reglas inquebrantables en el universo de Khai.

—Pues eso es amor fraternal. Simplemente no lo decimos porque somos rudos y eso, pero, sí, yo también te quiero. —Quan le dio un golpecito en el hombro—. ¿Y por qué demonios llevas suéter a finales de julio?

Khai se restregó el hombro.

—Ya te lo he dicho. Tengo gripe.

—No es verdad. Así es como te comportas cuando tienes el corazón roto. Es como si sintieras tanto dolor que tu cerebro no lo puede procesar y entonces tu cuerpo también se apaga. Actuaste de manera muy similar después de lo de Andy. Incluso lo de un solo calcetín.

Khai se miró los pies y se sorprendió cuando vio que llevaba puesto un solo calcetín.

—Quizás se me salió mientras dormía. —Hurgó entre las mantas, pero no estaba allí.

—O lo olvidaste. Después de lo de Andy, estabas tan perdido que todos teníamos miedo de que te mataras accidentalmente caminando delante de un autobús u olvidándote de comer.

Khai sacudió la cabeza y se frotó la barba.

—Yo no haría eso.

Quan rio.

—Claro que no. Por esa razón estábamos todos tan preocupados, y desde entonces pareces estar perdido. De hecho, hacía mucho tiempo que no te veía tan feliz como estos dos últimos meses, francamente.

Khai apretó los dientes. Él no había estado *feliz*. Había estado bajo los efectos de una gran dosis de Esme. Había una diferencia, aunque, en ese momento, su mente no tenía la claridad suficiente para decir cuál era. Frustrado, se quitó su único calcetín y lo arrojó al suelo. Ya estaba, ahora ya era simétrico. Pero había un solo calcetín en el suelo, y se veía completamente fuera de lugar.

Quan observó a Khai durante varios segundos antes de decir:

—¿Estás listo para el aniversario de su muerte el fin de semana próximo? Hablar sobre él quizás ayude. Nunca lo haces.

Khai miró con detenimiento el calcetín.

—Lo hice. En la boda de Sara.

Quan soltó un suspiro apesadumbrado.

—Sí, me enteré de eso. Tendría que haber estado allí contigo.

—No es tu culpa que yo hiera a todo el mundo —aclaró Khai.

—Tampoco la tuya.

Khai sacudió la cabeza ante la lógica irracional de su hermano y volvió a mirar el calcetín. Debía recogerlo, encontrar su pareja y meterlos en la lavadora. Era particularmente enfurecedor imaginar sus calcetines dispersos por la casa de manera separada; estaban destinados a estar juntos.

A diferencia de Khai. Él estaba destinado a ser un calcetín solitario. De todos modos, los calcetines solitarios también tenían un lugar en este mundo; no todos tenían su par.

—¿Cuándo fue la última vez que comiste algo? —preguntó Quan.

Khai levantó un hombro. No lo recordaba.

—Estoy bien. No tengo hambre.

—Bueno, pues yo sí. Comerás conmigo.

Quan se puso de pie y caminó lentamente hacia la cocina. El refrigerador se abrió, los platos entrechocaron, los cubiertos resonaron y el microondas zumbó y emitió un pitido. Al poco rato, estaban comiendo juntos en el sofá mientras Quan pasaba los canales de televisión hasta que encontró un programa donde las noticias bursátiles corrían en la parte inferior de la pantalla.

Khai no se había cepillado los dientes, duchado ni afeitado, y estaba convencido de que era un psicópata; sin embargo, sentado allí con Quan, las cosas parecían mejores. Comer con su hermano y mirar la televisión mientras estaba enfermo le resultaba algo familiar, y unos recuerdos borrosos pasaron por su mente.

Quizás él sí había pasado por esta misma situación antes, pero, con respecto al resto, lo de tener el corazón roto, eso todavía no lo podía creer.

Capítulo veintitrés

A principios de la semana siguiente, cuando Angelika fue a pasar el examen de Bachillerato, Esme también fue con ella. No necesitaba hacer el examen, no tenía a nadie a quien impresionar, y un diploma de secundaria no la ayudaría con su trabajo, pero el precio no había sido muy alto y había estudiado mucho, así que se dijo a sí misma que lo hacía para dar ejemplo a Jade.

Sin embargo, en su interior también sabía que lo hacía por ella misma e, inconscientemente, había estado estudiando durante todo ese tiempo.

En general, ella no podía hacer ciertas cosas porque no tenía oportunidad para hacerlas, y en realidad seguía teniendo la preocupación de que quizás no pudiera hacerlas porque no era lo suficientemente buena —quizás todos los ricos lo eran porque lo merecían; quizás ella era pobre porque también se lo merecía—, pero ahora la oportunidad se encontraba justo allí, y ella quería ver qué pasaba. ¿Qué sucedía cuando le dabas a alguien una oportunidad?

Algo más tarde, esa misma semana, Esme todavía no había resuelto el problema de su visado, y la determinación ardiente de su corazón se había desvanecido. Así que, cuando recibió su certificado en la bandeja de entrada de su correo, lo abrió con resignación. Sin embargo, la información recibida hizo que sintiera escalofríos. Revisó el nombre tres veces para asegurarse de que no hubieran cometido un error y se lo hubieran enviado a la persona equivocada, pero no, sin duda el nombre era

Esmeralda Tran y, debajo de cada asignatura, decía: «Apta para el ingreso universitario + crédito académico».

Había obtenido notas perfectas en todas las áreas.

¿Acaso eso significaba que era inteligente?

Sí. La prueba estaba justo allí, en su teléfono. El corazón se le infló de orgullo, por ella misma, para variar. Bueno, no era *muy* inteligente, solo un poquito. La mayoría de gente de por allí se graduaba en el instituto, pero eso era mucho más de lo que ella alguna vez se había atrevido a soñar. Esa chica de campo tenía un diploma de secundaria.

Era importante y significaba algo grande, pero su mente estaba demasiado ocupada con esa explosión de felicidad para comprenderlo.

Su teléfono vibró algunas veces y, cuando miró la pantalla, vio que había recibido mensajes de texto de Angelika: «¡He aprobado!». «Lo vamos a celebrar en la tienda de té de burbujas que está junto al instituto». «¡¡¡Ven!!!».

¿Por qué no? Quería compartir la buena noticia, pero no era el momento adecuado para llamar a casa, y hablar con Khải no era una opción.

Escribió una respuesta rápida, revisó la ortografía dos veces y luego envió el mensaje: «¡Felicidades! Te veo allí. :)».

Una vez que terminó de cerrar el restaurante, se quitó el delantal, lo echó a un lado y se despidió de Cô Nga. Le llevó tres minutos cruzar la calle y llegar a la tienda de té de burbujas; cuando entró, la humedad la envolvió como una manta. Unos pequeños televisores de pantalla plana estaban fijados a las paredes junto a diferentes grupos de mesas. En uno se veía una novela taiwanesa; en otro había un partido de fútbol, y el que estaba junto al pequeño grupo de compañeros de clase de Esme mostraba un torneo de golf.

Esme saludó a todos, pidió y pagó un té negro con leche y perlas, y se sentó junto a Angelika. Frente a ella se encontraba la señorita Q, quien llevaba puestos unos jeans, una camisa de botones suelta y, por supuesto, un fular. Elegante como siempre.

—Sabía que aprobarías —dijo la señorita Q con una amplia sonrisa.

—Por supuesto que ha aprobado. —Angelika hizo un gesto con la mano como si fuera algo absolutamente previsible y Esme sonrió.

—He aprobado, sí. Gracias. Felicidades a ti también. Felicidades a todos.

El resto de la mesa estaba ocupado por tres compañeros de clase: Juan, Javier y John, y ellos también la felicitaron antes de levantarse.

—Tenemos que irnos, pero me alegra verte —la saludó Juan—. Llegó el momento de la universidad, ¿eh?

Esme parpadeó conmocionada. Ni se lo había planteado.

—¡Es posible! —Sonrió con un entusiasmo inesperado antes de darse cuenta de la realidad, y la sonrisa se desvaneció en sus labios mientras se despedía de los chicos—. Adiós.

—¿A qué viene esa expresión? —preguntó la señorita Q una vez que los chicos se hubieron ido.

—No puedo ir a la universidad.

—¿Por qué? —preguntaron la señorita Q y Angelika al mismo tiempo.

Esme hizo una mueca.

—Porque tengo que regresar a Việt Nam el nueve de agosto. —Y no había forma de que pudiera costear asistir a la universidad en su país. Su familia necesitaba con urgencia de su salario, y eso sin tener en cuenta los sobornos que tendría que pagar para agilizar su papeleo y que la aceptaran en alguna buena universidad.

—¿Qué clase de visado tienes? —preguntó la señorita Q.

Esme miró sus dedos poco gráciles, que tenía apoyados sobre la mesa.

—De turista.

—Yo también. —Angelika apoyó la mano sobre la de Esme y le dio un apretón. Algo brillante captó la atención de Esme, pero Angelika retiró la mano antes de que ella pudiera mirarla con mayor detenimiento.

—Hay otra clase de visados, ¿sabes? —señaló la señorita Q—. Si te aceptan en una universidad de aquí, te otorgarán un visado de estudiante y también te permitirán traer a tu familia durante el tiempo que duren tus estudios. Y, después de obtener el diploma, podrías intentar conseguir un permiso de trabajo.

El aire escapó de los pulmones de Esme.

—¿*Yo* podría ingresar en una universidad de aquí?

Las notas de su examen pasaron por su mente: «Apta para el ingreso universitario + crédito académico».

—Por supuesto que sí. ¿Tuviste buenas notas? —preguntó la señorita Q.

Esme asintió, intentó contener una sonrisa, sin éxito, y le enseñó a la señorita Q el certificado de su teléfono.

—Gracias por las clases, por enseñarme. —Esme se había ganado cada una de esas notas. Eran *suyas*.

Y quizás eran la clave para pertenecer a ese país.

La señorita Q no dejó de sonreír mientras sus ojos brillaban con lágrimas no derramadas.

—El placer es mío.

El entusiasmo borboteó en la sangre de Esme como si fueran burbujas de champán después de abrir una botella. Si lo que la señorita Q estaba diciendo era cierto, ella *podría* convertirse en una contable de verdad. O quizás en otra cosa. Podría ser lo que *ella quisiera*. Algún día podría ser sofisticada y educada, y caminar con la cabeza bien alta, incluso delante de Khải.

Sin embargo, había un problema.

—¿Cuánto cuesta la universidad? —preguntó dubitativa.

—Depende de a cuál asistas. Desde diez mil dólares al año hasta cincuenta mil para estudiantes de grado, pero también hay préstamos y becas —explicó la señorita Q.

La tensión se abrió camino por los músculos de Esme. Diez mil dólares era más de lo que ella había ganado en toda su vida. Sin un trabajo fijo, no se atrevería a pedir un préstamo como ese una vez, y mucho menos cuatro veces. Pero, si podía seguir trabajando con Cô Nga, probablemente se las arreglaría. Iría muy justa de dinero, pero no sería nada nuevo para ella.

Estaba haciendo los cálculos mentalmente, descifrando cuántos turnos podría hacer y restando los gastos del alquiler, de la comida y de las clases, cuando la señorita Q agregó:

—En tu caso, tendrías que obtener una beca, porque no se te permitirá trabajar con un visado de estudiante, pero conozco universidades cercanas que las ofrecen, incluso a estudiantes internacionales. Con tus notas del examen y tu trayectoria personal, puede que tengas opciones. Me pondré en contacto con alguien que conozco y veré si podrían tenerte en cuenta como un caso especial.

Los labios de Esme se movieron sin emitir sonido. Ella comprendía los significados individuales de las palabras que la señorita Q había dicho, pero estaba demasiado conmocionada para interpretar su sentido global. Ella conocía el fracaso y la lucha que implicaba abrirse camino por uno mismo, y se le hacía difícil comprender una generosidad de esa magnitud.

—Tienes que estar atenta a mis e-mails, ¿de acuerdo? Podría escribirte cualquier día. Si te envío una solicitud, complétala y envíamela de inmediato. Ahora iré a llamar a mis amigos. Adiós, chicas. —La señorita Q salió de la tienda de té de burbujas con gran decisión, caminando tan rápido que Esme ni siquiera tuvo tiempo de darle las gracias.

¿Podría de verdad la señorita Q ayudar a Esme a obtener una beca? Eso sería... increíble. Y lo sería todo para ella, pues se dio cuenta de que era su última opción.

Sabía por experiencia que debía contener su entusiasmo, pero la señorita Q creía en ella, y la verdad era que había aprobado con notas perfectas. Si había podido hacer eso en su situación, ¿qué más podría hacer si tuviera la oportunidad? Eso era real, podía suceder. Y su esperanza creció sin control.

En un principio, se había imaginado casándose con Khải y continuando su vida como camarera. Era genial; de esa manera podría brindarle a Jade un futuro maravilloso, y ella estaría con Khải. Quizás hasta podrían tener más hijos.

Pero, ahora, un nuevo sueño tomaba forma en su corazón, uno que ella nunca había osado alimentar, pero que deseaba con una intensidad irrefrenable: *hacer* algo que la apasionaba, *cambiar* el mundo para mejor, ser *más*. Ni siquiera sabía en qué era buena, pero si pudiera descubrirlo...

Uno de los empleados de la tienda le entregó a Esme su té con leche; ella le dio las gracias y bebió el té endulzado y las perlas masticables a través de la pajita larga. La televisión mostró un primer plano de un jugador de golf, y el logo DMSoft de su gorra le pareció conocido.

De repente, recordó que allí era donde trabajaba Khải. En el piso superior, en un armario. Tenía que ser una empresa muy grande si patrocinaba torneos de golf. Bien por Khải. Quizás si trabajaba de manera ardua, conseguiría un ascenso y algún día podría acondicionar su jardín.

—¿Qué tal tu novio? —preguntó Angelika, rompiendo el silencio.

Las manos de Esme se tensaron alrededor de su té con leche.

—Ya no tengo novio. Y nunca *fue* mi novio.

Ellos solo habían sido... compañeros de vivienda que dormían juntos. Ahora que se había ido, deseaba que él estuviera subiéndose por las paredes debido a la frustración sexual, y esperaba que él pensara en ella cuando se estuviera satisfaciendo a sí mismo; porque seguro que tendría que hacerlo muy a menudo a partir de ese momento.

A menos que conociera a alguien.

Comenzó a enfurecerse al imaginar a Khải con otra, besándola como a Esme le gustaba, acariciándola como ella necesitaba que la acariciaran y dejando que lo tocara solo como Esme lo había hecho. ¿Acaso él le confiaría su cuerpo a otra mujer ahora que Esme lo había «iniciado»? Ella suponía que debía sentirse orgullosa si fuera el caso, pero solo hacía que quisiera arañarle el rostro a esa mujer imaginaria como un enfadado felino salvaje.

Esme sacudió la cabeza para despejar los pensamientos violentos y se dio cuenta de que Angelika la estaba observando con una mirada triste de comprensión.

—Parecía un buen candidato —dijo Angelika—. Mi prometido tiene sesenta. Y se ausenta todo el tiempo por viajes de negocios. —Miró su deslumbrante anillo de compromiso. Eso era lo que Esme había notado antes. Angelika se había comprometido sin decir nada—. Sus hijos me odian. Son mayores que yo.

—Con el tiempo lo comprenderán —dijo Esme.

Angelika bajó la mirada hacia su mano izquierda, formó un puño y lo dejó caer debajo de la mesa.

—No lo creo. Continúan diciéndome que regrese a Rusia, y lo están convenciendo para que se haga una vasectomía, ya sabes, para que no pueda tener más bebés. Me temo que esto terminará en un divorcio. O que no llegaremos ni a la boda.

—¿Por qué no quieren...?

—Para proteger el dinero cuando él muera —respondió Angelika con amargura—. Acordé firmar un contrato antes de la boda, así que, si nos divorciamos, no recibiré nada; pero eso no es suficiente para ellos. Y yo siempre he querido tener una familia.

—¿Acaso él... te ama? —preguntó Esme.

Una sonrisa suave se extendió en los labios de Angelika.

—Sí. Y yo lo amo a él.

Esme le dio un apretoncito al brazo de su amiga.

—Entonces estaréis bien.

A diferencia de Esme y Khải.

Angelika sonrió y luego su expresión se tornó pensativa.

—Una beca suena bien, pero ¿has pensado en salir con otras personas?

Esme sacudió la cabeza.

Angelika le dedicó una mirada impaciente.

—Es solo salir, Esmeralda.

—Salir implica besar y tocar y... —No pudo obligarse a decir *sexo*. La idea de estar con otro hombre tan pronto hizo que se le erizara la piel. Cualquier mujer en su lugar estaría intentando enamorar al primero que encontrara (después de todo, tenía que pensar en Jade); sin embargo, Esme no podía hacerlo. Probablemente era una ingenua por pensar así, pero, si un día se casaba, tenía que ser un matrimonio de verdad. Ella no se sentía capaz de aprovecharse o hacerle daño a nadie; y eso significaba que, para empezar, tendría que dejar de estar enamorada—. No estoy lista.

Angelika apretó los labios y asintió.

—Espero que consigas esa beca. No quiero que te vayas. Eres mi única amiga aquí.

Esme se preparó internamente para la desilusión, aunque su corazón no la escuchó. Ella ahora tenía un sueño, y nunca había deseado algo con tanta intensidad. Tomó la mano de Angelika, y su amiga le devolvió el apretón.

—Yo también —dijo Esme—. Yo también.

Capítulo veinticuatro

Khai lo había hecho antes. Podría volver a hacerlo. Además ya estaba casi completamente recuperado de la gripe. Se quitó los zapatos, avanzó en calcetines por el suelo de madera, entre la neblina del incienso y el fuerte aroma floral que emanaba de los numerosos ramilletes blancos, y allí estaba, en el extremo más alejado del salón principal: un altar sobre el que se encontraba una gran estatua dorada de Buda sentado sobre una flor de loto.

Pasó junto a la familia y amigos, vestidos mayormente con túnicas grises y sentados de piernas cruzadas en las alfombras sobre el suelo, y se acercó al altar. Uno de los monjes allí presentes le entregó una varilla de incienso, y Khai la aceptó con incomodidad. No sabía qué demonios hacer con ella. Ese era el terreno de su madre, no el suyo. Lo clavó en el recipiente repleto de arroz junto con las otras varillas y observó la fotografía que había delante de la estatua: Andy junto a su Honda azul.

Andy estaba esbozando la misma sonrisa engreída que dibujaba en su rostro cada vez que se le ocurría un comentario ingenioso. Él siempre tenía esas ocurrencias, siempre. Algunas veces, incluso pensaba por adelantado lo que podría decir, para estar listo cuando llegara la ocasión. No como Khai, quien, o se paralizaba cuando las personas se reían de él, o ni se daba cuenta de que lo estaban haciendo.

Tocó la fotografía con la yema de los dedos, y el frío del vidrio lo sorprendió. Por lo general, no reflexionaba sobre las preguntas filosóficas de la vida y la humanidad; sin embargo, en ese mismo momento, mientras observaba el retrato de su primo en papel y resina, se preguntó qué era lo que hacía que una persona fuera una persona. ¿Era algo místico como el alma? ¿Algo científico como las conexiones neuronales del cerebro? ¿O algo más simple, como la capacidad de hacer que alguien te extrañara diez años después de tu muerte?

Reconoció que ese vacío descorazonador de su interior significaba que echaba de menos a alguien. Echaba de menos a Andy. Y echaba de menos a Esme. Pero eso no era lo mismo que tener el corazón roto. Quan se había equivocado con respecto a eso.

Cuando ella entró en la pagoda y dejó sus zapatos en la puerta delantera junto a los demás pares, su cuerpo entero se paralizó.

Esme.

Llevaba puesto el mismo vestido negro suelto de días atrás y, durante un momento de confusión, pareció como si ella hubiera viajado directamente desde la boda de Michael hasta allí. Pero habían pasado dos semanas. Lógicamente, Khai lo sabía.

Los ojos de ella encontraron los suyos. Su expresión fue tensa al principio; pero, al cabo de un segundo, ella curvó un poco los labios. No era esa sonrisa típica que le atontaba el cerebro, pero aun así era una sonrisa. Una sensación punzante le recorrió la piel de pies a cabeza, y sus pulmones tomaron aire con esfuerzo.

Lentamente, Esme caminó descalza entre la gente que se encontraba sobre las alfombras y se detuvo al lado de Khai, junto al retrato de Andy y la estatua.

—He venido a echar una mano con la comida —anunció en voz baja.

El monje le entregó una varilla de incienso, y ella inclinó la cabeza y le dio las gracias antes de colocar la varilla entre sus manos y hacerle una reverencia a la estatua como Khai tendría que haber hecho antes. Tras clavar el incienso en el recipiente de arroz, ella observó la fotografía de Andy, tocó la moto y miró a Khai con una expresión inescrutable en el rostro.

—¿Era suya? —preguntó.

Él no creyó poder hablar, así que asintió. La motocicleta había sido la posesión más preciada de Andy, y Dì Mai se la había entregado a Khai asegurando que Andy hubiera querido que él la tuviera. La madre de Khai se había enfadado al principio, pero cuando vio que no la utilizaba, se había olvidado de ella.

La mayor parte del tiempo, Khai también se olvidaba de ella, y era lo mejor. De manera automática, llevó la moto y los recuerdos que la acompañaban hacia lo más profundo de su mente y se concentró en Esme. Tenía la piel más pálida de lo normal y había perdido peso; de todos modos y sin lugar a dudas, seguía siendo Esme. Nadie más tenía los ojos de ese tono tan específico de verde; de ese tono tan precioso. La necesidad de abrazarla se convirtió en un dolor visceral en sus músculos y huesos, pero ella se alejó antes de que él pudiera actuar; rodeó con lentitud la zona para sentarse y se situó en un extremo, lejos de todos.

La madre de Khai saludó a su hijo desde su ubicación junto a Dì Mai, Sara, Quan, Vy, Michael y otros miembros de la familia, pero él pasó junto a ellos para sentarse al lado de Esme.

—¿Por qué estás...? Deberías sentarte con tu familia —dijo ella frunciendo el ceño.

Un cuenco de metal resonó, lo que indicaba que la ceremonia iba a comenzar, y Khai se sintió agradecido. No sabía qué explicación dar. Solo necesitaba estar junto a ella.

Un delgado hombre con gafas, una túnica dorada y que llevaba puesto un rosario budista comenzó a hablar sobre las pérdidas y sobre cómo el tiempo curaba todas las heridas, y Khai dejó de escuchar las palabras. No podía respirar. Era como si una fuerza invisible lo estuviera estrangulando. Tiró del cuello de su camisa, pero no llevaba corbata y los botones superiores no estaban abotonados; no había razón para que se sintiera de esa manera.

Las cámaras destellaban de vez en cuando, y los fotógrafos filmaban el discurso mientras los invitados escuchaban cautivados. La tía de Khai había invitado a la pagoda a un monje famoso del sur de California, y era un gran honor que él hablara sobre Andy. Sin embargo, Khai deseó que se detuviera. Cada vez que oía el nombre de su primo, la sensación de ahogamiento empeoraba.

Era como en la boda de Sara, excepto que ahora le ardían los ojos y sentía un cosquilleo en la piel, como si hubiera recuperado la circulación tras habérsele cortado. ¿Qué demonios le estaba sucediendo?

El cuenco de metal volvió a sonar, e innumerables voces desafinadas cantaron algo incomprensible. Incienso, cánticos, rostros sombríos, Andy. Khai había experimentado todo eso antes, pero ahora era diferente. Había tenido tiempo para asimilarlo y procesarlo; mucho tiempo. Y ahora las barreras de su mente se desmoronaban y lo inundaban en un mar de confusión.

El vacío de su interior se expandió. La sensación de echarle de menos creció tanto que lo avasalló. Los recuerdos de Andy invadieron su cabeza: su infancia juntos, el instituto juntos, y esa última noche cuando Khai había esperado y esperado a que Andy apareciera. Nunca lo hizo.

Khai sintió un nudo en la garganta, dolor en los pulmones y la piel ardiente.

Una mano pequeña sujetó la manga de su chaqueta y viajó a lo largo de su brazo para apoyarse en los nudillos. Él sujetó con fuerza la mano de Esme, y ella lo miró como si comprendiera. Pero ¿cómo podía hacerlo cuando él no lo hacía?

—Vamos —susurró ella—. Vamos fuera.

Khai se levantó, lo que distrajo al célebre monje, que estaba en mitad de una oración, y su madre lo miró con desaprobación. Esme ignoró a todos y tiró de su mano hasta que él la siguió afuera, hacia el estanque de *koi* de la pagoda.

—Siéntate, Khải, tienes mal aspecto. —Ella lo condujo hasta un banco de piedra que daba al agua. Él se sentó, y ella le apartó el cabello de la frente sudada con dedos fríos y suaves—. Necesitas beber agua.

Cuando Esme intentó alejarse, él la rodeó con los brazos por la cintura y la mantuvo cerca.

—No te vayas.

—Está bien —asintió ella, y le hizo un gesto para que apoyara la mejilla contra su pecho. Luego le pasó los dedos por el cabello y la mandíbula rasposa.

Khai respiró hondo para sentirla. Olía un tanto diferente de cómo solía oler, como si hubiera cambiado el jabón para la ropa, pero logró sentir el reconfortante aroma femenino que había debajo. *Su* aroma. El aroma a mujer, a piel limpia..., a Esme.

El humo del incienso se desvaneció lentamente de sus sentidos, y él dejó que todo se alejara excepto ella. La sensación de estar enfermo se esfumó. Podía volver a respirar.

Las personas comenzaron a pasar junto a ellos, pocas al principio, pero cada vez había más. Aun así, él no la soltó. Necesitaba tocarla, su aroma, el latido constante de su corazón, a *ella*.

—Mỹ —dijo la madre de Khai, lo que hizo que Esme se tensara a su lado—. Ven, ayúdame con... ah, no importa. Haré que Quân lo haga. —Los pasos de su madre se alejaron con rapidez.

Esme le pasó los dedos por el cabello antes de preguntar:

—Hay rollitos fritos. ¿Quieres algunos?

—No tengo hambre. —Haría falta una catástrofe para alejarlo de ella en ese momento. Khai parecía un animal herido que había encontrado un poco de alivio para sus heridas—. Aunque si tú quieres...

Ella soltó una risita.

—No, ya he comido demasiados. —Pasó los dedos a lo largo de su mejilla áspera.

Él había creído que nunca más volvería a experimentar esa sensación, y dejó que sus párpados se cerraran mientras disfrutaba de las caricias. Ella era mejor que la luz del sol y el aire fresco.

El tiempo pasó, él no supo cuánto, y su madre regresó.

—Vosotros dos deberíais iros. Khải, llevas a Mỹ por mí, ¿verdad? —dijo.

—Cô, puedo ayudar a limpiar. —Esme se separó de Khai, y él contuvo una protesta. Quería tomarla de los brazos y envolverla alrededor de él como un pañuelo—. Hay muchos envases y...

—No, no, no, ya se han encargado de eso. La gente ya se va. Id a casa —dijo Cô Nga, y se despidió de ellos con un gesto despreocupado—. La llevas a casa, ¿eh, Khải?

Esme abrió la boca como si quisiera decir algo, y él se apresuró a añadir:

—Sí, por supuesto.

—Bien, bien. —Cô Nga se retiró.

Khai se levantó del banco y respiró hondo. Le latía la cabeza, pero no se había sentido tan bien en días.

—Vamos.

—¿Estás mejor? Podemos esperar —dijo Esme.

—Sí, estoy mejor. —Un poco dolorido y magullado en el interior, pero mejor. Igual que se había sentido cuando había estado enfermo durante días y la fiebre por fin le había bajado; solo que nunca había tenido fiebre.

Mientras caminaban hasta su coche, Khai fue intensamente consciente de la distancia respetuosa que había entre ellos. Ella mantenía los dedos entrelazados y los hombros tensos mientras se concentraba en el camino que tenían por delante. Tan solo dos semanas atrás hubieran ido de la mano. Tan solo dos semanas atrás, ella había estado enamorada de él.

¿Eran dos semanas suficientes para dejar de amar a alguien?

Quizá fuera un maldito codicioso, pero él quería su amor. Quería ser el «elegido» para ella, el que recibiera sus sonrisas, la *razón* de sus sonrisas, su droga. Ella lo era de él.

Después de todo lo sucedido, resultaba evidente que Khai no había tenido la gripe, sino que había experimentado un síndrome de abstinencia, y era mucho peor de lo que él habría podido imaginar. Tenía que encontrar una manera de hacer que ella se quedara.

Entraron al coche, y él encendió el motor y apoyó las manos sobre el volante.

—¿Dónde vives ahora?

Ella bajó la mirada a sus manos entrelazadas con firmeza.

—Allí donde alquilan habitaciones por meses junto al restaurante.

Khai sintió cómo se le revolvía el estómago, y una sensación de amargura le cubrió la piel.

—No es una zona muy agradable.

—Es suficiente para mí.

No, no lo era, pensó él. Apretando los dientes, se alejó de la pagoda de San José y se dirigió a la nueva vivienda de Esme conduciendo por la autopista 880N. Atravesó a gran velocidad una zona despoblada donde había oficinas anodinas y almacenes, y se detuvo en un pequeño complejo de apartamentos grises que se encontraba detrás de un centro comercial venido a menos. En el camino desde el coche hasta el apartamento, los zapatos de Khai pisaron los vidrios de una botella de cerveza rota, y pasaron junto a un carro de la compra volcado.

Apretó el botón de alarma de su llavero, por si acaso, y echó un vistazo al lugar en busca de chicos aburridos que pudieran estar interesados en rayarle el coche o pincharle las ruedas. Por suerte, no vio a ninguno. Su hogar no era maravilloso, pero al menos no tenía que preocuparse por el vandalismo.

Cuando ella se detuvo delante de una puerta en la planta baja del edificio, la desaprobación de Khai aumentó. ¡Allí no estaba a salvo! No sería muy difícil irrumpir en su apartamento. Ella tenía carácter, pero no era suficiente para protegerse frente a alguien más grande, fuerte y posiblemente armado. Khai sintió cómo le sudaban las manos ante la idea de que algún idiota entrara por una de las ventanas para...

—¿Quieres entrar? —preguntó Esme, mirándolo por encima del hombro desde el umbral de la puerta—. Vuelves a tener mal aspecto.

Él asintió en silencio, y ella abrió la puerta del todo y lo dejó entrar. Era un apartamento sencillo de un ambiente que tenía una moqueta color café, un saco de dormir en el suelo y una pila de libros a su lado, un armario mayormente vacío y una diminuta cocina con suelo de linóleo.

Ella lo había dejado por *eso*.

Sintió un odio profundo hacia todo el apartamento.

—¿Tienes sed? —Sin esperar a que Khai respondiera, ella se dirigió con prisa hacia la cocina, llenó un vaso desechable con agua del grifo y se lo ofreció.

Él bebió el agua, hizo una mueca de disgusto ante el sabor y le devolvió el vaso. Esme se dirigió hacia la cocina de nuevo, claramente planeando guardarlo o arrojarlo a la basura o algo por el estilo, y él aprovechó el momento para abrazarla y acercarla a su cuerpo, su pecho contra el suyo. Esme se sorprendió, y el vaso de plástico cayó a la horripilante moqueta.

—Cásate conmigo —le pidió él.

Ella respiró hondo, y sus ojos verdes lo miraron con detenimiento.

—¿Por qué?

Él sacudió la cabeza. No sabía cómo decirlo. Sentía que era algo muy importante y, al mismo tiempo, no le parecía suficiente.

—Te he echado de menos. —Tanto que su cuerpo se había debilitado—. Necesito saber que estás a salvo y que eres feliz. Y te quiero cerca. Conmigo.

Esme formó puños contra el pecho de Khai como lo hacía cada vez que evitaba tocarlo, y él posó las manos sobre las de ella y las acarició hasta que ella las relajó.

—Regresa y cásate conmigo.

—Khải... —Esme se mordió el labio.

Actuando de manera instintiva y desesperada, Khai la inclinó hacia atrás y la besó. Ella se relajó contra él como siempre lo hacía y se acercó un poco más, y Khai sintió cómo su cuerpo se tensó con una oleada de euforia. Se le ocurrió la idea alocada de que, si él la besaba y la tocaba de la manera correcta, quizás pudiera nublar sus sentidos hasta el punto de que ella dijera que sí por accidente. Y por Dios que iba a conseguir que cumpliera con su palabra.

—Cásate conmigo.

El beso de Khải. Las caricias de Khải. Sus manos recorriéndole el cuerpo, exigentes, posesivas, haciendo que ella se derritiera. Había intentado mantenerse alejada de él, pero la tristeza profunda que lo había invadido durante el aniversario de muerte la había preocupado. Ella no había sabido cómo estar allí para él, pero *eso*... ella sabía exactamente qué hacer con eso. Él la necesitaba, así que se entregó a él.

Khai lo volvió a decir:

—Cásate conmigo.

Probablemente fuera una ilusión, pero Esme oyó «te amo» en sus palabras. Cada propuesta la seducía aún más. La tela fría de su saco de dormir le rozó la espalda, y él la cubrió con su cuerpo. Una palma áspera se deslizó debajo de su vestido, le recorrió el muslo y la tocó entre las piernas. Sus dedos experimentados la acariciaron, y ella humedeció la tela de su ropa interior.

—Cásate conmigo —susurró Khai contra sus labios.

—Khải...

Antes de que ella pudiera terminar de hablar, él le levantó el vestido por encima de los pechos y se deleitó con la imagen, haciendo que ella sintiera una sensación aguda de placer directamente desde sus pezones hasta la zona entre sus muslos. Khải la tocó por debajo de sus bragas, y sus dedos hábiles la tocaron *allí* y le arrebataron la capacidad de pensar. ¿Qué había estado a punto de decir? No lo recordaba. Estaba perdida en el deseo, el de él y el de ella. Él nunca se había mostrado tan descontrolado, tan desesperado.

La besó recorriendo su cuerpo hacia abajo con lametones y pequeños mordiscos, y Esme sintió escalofríos con cada pinchazo de su barba sobre su pecho, abdomen y caderas. Aquello era nuevo, pero le gustaba. Él le quitó con urgencia las bragas y posó la boca sobre su sexo, y ella se contrajo con fuerza.

La propuesta reiterada de Khải resonó en la cabeza de Esme. Él había recurrido a ella cuando más lo había necesitado y había confiado en ella. Él la amaba, ella lo *sentía*, y saber eso la impulsó directamente al límite con un gemido repentino.

Él levantó la mirada, sorprendido.

—Apenas te he lamido...

—*Khải* —gimió ella, pasándole los dedos por el cabello y conduciéndolo de regreso a donde ella quería. No podía detenerse, todavía no. Si se detenía, ella...

Él esbozó una sonrisa amplia antes de volver a posar la boca sobre ella, y las convulsiones atravesaron a Esme. Se balanceó contra el rostro de él, una y otra vez hasta que los temblores se espaciaron, y luego él la estaba abrazando, besándole la cabeza, la mejilla, la mandíbula.

—Cásate conmigo —dijo con voz áspera.

Ella lo volvió a oír. «Te amo».

Khải buscó sus labios y le metió la lengua en la boca mientras la tomaba de la cadera y la apoyaba contra su miembro firme.

—Di que sí.

A Esme se le ablandó todo el cuerpo. Sí, lo quería. Sí, lo amaba. Sí, quería casarse con él. Le tomó el bulto enorme que tenía entre las piernas y exigió:

—Di que me amas. —Tenía que oírle decir eso. Ella se lo merecía.

Él movió las caderas contra la mano de ella mientras un sonido ronco escapaba de su garganta.

Ella le bajó la cremallera, tomó su miembro firme con la mano y le besó la boca hinchada con suavidad.

—Dilo una vez. Solo una vez. —Una vez sería suficiente.

Khải se quedó sin aliento mientras la miraba a los ojos.

—Te he echado de menos.

Ella lo acarició, pasando la mano desde la base de su miembro hasta la punta.

—¿Y?

Él tragó saliva haciendo ruido.

—Te deseo.

Ella envolvió una pierna alrededor de su cadera y le tocó la punta del pene con sus pliegues mojados. *Eso* haría que lo dijera.

—¿Y?

Él se estremeció, y la mirada se le oscureció.

—Te necesito.

—¿Y? —La garganta de Esme se cerró con la amenaza de la decepción. «Dilo, solo dilo». ¿Por qué no lo hacía?

El arrepentimiento se hizo evidente en el rostro de Khải, y ella se alejó de él de manera repentina, se sentó y se bajó el vestido para cubrir su desnudez. Él no la había dejado entrar en su corazón, después de todo. Ella había estado haciendo el amor con él, y para él había sido solo sexo. Se sentía horrible, barata e insignificante. Quería escapar, pero estaban en *su* apartamento. Había pagado por él con *su* dinero, que había ganado con *su* esfuerzo.

—Deberías irte —dijo ella, orgullosa de que las palabras hubieran salido de su boca.

Khải pronunció el nombre de ella con un gruñido, se levantó y se pasó los dedos por el cabello con frustración. Su erección se mantenía orgullosa e impaciente, y esa imagen fue suficiente para hacer que ella se sintiera dolorida de deseo.

Se abrazó con fuerza el pecho con los brazos y se alejó de él.

—Por favor cierra la puerta al salir.

Sobrevino una larga pausa antes de que un sonido de cremallera rompiera el silencio. Entonces oyó cómo los pies de él cruzaban la moqueta, lo oyó inclinarse para ponerse los zapatos y luego la puerta chirrió cuando se abrió y se cerró.

Cuando el motor de su coche cobró vida, ella cerró la puerta con llave, se dirigió al baño y abrió el agua caliente de la ducha. Ahora era su turno para limpiar lo que quedaba de él en su cuerpo y dejarlo insatisfecho. Se negaba a llorar. Si él no la amaba, alguien más lo haría. No se conformaría con un amor no correspondido. No en esta vida. Ni nunca.

Una vez que se frotó la piel hasta dejarla enrojecida, salió de la ducha, se vistió y revisó su e-mail. Allí estaba. Un correo electrónico de la señorita Q. Una universidad local estaba interesada en ella. Eso sonaba perfecto. Agarró sus cosas y se dirigió a la biblioteca de la universidad para poder completar la solicitud de ingreso y enviarla tan pronto como le fuera posible.

No podía tener a Khải, pero no lo necesitaba. Se abriría camino por sí misma, y eso era un millón de veces mejor.

Capítulo veinticinco

«Tendría que haber mentido».

Khai se reprendió a sí mismo de camino a casa. *Te* y *amo* eran tan solo palabras, y tampoco habría sido la primera vez que mentía, no habría sido para tanto. Le había dicho a su tía Dì Anh que le gustaba el zumo de aloe vera que ella había hecho, y no era así. De hecho, ni siquiera estaba seguro de que fuera comestible; era pegajoso y le provocaba retortijones cada vez que lo bebía.

Si mintiera, podría tener a Esme durante tres años. *Necesitaba* esos tres años. Con desesperación. Juró que no la mantendría a su lado para siempre. Él no le haría eso. Solo tres años. Debía practicar para decir esas palabras, cambiar el rumbo del coche y mentirle directamente. No era demasiado tarde.

«Te...», se aclaró la garganta e intentó pronunciar la segunda palabra, pero no le fue posible. Después de un rato al volante, sujetó la palanca de cambios con más fuerza y dijo: «*Amo*. ¡Demonios! Amo, amo, amo».

Mierda, el corazón le golpeteaba en el pecho, y el sudor le brotaba en la piel, y se sentía completamente ridículo. No funcionaría si tenía que decir las palabras con un retraso de cinco minutos entre ellas.

«Te amo. Te amo. Te amo. Te *amo*», se obligó a repetir.

Unas alarmas resonaron en su cabeza: *mentira*. El sudor se acumuló sobre su labio superior y le goteó por el cuello, y unas motas azules flotaron en su campo de visión.

De acuerdo, tenía que dejarlo o iba a tener un accidente. Ya seguiría practicando más adelante.

Sin embargo, cuando llegó a su casa, la Ducati negra de Quan se encontraba aparcada en el espacio de Khai junto a la acera. Y el garaje estaba abierto.

¡¿Qué diablos?!

Avanzó chirriando por la entrada, puso el freno de mano y giró la llave de contacto antes de saltar de su coche.

—¿Qué estás haciendo? —preguntó mientras se dirigía a grandes zancadas hacia el garaje, donde Quan estaba de pie junto a la motocicleta de Andy. Le había quitado la lona de encima y había colocado el casco negro sobre el asiento.

—Es hora de que te deshagas de esta moto barata —comentó Quan, y lo miró fijamente.

Khai apretó los puños mientras tensaba los músculos.

—No.

—Ya estás listo.

—No.

—Ok, entonces súbete —dijo Quan.

—No. —Khai caminó hacia la motocicleta y extendió la mano hacia la llave.

Antes de que pudiera quitarla, Quan lo sujetó con fuerza por la muñeca y miró a Khai de frente.

—Sé por qué la estás alejando a pesar de que la amas.

—Yo. No. La. Amo —respondió Khai entre dientes.

Quan se quedó boquiabierto.

—¿Cómo puedes decir eso? Estabas allí hoy. Eras tú quien estaba aferrado a ella como si se estuviera desmoronando, y fue ella quien te mantuvo entero. Ella es exactamente lo que necesitabas. Porque tú la amas, y ella también te ama, imbécil.

Khai repitió para sí mismo:

—Yo. No. La...

—Sí lo haces —afirmó Quan—. Pero tienes la cabeza llena de idioteces. ¿Te sientes responsable por lo de Andy o algo así? ¿Culpable? ¿Tienes miedo de perderla y por eso la alejas? ¿De qué va todo esto? Descúbrelo hoy porque ella se irá en una semana, y te arrepentirás durante el resto de tu vida.

Khai sacudió la cabeza mientras su cerebro tartamudeaba. Todo eso no era verdad, no tenía sentido. Él no era así.

Y, mierda, solo quedaba una semana.

—¿Por qué no conduces esta estúpida moto? —preguntó Quan.

Khai miró a la pared.

—Los accidentes letales son cinco veces más probables en moto que en coche.

—Eso es solo un 0,07 por ciento de probabilidad. Tenemos más probabilidades de morir por comer la comida de mamá.

Khai parpadeó.

—¿Recuerdas el número exacto?

Quan puso los ojos en blanco y levantó las manos en el aire.

—Sí, leo y recuerdo cosas. En realidad, soy bastante inteligente.

—Montar en moto no es inteligente.

Quan le dedicó una mirada punzante a su hermano.

—Algunas veces, la gente hace y cree cosas sin sentido. Yo, por ejemplo, me siento más vivo cuando existe el riesgo de morir. Y tú... tú *crees* que no sientes nada y estás convencido de que la respuesta más sensata es evitar a las personas.

—Así son las cosas —respondió Khai.

—No, todo eso es una mierda, ¿lo entiendes? Dime, ¿a dónde iba Andy cuando ese camión lo atropelló?

Khai observó los arañazos profundos de la motocicleta que habían sido ocasionados la noche del accidente.

—Iba a verme.

—¿Por qué?

Khai inclinó la cabeza mientras su pecho se vaciaba y ahuecaba.

—Porque yo se lo pedí. Quería pasar el rato con él. —Mierda, ese sentimiento horrible era culpa. Ahora le podía poner un nombre.

—¿Y alguna vez en los diez últimos años has invitado a alguien más aquí? —preguntó Quan.

Khai sacudió la cabeza.

—Pero eso es porque no necesito estar rodeado de personas. No me siento solo.

—¿El chico que invitó a Andy a su casa porque no quería estar solo no se siente solo? —preguntó Quan—. ¿Cómo va esa gripe? ¿Acaso tuviste fiebre siquiera?

Khai observó a su hermano con una mirada de rebeldía. No quería hablar sobre la fiebre que nunca había tenido.

Quan enarcó una ceja.

—Así que... ¿se lo dirás ahora?

—¿Decirle qué?

—Que estás vergonzosamente enamorado de ella, eso es lo que tienes que decirle —respondió Quan con un tono de exasperación.

—¿Cuántas veces tengo que decirte que *no estoy enamorado de ella*?

Quan se pasó una mano por la cabeza antes de respirar hondo, armarse de valor y dirigirse a Khai con una paciencia renovada.

—¿Cómo lo sabes?

Khai se quedó mirándolo.

—¿Cómo sé que no estoy enamorado?

—Sí, ¿cómo sabes que no estás enamorado?

—Lo sé porque no puedo amar. —Él ya lo había analizado y no le gustaba tener que repetir las cosas.

—Así que nunca piensas en ella... —añadió Quan.

—Claro que lo hago.

—¿Y ella no te importa? Por ejemplo, si está triste, ¿no te importa una mierda?

—¡Sí me importa! —afirmó Khai.

—Y no arriesgarías la vida por ella, ¿verdad?

—Sí, lo haría. Pero tú también lo harías. Es lo correcto.

—¿Y no te gusta estar con ella más que con cualquier otra persona? ¿La cambiarías por alguien más sin arrepentirte?

Khai miró a su hermano con el ceño fruncido, no le gustaba cómo estaba manipulando las preguntas.

—Sí, me gusta mucho estar con ella, y no la cambiaría por nadie.

Quan le lanzó una mirada impávida.

—Apuesto a que el sexo con ella es una mierda.

—¡No es asunto tuyo! —Los recuerdos de lo sucedido hacía menos de una hora juguetearon en su mente: Esme acercándose a su boca, gimiendo su nombre, restregando sus partes húmedas contra su pene...—. Pero no es una mierda.

—Maldito imbécil con suerte —balbuceó Quan—. Espero que algún día te des cuenta de que, cuando dices todas esas cosas sobre alguien, significa que estás enamorado de esa persona.

Khai se alejó de la moto y le dejó las llaves a Quan.

—No es verdad, no lo estoy. —El amor y la adicción eran dos cosas distintas.

—Oh, vamos, Khai —explotó Quan.

—Iré a darme una ducha. Cuando hayas decidido qué hacer con la moto, cierra el garaje, por favor.

Khai escapó hacia el interior de su casa a través de la entrada del garaje. Una vez dentro, se quitó los zapatos, los llevó hacia la puerta delantera, se sentó en el sofá, apoyó los codos sobre las rodillas y enterró el rostro entre las manos. Entre los golpeteos furiosos de su corazón, oyó que la puerta del garaje se cerraba y que la Ducati de Quan rugía al cobrar vida. El sonido ensordecedor del motor disminuyó y luego desapareció por completo.

Otra vez solo.

Pero no se sentía solo. Le gustaba estarlo.

Gustar no era la palabra adecuada. Estaba *acostumbrado*. Bueno, solía estarlo. Hasta que había llegado Esme.

El lunes, Esme recibió un correo electrónico de la señorita Q que decía que la universidad había recibido las notas de su examen y que su solicitud de ingreso estaba en proceso de revisión acelerada por su recomendación.

Aquello estaba sucediendo realmente; ¡tenía la posibilidad de recibir educación universitaria y cambiar su vida para siempre! Y todo gracias a su propio mérito. La esperanza creció en proporciones gigantescas, y el sueño de ser alguien se apoderó de ella. Lo deseaba por ella misma y por su hija. Qué maravilloso sería enseñarle a Jade lo que ella era capaz de hacer siguiendo su ejemplo.

Los días siguientes transcurrieron en una nebulosa de ansiedad, y pasaba de tener una confianza extrema a una profunda desazón, y viceversa.

También encontró la información de contacto de un abogado de inmigración que podría —con suerte— ayudarla a traer a Jade y a su familia durante la duración de sus estudios, pero no lo llamó. Solo lo llamaría si obtenía la beca.

El miércoles, sintió una vibración en su delantal mientras estaba tomando un pedido, y *supo* que era el *e-mail*. Estaba demasiado ocupada para revisar su teléfono, pero el correo la acechaba desde lo más profundo de su cabeza mientras trabajaba en la hora punta del almuerzo. Al pasar los pedidos a la cocina, la sangre le zumbaba del entusiasmo: se trataba de una beca completa y se convertiría realmente en Esme la Contable y podría ocuparse de su familia por ella misma. Mientras llevaba las bandejas de comida a las mesas, sin embargo, el corazón le dio un vuelco: era un e-mail de rechazo, y regresaría a su hogar con muy poco que ofrecer como resultado de su estancia en el país.

De optimismo a pesimismo. De optimismo a pesimismo.

Cuando el último cliente se retiró, después de colocar un billete de veinte dólares como propina debajo de su vaso de agua y antes de guiñarle un ojo, ella se había convertido en un manojo de nervios. En lugar de tomar su teléfono de inmediato, recogió los platos de las mesas y luego los limpió.

Con cada pasada del trapo húmedo, se preparaba para las noticias que estaba a punto de recibir. Si eran buenas, llamaría a su madre al instante, le daría las gracias a la señorita Q y luego concertaría una reunión con el abogado especialista en inmigraciones. Si eran malas, no pasaba nada. La vida, en su hogar, tenía muchas cosas buenas, ya seguiría atenta a nuevas oportunidades.

Pero ¿acaso «Esmeralda Tran, estudiante universitaria» no sonaba bien? Sería una estudiante maravillosa. Estudiaría como lo había hecho ese verano. Se ganaría cada dólar de la beca y, más adelante, haría algo grandioso con su vida.

Cuando la última mesa estuvo limpia, tomó su teléfono del bolsillo de su delantal, se sentó en su mesa de siempre y tecleó la contraseña del teléfono con dedos temblorosos. En su bandeja de entrada había un e-mail de la universidad que tenía como asunto: «Con referencia a su solicitud de ingreso». La vista previa del texto decía: «Estimada señorita Tran: Su solicitud de ingreso ha sido revisada exhaustivamente por...».

¿Era eso bueno o malo? Podía continuar de cualquier forma a partir de allí.

El corazón se le aceleró, la sangre se le subió a la cabeza y se le secó la boca. Tenía miedo de abrirlo y seguir leyendo. Quizás debería... borrarlo. Entonces *ella* tendría el control de su fracaso, en lugar de esas personas que no la conocían. La estaban juzgando con base en unas notas de exámenes y en un par de textos que había escrito en una tarde. Eso no era suficiente para determinar el valor de una persona.

Se deshizo de esos pensamientos ridículos y se reprendió por ser una cobarde. Tenía que abrirlo. Podía significarlo todo para ella, para su familia y su hija.

Respiró hondo y lanzó una plegaria al cielo, a Buda y también a Jesús. Y después abrió el correo:

Estimada señorita Tran:

Su solicitud ha sido revisada exhaustivamente por el equipo educativo de la Universidad de Santa Clara.

Cada año, nuestra beca estudiantil internacional es motivo de una gran competencia y, por lo tanto, solo puede otorgarse a los estudiantes más ejemplares y que cuenten con un potencial académico comprobado.

Si bien la felicitamos por los resultados que obtuvo en su examen, después de una cuidadosa revisión de su solicitud, lamentamos informarle de que no podremos ofrecerle esta beca.

Le deseamos suerte en sus futuros proyectos.

Atentamente,
Universidad de Santa Clara.

Respiró hondo. Y continuó haciéndolo. Se le nubló la visión, el rostro le ardió y sus pulmones amenazaron con estallar. Cuando exhaló, perdió más que aire. Exhaló sus sueños y esperanzas, y su cuerpo se desplomó sobre sí mismo.

Unas gotitas cayeron contra la superficie que acababa de limpiar, y ella las dejó caer. La habían evaluado, habían considerado que ella tenía poco o nada de valor y la habían descartado. Eso no dejaba de sucederle. Una y otra vez. Y ahora estaba tan cansada...

¿Cómo podía cambiar de vida cuando estaba atrapada de esa manera? Su historia no la definía. Sus orígenes no la definían. Al menos, no deberían hacerlo. Ella podría ser más si le daban una oportunidad. Pero la gente no *veía* quién era ella en su interior. No lo *sabía*. Y ella no tenía manera de enseñárselo sin una oportunidad.

Las campanillas de la puerta tintinearon, y levantó la mirada a tiempo para ver cómo Quân se acercaba a su mesa. Tenía puesta una chaqueta de motocicleta sobre una camiseta de diseño y unos jeans, y dominaba el restaurante con su enorme cuerpo y su presencia imponente.

Él le echó un vistazo, y su rostro se contrajo de la preocupación.

—Ay, demonios, ¿qué sucede? —Miró hacia la cocina—. ¿Es culpa de mi madre? ¿Te ha gritado? Hablaré con ella. —Comenzó a caminar en esa dirección, y ella se apresuró a pasarse un brazo por el rostro.

—No, no, no fue Cô. —Tomó una respiración entrecortada y se puso de pie. Forzando una sonrisa, preguntó—: ¿Quieres algo? ¿Agua? ¿Café? ¿Coca-Cola?

—No, estoy bien. Deberías sentarte. Pareces... —Sacudió la cabeza sin terminar la oración, la condujo de regreso a la mesa y se sentó frente a ella—. ¿Qué ha pasado? —Como ella no respondió de inmediato, preguntó—: ¿Algo con Khai? Pensaba que volveríais a estar juntos esta semana. Tuve una conversación con él.

Ella dibujó una sonrisa forzada en los labios y sacudió la cabeza.

—No, no estamos juntos. —Recorrió con los dedos los bordes de su teléfono; o, mejor dicho, el teléfono de Khải, ya que se lo devolvería antes de irse.

—¿No te ha llamado? —preguntó Quân.

Esme apretó los labios.

—No. —¿Hubiera respondido si la hubiera llamado? Sabía que él no le diría lo que ella quería oír, pero al mismo tiempo no podía evitar preocuparse por él. La ceremonia del domingo lo había conmovido de una manera que ella nunca había visto antes—. ¿Cómo se encuentra?

Quân movió la cabeza de lado a lado y se restregó la nuca tatuada.

—Esa es la gran pregunta, ¿no es así? Nadie lo sabe. Creo que ni siquiera él lo sabe.

Esme no supo qué responder ante eso, así que miró su teléfono.

—¿Por qué esas lágrimas? —preguntó Quân, y sonó tan *amable* que ella casi comenzó a llorar de nuevo.

—Malas noticias. Sabía que eran malas, pero tenía esperanzas, y luego... —Se encogió de hombros.

—¿Noticias sobre qué?

—Una beca, para asistir a la universidad aquí. No me la han otorgado. —Intentó con todas sus fuerzas mantener el tono ligero y equilibrado, pero aun así la voz le tembló al final de la frase.

—¿Ese era tu plan? ¿Conseguir una beca y un visado de estudiante? —preguntó Quân.

Ella asintió y esbozó una sonrisa decidida en el rostro, armándose de valor en caso de que él se riera de ella como probablemente habían hecho los de la universidad.

—Khai te ama, ¿sabes? —dijo en cambio.

Esme se tensó como si un relámpago hubiera caído sobre ella, y su corazón se saltó un latido, dos latidos.

—¿Te lo ha dicho él?

—No —respondió Quân frunciendo los labios—. No me lo ha dicho. No con palabras, al menos. Pero lo sé. Sabes que es autista, ¿verdad?

Esa palabra. Ella recordó haberla oído antes.

—Sí, me lo dijo.

Él la observó con detenimiento.

—¿Sabes lo que significa?

Incómoda, jugueteó con el teléfono. Honestamente, no había pensado demasiado en ello.

—Pensaba que tenía que ver con su problema con el tacto; con el hecho de que hay que tocarlo de una determinada manera...

—Eso es solo una parte, pero hay más. Su mente es... diferente. No es una enfermedad, en realidad. Simplemente, su manera de pensar y de procesar las emociones es diferente de la del resto de la gente.

Eso la hizo reflexionar. Sí, él era diferente, pero sus diferencias no eran obstáculos insalvables. Al menos, no a su parecer. Para ella, Khải solo era Khải, y ella lo aceptaba como era. Lo que aún no había sido capaz de aceptar era el hecho de que él no la amara, que no la aceptara *a ella*.

Como si pudiera leerle la mente, Quân dijo:

—Khai te ama. Solo que aún no lo ha descubierto.

A ella le resultó difícil creerlo. El amor no era complicado. O lo sentías, o no lo hacías. No había nada que «descubrir».

La mirada de Quân se tornó penetrante, y luego preguntó:

—¿Quieres saber de una vez por todas si él te ama? Sé cómo averiguarlo.

El orgullo de Esme la incitaba a negarse, ella ya le había dado a él las oportunidades suficientes. Pero su corazón tenía que saberlo.

—Sí, ¿cómo? —respondió sintiéndose vulnerable.

Él la miró directamente a los ojos y dijo:

—Si no funciona, terminarás casándote conmigo. ¿Estás dispuesta a arriesgarte?

Capítulo veintiséis

Khai se quedó mirando atónito la invitación que había llegado a su teléfono. Tenía que estar soñando; no, no era un sueño, era una pesadilla. Eso no podía ser real.

Tenemos el placer de invitarlo a la boda de

Esmeralda y Quan

Sábado, 8 de agosto
11:00 a. m. - 3:00 p. m.
San Francisco, CA

Por favor, envíe su respuesta antes del 7 de agosto.

¿Quién demonios enviaba invitaciones la misma semana de su boda? Nadie. Él todavía estaba en la cama abrazando la almohada de Esme porque olía como ella. El aroma estaba desvaneciéndose y él no sabía qué haría cuando se esfumara por completo. Quizás comenzaría a acurrucarse con la ropa sucia que ella había dejado allí.

Su teléfono vibró con una llamada entrante mientras él observaba la invitación.

Era el número de Quan.

Respondió de inmediato.

—Acabo de recibir tu invitación.

Quan rio, el muy idiota.

—No es divertido —dijo Khai, pero su alivio fue casi embriagante. Se trataba solo de una broma.

—No tenía la intención de que lo fuera —aclaró Quan—. Realmente vamos a casarnos el sábado.

Las palabras de su hermano golpearon a Khai como un puñetazo en el estómago, y se desplomó en su sofá. El vaso de Esme sobre la mesilla de café atrajo su atención. Solo tenía un resto de agua dentro. Era probable que se evaporara en el mismo momento en el que ella se casara con el traidor de su hermano.

—¿De verdad os vais a casar? —preguntó Khai.

—Ese es el plan, sí.

—Con Esme. —*Su* Esme.

—Es eso o verla partir el domingo —advirtió Quan—. Lo hago principalmente para que ella obtenga el visado, pero me... *gusta*. Lo estoy considerando como un período de prueba. Quién sabe, tal vez funcione, y salgamos adelante.

La sensación de puñetazo en el estómago se acentuó. Khai se aferró al borde del sofá con su mano libre y apretó hasta que sus nudillos se tornaron blancos.

—A menos que tú lo hagas, claro —agregó Quan.

—Yo ya le pedí matrimonio.

—Tú sabes lo que debes hacer si quieres que ella acepte.

—Yo. No. La. Amo —respondió Khai entre dientes. ¿Por qué todos seguían insistiendo? No era que él *disfrutara* diciendo que no la amaba. Él *quería* amarla. Solo que... no lo hacía.

—¿Ya te has librado de esa moto? —preguntó Quan como si nada.

Los músculos de Khai se tensaron hasta que las venas de su brazo se hincharon.

—No.

—Quizás deberías hacerlo. —Khai abrió la boca para discutir, pero, antes de poder pronunciar palabra, Quan añadió—: Tengo que cortar, pero vendrás el sábado, ¿verdad?

—Sí —respondió Khai.

—Genial. Te veo allí.

La comunicación se cortó, y la gravedad de la habitación hizo que Khai se hundiera todavía más en el sofá.

Aquello no era solo un baile o una noche, era una boda. Esme se casaría con Quan, compartiría el apartamento con él, quizás incluso su cama debido a las pesadillas, le sonreiría todos los días, llenaría sus silencios y leería sus libros contables.

Se enamoraría de Quan. Si se había enamorado de Khai, *sin duda* se enamoraría de Quan. Y Quan de ella. Quan sería excelente para ella.

Mierda, él no quería que su hermano fuera excelente para Esme.

Presionó las manos contra los ojos hasta que le dolieron, pero luego las dejó caer y se quedó mirando el vaso nuevamente. Solo quedaba un milímetro o dos de agua y, cuando se secara, la probabilidad de que ella volviera a llenarlo sería básicamente nula.

¿Qué debería hacer? No podía dejarla ir, y no podía casarse con ella. Pero tampoco podía dejar que se casara con Quan. Ninguna de las opciones le parecía aceptable.

Apretó los dientes y se puso de pie de inmediato. Tenía que encontrar otra opción, y sabía cuál era.

Mañana era el gran día, y Khải no había llamado ni había intentado verla ni siquiera una vez.

Si él estaba dispuesto a permitir que ella se casara con su hermano, entonces no estaba celoso.

Quân estaba equivocado.

Justo cuando ella estaba pensando en él, Quân entró en el restaurante. Y ella sintió una opresión en el pecho cuando vio la gran funda para trajes que él tenía sobre el hombro.

Esme podía adivinar lo que era, y sus palmas comenzaron a sudar.

Él apoyó la funda sobre la mesa y le dedicó una sonrisa torcida.

—Vy tomó esto prestado para ti.

Esme se repasó las manos en el delantal. Y, después de mirar a Quân para asegurarse de que podía hacerlo, extendió la mano hacia la cremallera y la abrió.

Unos pliegues de tela diáfana se asomaron de la funda, y ella soltó una exclamación ahogada y se cubrió la boca con la mano. Era el vestido de diez mil dólares de Vera Wang que había llevado Sara.

Quân soltó una risita al ver su reacción.

—Encontrar un lugar para casarse en el último momento es una locura, tienes que aceptar lo que te ofrezcan, y lo que conseguí fue el Ayuntamiento de San Francisco; la pareja que lo había reservado tuvo una pelea monumental, rompieron y cancelaron ayer. Querrás estar vestida para la ocasión.

—¿Es un lugar bonito?

—Sí, es muy bonito —afirmó Quân soltando otra risita.

Ella apartó las manos del vestido y volvió a secárselas con el delantal. Sabía que él había mencionado que se casaría con ella si Khải no averiguaba sus sentimientos, pero no podía estar hablando en serio. ¿Por qué querría Quân casarse con ella? No la conocía en absoluto.

Arrugando los labios, Esme volvió a cerrar la funda.

—Deberías cancelar la boda y devolverle esto a Sara. Anh Khải no me ha llamado. No desperdicies tu dinero.

—Es imposible. Ya pagué el salón, y tu familia está en camino, ¿recuerdas? —A Quân le brillaron los ojos cuando le dedicó una sonrisa astuta, y la distrajo de la chispa de alegría desesperada que la invadió ante la idea de volver a ver a su hija después de tanto tiempo—. Además, si te ves feliz porque yo te estoy consintiendo, él se pondrá incluso más celoso.

—¿Más? —Sintió un sabor amargo en la boca. Era evidente que Khải no estaba *para nada* celoso.

Quân se acercó a ella, e inclinó la cabeza mientras la miraba.

—Está completamente celoso. Lo sabes, ¿verdad? —Ella se quedó mirándolo sin responder—. Hablaba en serio cuando dije que me casaría contigo —añadió Quân—. De todos modos, solo será algo temporal. Yo haré mi vida, y tú harás la tuya. Habitaciones separadas. Y podemos divorciarnos cuando llegue el momento.

—Pero... —Esme sacudió la cabeza con asombro—. *¿Por qué* ayudarme?

Una sonrisa triste se dibujó en los labios de Quân.

—Porque soy su hermano mayor y tengo que arreglar las cosas. —Luego su sonrisa se iluminó y se reflejó en su mirada—. Y tú me gustas y quiero ver cómo lo logras. A mí no me cuesta nada, pero significa mucho para ti, ¿verdad?

Ella dejó escapar el aire, y lo único que pudo decir fue:

—Sí. —Lo significaba *todo* para ella.

Quân le acercó el vestido.

—No es algo complicado para mí, de verdad; y a mi madre le encanta que la ayudes en el restaurante. Nadie sale perdiendo.

La tensión se apoderó de ella. Tenía que contárselo; él merecía saberlo. Bajó la mirada hacia la funda del vestido, sin saber si debía acercarla a ella o alejarla. Dependía de cómo él fuera a reaccionar a lo que ella confesaría a continuación.

—Yo... tengo una niña pequeña. Jade. Ella está en casa. En Việt Nam. Khải... —Se mordió el labio y pasó los dedos por la cremallera—. No sabe nada.

Tras un silencio prolongado, ella levantó la mirada y descubrió que Quân estaba sonriendo. Ella vio en su mirada que no la juzgaba.

—Me gustan los niños.

—¿De verdad? —preguntó Esme con un suspiro de alivio.

—De verdad.

—¿Y a Anh Khải?

—Creo que a él le gustaría *tu* hija —respondió Quân después de reflexionar un instante.

—¿Todavía quieres casarte conmigo? —se obligó a preguntar Esme. El sudor le bañaba la piel, pero continuó—: Quiero que ella venga a vivir conmigo... con nosotros. Y mi *má* y *ngoại*.

—Sí —respondió él con una risa—. Hagámoslo. Cuantos más seamos, mejor, ¿no? En realidad no me importa demasiado. Estoy poco en casa.

A Esme se le cerró la garganta, y se enjugó las lágrimas con el dorso de su brazo mientras su cuerpo se debilitaba del alivio.

—Entonces estoy feliz y agradecida por casarme contigo. Pero no necesitamos una gran boda. —Ella prefería una boda modesta, francamente. Estaría en deuda con Quân por el resto de su vida y no quería agregar una boda costosa a la lista.

Él sacudió la cabeza.

—Veo que estás preocupada. No lo estés.

—Pero...

—Está todo bien, Esme. —Y esta vez, había un dejo de firmeza en su tono y expresión.

Ella asintió.

—De acuerdo, no me preocuparé. —Pero era mentira.

Casarse con Quân era la solución a todos sus problemas. Una vez que estuvieran casados, ella podría matricularse en una universidad como una residente legal y trabajar para costear su educación. No necesitaría una beca para perseguir su nuevo sueño. Pero gran parte de ella todavía deseaba que Khái interviniera, y le preocupaba que él no lo hiciera. Su futuro, incluso uno prometedor, no sería perfecto sin él. O con él como cuñado.

Capítulo veintisiete

Había llegado el día.

Khai había hecho todo lo humanamente posible para encontrar una forma de escapar de aquel embrollo: había gastado dinero, llamado a sus contactos, encontrado ideas prometedoras —si compraba un caballo de carreras, podía alegar que Esme era una entrenadora de caballos y, de esa manera, le conseguiría la residencia—, pero necesitaba más tiempo. Se le estaba terminando.

La boda comenzaría en una hora.

Se había puesto su esmoquin y estaba listo para salir, pero no lograba entrar al coche. Una cancioncilla infantil no dejaba de resonar en su cabeza: «Esme y Quan un solo corazón, se encuentran y se besan, debajo del balcón». Perdería la cordura si veía a Esme y Quan besándose. Ella era *su* chica para besar, para abrazar, para... ¿Para qué?

No podía tolerar mirar el vaso ya vacío que había sobre su mesilla de café, así que se apresuró a salir del salón. No tenía un destino en mente, pero terminó *allí*, por supuesto. En el garaje.

Presionó el botón del portón y, mientras la luz inundaba el espacio oscuro, avanzó hacia la moto. Unas motas de polvo brillaron a la luz del sol como luciérnagas, y respiró ese olor a humedad y gasolina derramada sobre el hormigón. Durante un instante, cerró los ojos y dejó que el aroma lo llevara a una época diferente.

De un tirón, quitó la lona de la motocicleta y recorrió con los dedos una de las manetas negras. Tenían una textura rugosa, las marcas que los dedos habían dejado sobre la goma, frías y sin vida. Siempre era así. Siempre decepcionante. Tal y como había sido cuando la había guardado de regreso a su casa después de que Esme se la hubiera llevado a la tienda.

Recorrió con la punta de los dedos las marcas de uno de los lados. En cierto modo, esperaba encontrar sangre allí, pero sus dedos solo tocaron metal áspero. Contra toda lógica, eso era todo lo que la motocicleta exhibía después de chocar contra un camión de cuatro toneladas.

Andy no había sido tan afortunado. Él había sido ese 0,07 por ciento de personas que moría en un accidente de moto. Por culpa de Khai.

Él le había pedido que lo visitara. Aunque *quizás* pedir no era la palabra correcta. Le había dicho algo así como: «Ven a pasar el rato».

Habían estado quejándose por los deberes de la escuela de verano, y Khai le había dicho que los llevara para hacerlos juntos. En realidad, Khai simplemente haría los deberes por Andy, pero a él no le importaba, siempre y cuando Andy estuviera allí.

«Hasta luego», había dicho Andy.

El viaje desde la casa de los padres de Andy en Santa Clara hasta la casa de la madre de Khai al este de Palo Alto duraba unos veinticinco minutos si tomabas la autopista central, como Andy hacía siempre. Él decía que los árboles lo hacían sentir bien.

Pero los veinticinco minutos habían pasado. Treinta. Cuarenta. Una hora. Y Andy no había llegado. Khai se había paseado de un lado al otro, enfadado e impaciente, sintiendo un gran malestar, y había hojeado las páginas de cada libro que pudo hasta que las esquinas quedaron permanentemente dobladas. Cuando el teléfono había sonado horas más tarde, un mal presentimiento incomprensible se había apoderado de él. No había respondido. Se había quedado inmóvil, clavado en el suelo mientras su madre respondía la llamada. Cuando ella palideció y se apoyó contra la encimera, sus sospechas se confirmaron.

—Andy está muerto.

La cabeza de Khai se había quedado vacía y sumida en una calma absoluta. Sin sentimientos, sin dolor; no más preocupaciones, era pura lógica. En aquel instante, se había formado un patrón. Dos puntos creaban una línea, y uno podía extrapolar la curva y la dirección desde esos puntos: su padre había abandonado a su familia por una familia nueva; Andy había muerto. Sucedían cosas malas cuando a él le importaba alguien. Pero ¿de verdad le importaba alguien? No si comparaba su aparente nivel de afecto con el de los demás.

Antes de que se pudiera dar cuenta de lo que estaba haciendo, se colocó el casco en la cabeza y se subió a la motocicleta. Giró las llaves, el motor rugió de manera ensordecedora. Y salió disparado del garaje para avanzar a toda velocidad por la calle.

No había sido su intención, pero sus manos lo guiaron por la autopista central, hacia los pinos altos, bajo el sol en un cielo sin nubes, con la presión del viento sobre su cuerpo. ¿Cuántas veces había experimentado Andy esa sensación? Cientos de veces quizás. Antes de que todo cambiara, Khai había planeado comprarse una motocicleta para poder hacerlo juntos. De alguna manera, lo estaban haciendo ahora. El ruido de su corazón al romperse quedó ahogado por el ruido del motor, pero él lo sintió en su interior. Lo sintió todo. Euforia, miedo, emoción, tristeza. «Más vivo cuando existe el riesgo de morir».

Llegó al lugar donde los tres carriles se fundían en dos, y una ola de calor asfixiante lo inundó. Le dolían los pulmones, los músculos, los ojos. Derrapó con la motocicleta hasta detenerse en el arcén izquierdo y bajó tambaleándose, pateó algunas piedrecillas y basura hasta que se apoyó contra un pino.

Ese era el lugar. Andy había muerto justo allí. Pero ya no estaba la cinta de seguridad, no había marcas profundas en el pavimento, nada de eso. El sol, la lluvia y los diez años habían erosionado el lugar del accidente, así que se veía como cualquier otro lugar. El paso del tiempo también había ocultado sus emociones, esperando el momento en el que su cerebro estuviera listo para procesarlas. No era mucho. Pero al mismo tiempo lo era. Era el aniversario de la muerte de Andy, una y otra vez. Pero Esme no estaba allí, y él estaba solo con su tristeza. Lo hundía y aplastaba, devorándolo. Se quitó el casco para poder respirar, pero el aire caliente lo sofocó. Se pasó una mano por el cabello y luego por el rostro.

Y, al bajar la mano, vio que sus dedos estaban húmedos. Durante un instante, creyó que era sangre, pero el fluido era brillante y transparente a la luz del sol.

Lágrimas.

No porque tuviera motas de polvo en los ojos, ni porque estuviera frustrado o sintiendo algún dolor físico. Eran lágrimas de tristeza por Andy. Diez años más tarde.

Sacudió la cabeza para sí mismo. Eso llevaba el significado de «una reacción tardía» a un extremo increíble, pero él era una persona de extremos.

Después de todo, su corazón no estaba hecho de piedra. Simplemente no era como el de los demás. Incluso sin las lágrimas, él lo habría sabido. Y pudo reconocer que había estado engañándose a sí mismo durante todo ese tiempo. Quan tenía razón.

Era más fácil mantener a la gente a un brazo de distancia cuando era por su bien en lugar de por el propio. De esa manera, uno se convertía en un héroe en lugar de en un cobarde.

Pero ahora no le importaba si era un héroe o un cobarde. Lo único que quería era pertenecer a Esme.

Cuando revisó su reloj, se sobresaltó al ver que eran las 10:22 a. m. Había desperdiciado mucho tiempo con su brote emocional —¡él, emocional!—, y la boda comenzaría en treinta y ocho minutos. Llegaría tarde, sobre todo porque era imposible encontrar aparcamiento en San Francisco.

Para un coche.

Sin embargo, para una motocicleta...

Se pasó una manga por el rostro, se volvió a colocar el casco, hizo acelerar la moto y salió a toda velocidad. Autopista central W, 85N, 101N. Él nunca había conducido una motocicleta por la autopista, y resultaba aterrador y emocionante. No había nada entre él y los coches que pasaban junto a él a ciento diez, ciento treinta o ciento cincuenta kilómetros por hora.

«Más vivo cuando existe el riesgo de morir», sin duda. Hubiera intentado conducir a ciento sesenta kilómetros por hora solo porque podía, pero no quería formar parte de ese 0,07 por ciento de manera voluntaria.

Una vez que llegó al último tramo del viaje, se ocupó mentalmente del problema que debía solucionar: tenía una boda que detener. Y solo había una cosa que haría cambiar de opinión a Esme. Solo una cosa que ella quería oír. Dos palabras pequeñas.

Y la última vez que había intentado decirlas, casi había tenido un accidente de coche. Debía practicar ahora, ya que estaba viviendo al límite.

«Te...», intentó pronunciar la siguiente palabra, pero su mente y su cuerpo se resistieron con terquedad. Era difícil deshacer diez años de entrenamiento en un período tan corto de tiempo. A pesar de ello, se obligó a decirlo: «Amo».

«Te. Amo.», respiró hondo y siguió adelante con determinación: «Te amo. Te *amo*. Te *amo*. Te amo, te amo, te amo...». El viento robó casi todo el sonido, pero aun así se sintió ridículo por hablar consigo mismo. Hasta que dijo la última palabra: «Esme». Y todo se ablandó en su interior. «Te amo, Esme».

Eso sonaba bien. Eso sonaba *correcto*.

Y deseó que no fuera demasiado tarde.

Capítulo veintiocho

La manecilla de los minutos llegó al seis. Diez y media de la mañana y todavía no había noticias de Khải.

Esme se abrazó el estómago y volvió a observar su reflejo. La novia que había en el espejo lucía sofisticada y hermosa —un vestido Vera Wang de diez mil dólares haría eso con cualquiera— y también pálida como la muerte.

Khải no llegaría para detener la boda. Ella tendría que casarse con su hermano.

En mil ocasiones se había dicho a sí misma que él no aparecería y, sin embargo, cuando vio que eso se volvía realidad, se sintió aplastada bajo una montaña. Las lágrimas comenzaron a brotar y a estropearle el maquillaje, y se apresuró a contenerlas parpadeando. Se obligó a mostrarse feliz. Cualquier otra chica de su país diría que era un sueño hecho realidad. Un marido apuesto, un vestido de diseño, el ayuntamiento, unos ramilletes extravagantes, una multitud de invitados y, para coronarlo todo, ella y su familia podrían quedarse allí. Tendrían esa nueva vida lujosa que ella nunca se había atrevido a desear. Podría seguir sus sueños y ser un ejemplo para su hija.

Pero era el marido apuesto *equivocado*. Quân era genial, pero no era Khải. Él no había corrido a verla al consultorio del médico ni la había cargado hasta el coche; no la había besado como si ella lo fuera todo para él; no reservaba sus mejores sonrisas solo para ella.

Sin Khải, esa boda le parecía una farsa, pero seguiría adelante de todas maneras. Se lo había contado todo a Quân, había dejado al descubierto sus secretos y defectos, y él todavía quería que ella tuviera esa oportunidad. Ella no le importaba al gobierno, a las universidades o a las organizaciones de becas estudiantiles, pero sí le importaba a una persona, y algunas veces una sola persona podía marcar un mundo de diferencia. Haría todo lo que estuviera en su poder para asegurarse de que él no se arrepintiera de haberla ayudado; ella marcaría la diferencia en ese mundo.

Enderezó los hombros, levantó el mentón y sintió cómo la determinación ardía profundamente en su interior. Ella no era impactante de una manera que pudiera verse o medirse, pero tenía ese fuego. Lo *sentía*. Ese era su valor, ese era su mérito. Lucharía por sus seres queridos y por ella misma. Porque ella era importante. Ese fuego en su interior importaba. Podía lograr cosas y tener éxito. Quizás la desestimaran, pero ella se estaba abriendo camino con tanta integridad como podía con sus opciones limitadas. La mujer del espejo llevaba un vestido de novia y tacones altos, pero los ojos le brillaban con la confianza y la determinación de una guerrera.

Si eso no era tener clase, no sabía qué podría serlo.

—*Má*.

Esme se dio la vuelta y se alejó del espejo justo cuando un cuerpo pequeño se abalanzó sobre ella. Unos brazos diminutos la abrazaron por la cintura, y su corazón estalló con incandescencia. Levantó a la niña, la abrazó con fuerza, apoyó la mejilla contra la de ella como siempre lo hacía, y un amor descomunal floreció en su interior. Aroma a bebé, piel suave de bebé, pequeño cuerpo de... bueno, no tan pequeño ya.

—Aquí está mi niña.

Un rostro menudo se acurrucó contra ella y, por encima de su pequeño hombro, Esme vio a su madre y a su abuela entrando en la habitación.

Habían llegado de Việt Nam justo el día anterior y debían de estar exhaustas y sufriendo el *jet lag*, pero ambas se habían vestido con sus *áo dài* más elegantes y sonreían de oreja a oreja con gran entusiasmo. Su madre incluso se había puesto maquillaje; Esme nunca la había visto tan hermosa. Y de pronto se sintió agradecida de que Quân hubiera querido tener una boda por todo lo alto. Las bodas eran tanto para el novio y la novia como para los familiares, y quizás más para ellos.

—Venga, pequeña, suelta a tu madre. Arruinarás su vestido —dijo la madre de Esme mientras hacía que Jade se apartara. Luego abrazó a Esme con fuerza, y esta no pudo evitar sentir el ligero aroma a salsa de pescado que tenían la vestimenta y el cabello de su madre, y sonrió. Ahora Esme parecía mitad estadounidense porque detectaba ese aroma, pero no le molestó.

Su madre retrocedió y suspiró con orgullo maternal mientras observaba a Esme y el vestido que llevaba.

—Mi niña tiene una belleza sublime.

—Realmente preciosa. —La abuela de Esme la abrazó brevemente, un gesto extraordinario de afecto, ya que las generaciones mayores en general no abrazaban, y Esme detectó de nuevo el aroma de salsa de pescado. En lugar de preocuparse por ventilar la habitación, respiró hondo para absorberlo hasta lo más profundo de sus pulmones. Le recordaba a su hogar. Después de todo, ella era una chica de campo. Sus orígenes no la definían, pero eran parte de ella; y se negaba a avergonzarse de ellos.

—Má parece un hada —dijo Jade sorprendida antes de fruncir el ceño—. ¿Cậu Quân será mi padre después de esto?

Esme suspiró y pasó los dedos por la mejilla suave de la niña.

—No lo sé. Quizás. Pero no tengas tantas esperanzas. Cậu Quân solo se casa conmigo para ayudarnos. No es un matrimonio real. ¿Lo entiendes?

El rostro de Jade adoptó una expresión seria.

—Lo entiendo.

—Este lugar es demasiado hermoso para que no sea un matrimonio real —insistió su madre, contemplando las elegantes molduras y el mobiliario—. Tan limpio, tan grande, y con *aire acondicionado*. Tiene buenas intenciones, Mỹ à.

Esme no tenía la energía para dar explicaciones, así que suspiró y levantó los hombros. Las cuatro se acomodaron en los sillones, Jade junto a su madre, y se pusieron al día con los chismes de Việt Nam mientras pasaban los minutos.

Esme se ponía más ansiosa con cada segundo que transcurría hasta que finalmente abrazó a Jade y cerró los ojos, ya que estaba demasiado distraída como para concentrarse en hablar.

Se oyó un ruido, y Quân abrió la puerta, entró y luego volvió a cerrar la puerta tras él. Les hizo un gesto con la cabeza a la madre de Esme y a su abuela, y le guiñó un ojo a Jade antes de concentrarse en Esme. Se veía peligrosamente apuesto con su traje y tatuajes, y quizás también un poco aturdido. La verdad era que Esme nunca había estado tan deslumbrante, y ella lo sabía.

Tras salir de su estupor, Quân dijo:

—Ha llegado la hora. —Movió los hombros para acomodarse la chaqueta del traje—. Él no está aquí, así que hagámoslo.

—¿Estás seguro? —preguntó Esme.

—Absolutamente. ¿Y tú?

Esme se puso de pie, acomodó sus faldas, respiró hondo y asintió.

—Sí. Gracias. Por todo.

Los ojos de Quân encontraron los de ella y luego se entrecerraron cuando sonrió.

—De nada. —Abrió la puerta y condujo a Esme y a su familia hacia el vestíbulo, donde un hombre mayor vestido de traje la esperaba sosteniendo un ramo elegante de rosas blancas—. Él es mi tío. Te acompañará hasta el altar.

El hombre sonrió e hizo una reverencia con la cabeza hacia todos, murmurando saludos educados.

—No, yo caminaré con ella —aclaró la madre de Esme antes de sujetarla de la mano y darle un apretón—. Yo he sido tanto su madre como su padre desde que era una niña, yo debería hacerlo.

Quân sonrió, sorprendido.

—Muy bien, entonces. Bác os avisará cuando sea el momento. Os veo allí. —Le hizo un gesto con la cabeza a la madre de Esme y luego acompañó a la abuela y a Jade hacia el lugar de la ceremonia, y Esme y su madre se quedaron en el vestíbulo con el tío de Quân.

Esme tomó respiraciones superficiales y dedicó una sonrisa tensa a su madre y al tío de Quân mientras luchaba contra una sensación creciente de pánico. Sabía que estaba haciendo lo correcto, pero a su corazón no le importaba. Deseaba lo que deseaba, y no era a Quân ni un matrimonio falso. Su corazón quería a Khải, para siempre.

Unos pasos fuertes resonaron por el vestíbulo de mármol y durante un segundo las esperanzas de Esme crecieron. Quizás él había llegado después de todo.

Pero los pasos se desvanecieron antes de que alguien apareciera, y las esperanzas de Esme volvieron a desplomarse.

En algún lugar, a lo lejos, comenzó a oírse un chelo, y el tío de Quân dijo:

—Por aquí.

Le entregó el ramo a Esme, y las manos de ella se adormecieron. Un silencio ensordecedor invadió su cabeza. Había llegado el momento.

Su madre entrelazó un brazo con ella, sonrió para animarla y la incitó a seguir al tío de Quân. Un eco de tacones resonó sobre el mármol, *clic-clic*, *clic-clic*, *clic-clic*. Entraron al salón circular, donde se celebraría la ceremonia, al pie de la escalera más imponente que ella hubiera visto. Un techo abovedado color marfil se elevaba varios pisos por encima de ellos y exhibía imágenes artísticas de ángeles... o quizás eran personas desnudas. En cualquier caso, debían de tener frío.

Había hileras e hileras de invitados, flores, un chelista, un apuesto novio esperándola en el altar. Todo eso debería hacerla feliz, pero no era así.

Sujetó el ramo con más firmeza, levantó el mentón y se preparó para caminar por el pasillo central entre los invitados sentados.

—Señor, no puede entrar. Se está celebrando una boda. Señor...

Un alboroto detrás de ella hizo que se girara de pronto, y su corazón cantó con esperanza.

Pero no era Khải.

Era un hombre mayor, de aspecto familiar, aunque ella estaba segura de que nunca lo había visto antes.

Altura mediana, una barriga algo prominente, pantalones color caqui, camisa abotonada celeste y una chaqueta deportiva color azul marino.

Cabello corto y casi completamente canoso. Y unos ojos que podrían ser de cualquier color a esa distancia. A ella le parecieron castaños.

De repente, su corazón dejó de latir.

¿Tendría manos de camionero?

—¿Eres tú? —preguntó él, pero no estaba mirando a Esme—. ¿Linh?

La madre de Esme soltó una exclamación y se cubrió la boca.

El hombre dio un paso adelante, sus movimientos eran lentos como si estuviera en un trance.

—Ayer recibí un mensaje de voz muy extraño. Alguien preguntaba por un Phil que había conocido a una Linh en Vietnam veinticuatro años atrás. Dijo que la hija de Phil iba a casarse hoy en el Ayuntamiento de San Francisco y que necesitaba a su padre...

El hombre observó el rostro de Esme antes de volver a mirar a la mujer junto a ella, y su madre aferró el brazo de Esme como si fuera lo único que la estaba manteniendo en pie.

—No estaba seguro, las posibilidades eran remotas... pero aquí estoy —dijo el hombre mientras se acercaba aún más, a dos metros, a un metro, y el color verde claro de sus ojos hizo que Esme se quedara sin aliento—. Tomé el primer vuelo que pude, un vuelo nocturno desde la ciudad de Nueva York.

—¿Vi... vives en Nueva York? —preguntó su madre en inglés. Era la primera vez que Esme la oía hablar en ese idioma.

—*Solo*... vivo *solo* en Nueva York. —El hombre se aclaró la garganta antes de continuar—. Regresé. Por ti. Te busqué por todas partes. Y no estabas por ningún lado. Pero ahora creo que conozco la razón. ¿Ella es... —Su mirada de posó en Esme—... mía?

Su madre le dio un empujoncito a Esme hasta que ella dio un paso hacia él, y Esme dijo:

—¿Schumacher? ¿Es ese su nombre? ¿Phil Schumacher?

Unas arrugas de confusión le oscurecieron la frente al hombre.

—Phil Schuma... No, no soy ningún Schumacher. Mi nombre es Gleaves. Gleaves Philander. Me llamaban Phil hasta que me convertí en Gleaves —dijo con una sonrisa de disculpa antes de que sus ojos se agrandaran con horror—. ¿Por esa razón no me podías encontrar? El único dato que tenías era Phil, claro. Has estado buscando un Philip.

—¿Queréis posponer la boda y hablar de esto en privado? —preguntó Quân mientras se dirigía hacia el pequeño grupo.

Antes de que pudieran responder, se oyó otra conmoción detrás de ellos.

—Señor, hay una boda...

—Estoy aquí por la boda —anunció una voz familiar, y Khải irrumpió en el recinto, viéndose exhausto con el cabello despeinado en todas direcciones y su pecho agitándose con respiraciones pesadas como si hubiera corrido hasta el lugar. Le echó un vistazo a Esme, y su mirada se tornó encantadora.

—Llegas tarde —dijo Quân.

Sin quitar los ojos de Esme, Khải respondió:

—Había tráfico, pero por fortuna vine en moto. Pude abrirme camino entre los coches.

—¡Ya era hora! —comentó Quân.

Pero Khải ignoró a su hermano. Estaba observando a Esme como lo hacía siempre, con una atención completa y absoluta.

—Siento haber tardado tanto en utilizar la motocicleta y en venir aquí.

Ella sacudió la cabeza. En cuanto había visto la fotografía del primo de Khải junto a la moto, todo había cobrado sentido.

—No lo sientas. Te entiendo.

Khải tragó saliva y dio un paso hacia ella, extendió los dedos, los aflojó y los volvió a extender.

—¿Ya ha terminado la boda? Había algo que necesitaba decir.

—No, no ha terminado. —Las manos de Esme temblaron, así que aferró con más fuerza su ramo. Él estaba ahí. Había venido. Tenía algo importante que decir.

Su esperanza creció tanto que no supo cómo contenerla en el cuerpo.

Los hombros de Khải se relajaron del alivio hasta que se percató de la otra persona que había interrumpido la boda y que se encontraba junto a él.

—¿Quién es usted?

El hombre (muy posiblemente *su* padre, se dijo Esme) vaciló con las palabras durante un instante antes de responder:

—Soy Gleaves.

Khải asintió como si todo fuera perfectamente normal.

—Usted debe ser el Phil correcto, entonces. Me alegra que haya venido.

—¡Usted es el que me dejó el mensaje de voz! —comentó Gleaves.

—No me devolvió la llamada.

—Tomé el primer vuelo que encontré.

—Eso es... —Lo que fuera que Khải iba a decir quedó en suspenso cuando Jade corrió por el pasillo y se aferró a las faldas de Esme.

—¡Él es Cậu Khải! —dijo la pequeña.

Khải se quedó boquiabierto y observó con detenimiento a Jade.

—Una Esme diminuta.

El corazón de Esme latió con fuerza mientras observaba primero a Khải, luego a Gleaves y viceversa. Ambos hombres se veían atónitos.

—Su nombre es Jade. Es mi hija.

Jade se aferró a ella con más fuerza.

La mirada de Khải encontró la de Esme.

—Nunca me lo contaste.

—Cô Nga dijo que tú no querías una familia, y tenía miedo y... —Se mordió el labio. No tenía más argumentos que ese.

¿Qué era lo que él había venido a decir? ¿Acaso la noticia había cambiado las cosas?

Levantó el mentón. Si él pensaba que ella era vulgar por haber sido madre tan joven, entonces no la merecía ni a ella, ni a Jade.

Él la sorprendió cuando se inclinó, observó a Jade y extendió la mano como si ambos estuvieran en una reunión de negocios.

Jade miró a Esme durante un instante antes de acercarse a Khải y, después de observarlo un largo rato, le estrechó la mano como una pequeña persona adulta.

Ninguno pronunció palabra alguna, pero Esme tuvo la sensación de que se entendían a la perfección.

Cuando Khải se incorporó, miró a su alrededor, a Gleaves, Jade, Quân y finalmente a la madre de Esme. Inclinando la cabeza hacia ella, dijo:

—*Chào*, Cô.

La madre de Esme lo miró con ojos entrecerrados.

—Bueno, ¿qué era eso tan importante que tenías que decir? Hay mucha gente aquí esperando a que comience la boda.

En ese momento, Esme tomó conciencia con horror de toda la atención que estaba centrada en ellos, cientos de ojos curiosos.

—Má, vamos a algún lugar más privado. Él puede decir lo que tenga que decir allí, y...

—No, aquí, donde todos puedan oírlo —ordenó su madre con voz firme, enfrentando a Khải a pesar del abismo gigantesco en riqueza y nivel educativo que había entre ellos—. Mi hija fue buena contigo, y tú le rompiste el corazón. ¿Qué tienes que decir?

Él hizo una mueca y dejó que su mirada viajara por la multitud de invitados. Esme sabía que, al igual que ella, él odiaba ser el centro de atención. Sin embargo, finalmente, se volvió a concentrar en ella, dio un paso adelante y habló.

—*Anh yêu em.*

Esme respiró hondo en silencio y se cubrió la boca, demasiado conmocionada para hablar o para hacer nada. Aun en sus sueños más alocados, él se lo decía en inglés.

Dio otro paso hacia ella, y otro más, hasta que estuvieron solo a un brazo de distancia. Entonces, mirándola como si ella lo fuera todo para él, dijo:

—Te amo. Intenté convencerme de que no era así, porque tenía miedo de volver a perder a alguien, y dudé de mí mismo, y solo quería lo mejor para ti. Pero el sentimiento se ha vuelto demasiado fuerte como para negarlo. Mi corazón funciona de manera diferente, pero es tuyo. Tú eres mi elegida.

Hizo un gesto hacia Gleaves y Quân, y ambos hombres se enderezaron.

—Ahora tienes opciones. No tienes que casarte si no quieres hacerlo. Ahora que hemos encontrado a tu padre, tu papeleo será fácil... bueno, más fácil. Pero si *quieres* casarte... —Tomó una respiración profunda y cayó sobre una rodilla—. Cásate *conmigo*. Y no solo por tres años, sino para siempre. —Palpó sus bolsillos e hizo una mueca—. Olvidé tu anillo, pero juro que te compré uno. Es bonito. Probablemente puedas cortar vidrio con él si... —Se aclaró la garganta y la miró embelesado—. ¿Te casarías conmigo si aún me amas?

El corazón de Esme se agrandó y agrandó y agrandó hasta que sus ojos se nublaron por las lágrimas.

—Siempre te amaré.

—¿Eso es un sí? —preguntó.

Ella le entregó el ramo a su madre e hizo que Khải se pusiera de pie.

—No tengo que hacerlo, pero sí, me casaré contigo.

Khải esbozó una sonrisa enorme, con hoyuelos y todo, y delante de todos los invitados, la atrajo hacia él y la besó como la primera vez. Labios contra labios, corazones unidos, sin distancia entre ellos, ni siquiera un brazo de distancia.

Epílogo

Cuatro años más tarde

El sol caía a plomo sobre Khai mientras estaba sentado en las gradas del estadio de la Universidad de Stanford, esperando mientras los estudiantes vestidos con togas y birretes pasaban por el escenario situado debajo. Jade había estado muy entusiasmada una hora atrás, pero ahora estaba concentrada leyendo el capítulo de un libro que tenía en la cubierta una especie de mágica mujer guerrera. De vez en cuando, la madre de Khai tomaba rodajas de pera asiática pelada de su bolso y se las entregaba a la niña, y Jade las devoraba de manera ausente mientras sus ojos observaban con avidez cada palabra de aquellas páginas.

—Mỹ Ngọc Tran, *summa cum laude* —anunció el presentador.

Khai y la hilera entera de familiares se incorporaron de pronto y la vitorearon. Durante el proceso de ciudadanía, ella había elegido utilizar su nombre vietnamita en todos los documentos oficiales. Ahora Khai era el único que la llamaba Esme, y a él le gustaba que así fuera.

Esme los saludó desde el escenario y, cuando lanzó un beso en dirección a ellos, Khai supo que era solo para él. A Jade ya no le gustaban los besos —él lo echaba de menos, para ser honesto—, pero ahora ella era más interesante para conversar.

Después de que hubieran pasado todos los estudiantes, bajaron para encontrarse con Esme en un sitio preparado para la ocasión dentro del campus. En cuanto los vio, ella se separó de sus amigos y corrió para abrazarlo y besarlo.

—Ya he terminado —dijo, sonriendo de esa manera que todavía lo desconcertaba incluso después de cuatro años juntos.

—No realmente —aclaró él—. Aún te quedan aproximadamente seis años para obtener tu doctorado en finanzas internacionales. —Según decía ella, quería resolver los grandes problemas del mundo, y todos giraban alrededor del dinero.

Esme le dio un golpecito juguetón en el hombro.

—He terminado *por ahora*.

—¿Será entonces cuando por fin te casarás con él? —preguntó su padre—. ¿Después de tu posgrado?

La madre de Esme le dio un apretón al brazo de su reciente marido.

—No la presiones. Primero los estudios, luego la boda.

Gleaves soltó un gruñido, pero asintió.

Sin embargo, la madre de Khai intervino y agregó:

—¿Por qué no presionarla? Ella tiene una niña hermosa, es un desperdicio no tener más.

Los tres abuelos asintieron y manifestaron estar de acuerdo, y Jade puso los ojos en blanco.

—Soy hermosa, y aplicada y muchas otras cosas.

Esme abrazó a su hija.

—Sí, lo eres. Y haces que mamá se sienta muy orgullosa.

—Yo estoy orgullosa de *ti*, mami —dijo Jade, lo que hizo que su madre sonriera entre lágrimas.

Mientras Khai observaba a madre e hija, reconoció que el orgulloso era él. Cuatro años atrás, había creído que había demasiadas mujeres en su vida como para hacerle espacio a una nueva, pero se había equivocado. Tenía el lugar suficiente para dos más, y descubrió que su corazón no era de piedra en absoluto.

Khai las abrazó y besó a Esme en la sien.

—Estoy orgulloso de ambas.

Esme sonrió y le preguntó a Jade.

—¿Cómo lo ves? ¿Estás lista para que mamá se case con Cậu Khải?

Jade se puso a bailar allí mismo.

—¿De verdad? ¿Este verano? ¿Una boda exprés en Las Vegas?

Khai rio.

—Pareces más entusiasmada que tu madre.

—Entonces me podrás adoptar, y serás mi padre *oficialmente* —dijo Jade.

Khai infló el pecho, y ni una vez se dijo a sí mismo que era debido a un golpe de calor o un problema de salud. Sabía exactamente lo que era. Cuando miró a Esme, los ojos verdes de ella se suavizaron, y pasó los dedos por la mandíbula de Khai.

—Mira esa sonrisa y esos hoyuelos. Debes de amarnos mucho.

—Más que mucho. ¿Estás segura de que quieres hacerlo este verano? Puedo esperar tanto como tú quieras.

Él ya había incluido a Esme y a Jade en su testamento, aunque ellas no lo sabían. No sabían lo del testamento ni todo el dinero que heredarían porque él no sabía qué hacer con él. Esas cosas no eran importantes; lo único que realmente importaba era que ellas estuvieran protegidas si algo le sucedía. Aunque no era que lo necesitaran en absoluto, pues Esme era una fuerza arrolladora por sí misma.

—Estoy lista —anunció Esme. Y sus labios se curvaron—. Y quiero ver a Elvis.

—Nadie en Las Vegas es el verdadero Elvis —rio Khai.

—Lo sé —dijo Esme con los ojos iluminados—. Pero quizás ellos se sienten como Elvis en su interior. Eso es lo más importante.

Khai acercó la frente a la de ella y volvió a reír.

—Sin duda eres más rara que yo.

—De ninguna manera.

Él sonrió. Ella le devolvió la sonrisa.

—*Em yêu anh.*

Sin dudarlo, él respondió:

—*Anh yêu em.*

Las palabras los envolvieron y los acercaron.

Em yêu anh yêu em.

Chica ama a chico ama a chica.

Nota de la autora

La mayoría de los recuerdos de mi infancia sobre mi madre son de ella durmiendo. O me quedaba despierta hasta tarde y lograba verla cuando regresaba a casa del trabajo lista para meterse en la cama, o me escabullía en su habitación por la mañana antes de la escuela y hurgaba en su bolso para buscar dinero para el almuerzo, poniendo todo mi empeño en no despertarla porque sabía que había trabajado incontables horas el día anterior y lo volvería a hacer ese día. Ella no era la clase de madre que yo veía representada en la televisión o que tenían mis compañeros de clase, pero, aunque nos veíamos muy poco, esos momentos eran suficientes para que yo comprendiera que ella me amaba y que estaba orgullosa de mí.

Yo sin duda estaba orgullosa de ella (y siempre lo estaré). Mi madre es una leyenda en mi familia. Su historia es la clásica historia del sueño norteamericano. Al final de la Guerra de Vietnam, ella y mis cuatro hermanos mayores (de entre tres y siete años), mi abuela y algunos parientes más escaparon a Estados Unidos como refugiados de guerra. Sin dinero, sin contactos, con un inglés rudimentario, educación elemental y sin ninguna clase de ayuda de los hombres de su vida, ella logró abrirse camino para ser dueña de, no uno, ni dos, ni tres, sino *cuatro* famosos restaurantes en Minnesota. Ella fue y es mi heroína, mi referente y mi modelo a seguir. Me hizo creer que yo podía lograr cualquier cosa si me esforzaba.

Pero aunque siempre la he admirado y amado mucho, en realidad no la conocía muy bien. No como persona. No sabía qué era lo que la impulsaba, qué miedos y vulnerabilidades albergaba. Como la mayoría de la gente en mi vida, siempre intentó protegerme de lo malo, preservando mi inocencia y dejándome un concepto incompleto de lo difícil que era en realidad abrirse camino en este país. Todo eso cambió cuando escribí este libro.

Sin embargo, me avergüenza admitir que, cuando comencé a escribir *El test del amor*, Esme —ese personaje que tiene tanto en común con mi madre— no era la heroína. Ella, la tercera parte no deseada de un triángulo amoroso, una mujer de Vietnam que la madre de Khai había elegido para que se casara con su hijo, aunque el corazón de Khai estuviera enfocado en otro lugar. Imaginé que la historia sería deliciosamente melodramática y quizás algo divertida. A pesar de los inconvenientes de comunicación y choque de culturas, Khai se vería obligado a ayudar a esa mujer, pero al final encontraría a su verdadero amor, alguien nativo de Estados Unidos.

Algo curioso sucedió mientras intentaba escribir esa historia. Esme no dejaba de opacar al personaje que se suponía sería el verdadero amor de Khai. Esme era valiente, y estaba luchando por construir una vida nueva para ella y para sus seres queridos de la mejor manera que podía. Ella tenía motivos, profundidad, pero también una vulnerabilidad asombrosa. Todas sus «desventajas» no se debían a su personalidad. Eran factores que escapaban a su control: su origen, nivel educativo, falta de riqueza, el idioma que hablaba; factores que no deberían contar a la hora de determinar el valor de una persona (si eso siquiera se puede lograr). Era imposible no amarla.

Después del primer capítulo, dejé de escribir.

Me pregunté por qué había decidido de manera automática que mi heroína tenía que ser «occidentalizada». ¿Por qué no podía tener un acento marcado, menos educación y ser culturalmente inadecuada? La persona que más respeto en el mundo entero es exactamente así. Después de una introspección cuidadosa, me di cuenta de que yo había estado intentando, de manera inconsciente, que mi trabajo fuera socialmente aceptado, lo que era completamente inaceptable para mí, siendo la hija de una inmigrante. El libro debía ser reformulado. Esme no solo merecía ser el personaje central, sino que yo *necesitaba* contar su historia. Por mí. Y por mi madre.

Pero cuando retomé el borrador con un concepto y heroína nuevos, me topé con más dificultades, dificultades *más severas*. Yo no soy una inmigrante. Yo tengo una educación de la Ivy League. Yo nunca experimenté la verdadera pobreza. ¿Qué conocimiento tengo sobre esa clase de experiencia inmigratoria? Comencé a investigar en profundidad, esperando encontrar lo que necesitaba en libros y videos como siempre había hecho en el pasado.

Para los interesados, he aquí algunas de las fuentes que leí/miré para obtener un conocimiento más profundo sobre la experiencia inmigratoria vietnamita:

1. *The Unwanted*, de Kien Nguyen.
2. *Inside Out & Back Again*, de Thanhha Lai.
3. *It's a Living: Work and Life in Vietnam Today*, editado por Gerard Sasges.
4. *Mai's America*, documental de Marlo Poras.

Estas fuentes, si bien maravillosas, fueron insuficientes para mis propósitos. Lo que yo necesitaba era una ventana al corazón de una magnífica mujer vietnamita, alguien que lo había dejado todo atrás, que había comenzado de cero en un mundo nuevo y que había tenido éxito a pesar de los desafíos. También ayudaría si esa mujer supiera lo que era amar a un hombre autista con problemas propios. Como mi padre. Y allí fue donde comenzaron las conversaciones entre mi madre y yo.

Por primera vez, ella se abrió y me brindó las dos caras de su historia, no solo los aspectos positivos. Por ejemplo, yo siempre había sabido que había crecido en la pobreza, pero ella nunca me había brindado detalles. Me describió la clase de pobreza que todavía le causa escalofríos cuando la recuerda. Yo compartiría esas historias, ya que creo que contrastan de manera increíble con el presente e ilustran cuánto camino ha recorrido —me hacen sentir más orgullosa de ella—, pero, para mi madre, estas historias son una fuente de terrible vergüenza, incluso varias décadas después de haberse convertido en una exitosa mujer de negocios. Me contó que, una vez, cuando era una niña, un oficial estadounidense se ofreció a adoptarla y a enviarla a Estados Unidos —con seguridad eso debía ser mejor para ella que ser pobre en Vietnam—, y cuando su padre se enteró, no paró de llorar. Yo había escuchado la historia de cómo mi familia había escapado a Estados Unidos y había sido recibida por una familia en Minnesota, pero nunca supe que su avión de refugiados había aterrizado primero en Camp Pendleton, California. Nadie nunca me contó que tuvieron que partir hacia un campo de refugiados en Nebraska porque una multitud violenta de civiles les arrojaron cosas y gritaron «*chinks*, regresad a casa». Entre lágrimas, mi madre me habló de la discriminación y el sexismo que tuvo que enfrentar en su lugar de trabajo, de cómo lloraba durante los descansos, pero se dedicaba con más ahínco al trabajo para probarse su valía porque, según ella, el trabajo arduo siempre habla por sí mismo. Así que eso fue lo que hizo. Y lo que todavía hace.

Gracias a esas conversaciones, pude darle a Esme una profundidad y un alma que de otra manera no hubiera conseguido brindarle. Espero que eso se manifieste en la lectura. Y, lo que es más importante, esas conversaciones me regalaron a mi madre, a una versión más completa y auténtica de ella, y ahora la amo y respeto aún más. Estoy agradecida por todas esas horas que pasé hablando con ella y me siento muy orgullosa de compartir su esencia con los lectores a través de Esme.

Con amor, HELEN.

Guía de lectura

PREGUNTAS PARA DEBATIR

1. Khải creció en Estados Unidos, mientras que Mỹ nació y fue criada en un pequeño pueblo en Vietnam. ¿Qué diferencias culturales puedes observar entre ellos y cómo piensas que esas diferencias afectan a la persona en quien se convirtieron?

2. Al comienzo del libro, la madre de Khải se encuentra en Vietnam para buscarle una esposa a su hijo. ¿Crees que es incorrecto que su madre se entrometa e interfiera en su vida personal o es un acto justificado de amor?

3. Antes de leer este libro, ¿cómo imaginabas a un hombre autista? ¿Qué diferencia encuentras entre Khải y esa idea previa?

4. A lo largo del libro, Khải insiste en que no tiene sentimientos y, de esa forma, crea un abismo entre él y todos los demás. ¿En qué momento ves un cambio en su forma de pensar? ¿Cómo lo ayuda Mỹ en ese aspecto?

5. Khải memoriza un conjunto de reglas que su hermana creó para él y que enumera lo que él debería hacer en presencia de una chica (página 45). ¿Estás de acuerdo con esa lista?

6. Aunque en un principio Mỹ viaja a Estados Unidos con el propósito de seducir a Khải, ella pasa mucho tiempo asistiendo al instituto nocturno

y trabajando en el restaurante de Cô Nga. Esto refleja el trabajo arduo que los inmigrantes deben hacer para construir una vida en ese país. ¿Te identificas a ti mismo o a alguien a quien conozcas con eso?

7. Mỹ miente a Khải sobre su profesión y le dice que es contable. Ella lo hace porque se avergüenza de su posición en la vida, pero también para sentir alguna clase de conexión con él. ¿Debería tan solo haberle contado la verdad desde el principio o crees que su mentira los ayuda a acercarse, aunque sea un poco?

8. Si bien Khải insiste en que no ama a Mỹ, hace cosas por ella que demuestran cuánto le importa, como cargarla en brazos y ayudarla a encontrar a su padre. ¿De qué otra manera le demuestra que la ama?

9. Al final del libro, Khải le dice a Mỹ que la ama en vietnamita. ¿Cuál es la importancia de ese hecho?

Agradecimientos

Antes que nada, debo darte las gracias a *ti*, querido lector. Me honra que hayas elegido pasar tiempo con mis palabras y espero que algo de lo que está escrito te resuene, te haga pensar o sentir algo.

Por diversas razones, este libro fue extremadamente difícil de escribir, y me siento muy agradecida a quienes me apoyaron durante el proceso: Suzanne Park, eres la persona más considerada y trabajadora que conozco; me inspiras. Gwynne Jackson, gracias por tu amabilidad y paciencia y por ser siempre genuina; esto significa mucho más de lo que puedo expresar. A. R. Lucas, siempre asociaré los arcoíris contigo; gracias por estar ahí cuando las cosas se ponen difíciles. Roselle Lim, ¿cómo puede ser que nos hayamos conocido este año? ¡Parece como si hubiéramos sido amigas desde siempre!

Gracias a ReLynn Vaughn, Jen DeLuca, Shannon Caldwell y a mi increíble mentor de Pitch Wars, Brighton Walsh, por leer los primeros borradores de este libro. Gracias a los licenciados en ciencias de Brighton por su amabilidad de siempre: Melissa Marino, Anniston Jory, Elizabeth Leis, Ellis Leigh, Esher Hogan, Laura Elizabeth y Suzanne Baltzar.

Gracias a mis lectores beta, que me brindaron perspectivas alternativas sobre la diversidad de este libro. Os estoy muy agradecida por vuestras valiosas aportaciones.

Mamá, gracias por predicar con el ejemplo y por ser tú misma; yo no estaría donde estoy sin ti. Muchas gracias al resto de mi familia por tolerarme mientras escribía este libro, en especial cuando actuaba de manera antisocial y escribía durante nuestras vacaciones. Os quiero a todos. Debido a que cometí el grave error de no mencionar a mis sobrinas y sobrinos la última vez, aquí van: Sylvers, eres súper, súper, superincreíble. Y Ava, Elena, Anja y Henry, también lo sois.

Ningún agradecimiento estaría completo si no mencionara a mi maravillosa agente, Kim Lionetti. No podría haber pedido una mejor compañera para este camino de publicación en el que nos encontramos. Tú haces que todo esto sea incluso más especial, y nunca podré agradecerte lo suficiente.

Finalmente, gracias al increíble equipo editorial de Berkeley: Cindy Hwang, Kristine Swartz, Angela Kim, Megha Jain, Jessica Brock, Fareeda Bullert, Tawanna Sullivan, Colleen Reinhart y demás. Este ha sido un proyecto ambicioso para mí, y todos me habéis sorprendido con el apoyo que me habéis brindado. Estoy orgullosa de trabajar con vosotros.

¿TE GUSTÓ
ESTE LIBRO?

**escríbenos y
cuéntanos tu opinión en**

f /Sellotitania   **t** /@Titania_ed

⊙ /titania.ed

#SíSoyRomántica